W0323634

L'HONNEUR DES BASTIDE

FRÉDÉRICK D'ONAGLIA

L'HONNEUR DES BASTIDE

ÉDITIONS FRANCE LOISIRS

Toute ressemblance avec des personnes ou des lieux existants ou ayant existé est purement fortuite.

http://donaglia.spaces.live.com

Édition du Club France Loisirs,
avec l'autorisation des Éditions Belfond

Éditions France Loisirs,
123, boulevard de Grenelle, Paris.
www.franceloisirs.com

Le Code de la propriété intellectuelle n'autorisant, aux termes des paragraphes 2 et 3 de l'article L. 122-5, d'une part, que les « copies ou reproductions strictement réservées à l'usage privé du copiste et non destinées à une utilisation collective » et, d'autre part, sous réserve du nom de l'auteur et de la source, que « les analyses et les courtes citations justifiées par le caractère critique, polémique, pédagogique, scientifique ou d'information », toute représentation ou reproduction intégrale ou partielle, faite sans le consentement de l'auteur ou de ses ayants droit ou ayants cause, est illicite (article L. 122-4). Cette représentation ou reproduction, par quelque procédé que ce soit, constituerait donc une contrefaçon sanctionnée par les articles L. 335-2 et suivants du Code de la propriété intellectuelle.

© Belfond, un département de Place des éditeurs, 2007.
ISBN : 978-2-298-00776-3

Papa,
je suis fier d'être ton fils.
Je t'aime.

LIVRE PREMIER

La Belle Époque
1911-1918

1

Avignon, 1911

Virgile Bastide aurait souhaité changer le cours du destin. Il espérait un miracle capable de mettre fin à son supplice. Cette situation, il la connaissait bien pour l'avoir endurée quinze ans plus tôt, lors du décès d'Eugénie, son épouse bien-aimée.

— Seigneur, supplia-t-il de toutes ses forces. Prenez ma vie si Vous le désirez, mais, par pitié, épargnez celle de mon fils.

Ses doigts se crispèrent davantage à cette pensée. Sa seule foi suffirait-elle à lui faire admettre l'inacceptable ? Comme tous les hommes nés sous le Second Empire, Virgile respectait profondément la religion, plus par tradition d'ailleurs que par conviction. Ici, en Avignon, la ferveur des Provençaux s'exprimait sous les voûtes de la cathédrale avec le traditionnel cantique *Sui Catholi y Provençu*. Malgré la promulgation de la séparation de l'Église et de l'État six ans plus tôt, la cité papale maintenait son héritage spirituel intact, se moquant du souffle de laïcité venu du nord.

Et pourtant…

Cet après-midi-là, Virgile se sentait abandonné, vieux et impuissant. Dans la chambre voisine, le sort de son fils reposait entièrement entre les mains du docteur Keller, un Alsacien au visage impassible. Virgile détestait les hommes de science. Sous prétexte de sortir le monde de l'obscurantisme, ils expérimentaient de nouvelles méthodes à la recherche du remède miracle et prétendaient se substituer à la Volonté divine. Par la faute de ces apprentis sorciers, Eugénie avait été emportée par la tuberculose. Elle n'avait pas quarante ans… À vrai dire, le siècle entier semblait s'étourdir dans l'ivresse de la connaissance, de la performance ou de la nouveauté. Un certain docteur Freud explorait même l'inconscient et interprétait les rêves ! À quoi bon disséquer la magie d'un songe ? Décidément, ses contemporains étaient devenus fous. Lui appartenait déjà à un autre temps.

Virgile se redressa contre le dossier du sofa, perdu dans ses sombres pensées. Fidèle à ses principes, il affronterait la réalité sans recourir aux faux espoirs, il resterait humble devant le Tout-Puissant, mais digne en toutes circonstances. Son rôle de patriarche lui interdisait de défaillir. Virgile tiendrait bon. Il retiendrait ses larmes, pour préserver les siens.

Sa première leçon de courage lui avait été enseignée à l'âge de huit ans, lorsque son père, Sixte, était mort brutalement à la suite d'une mauvaise chute de cheval. En quelques minutes, cette force de la nature avait perdu la vie. Lui, ce héros débordant d'énergie, aussi solide gaillard qu'infatigable complice de ses jeux. Avec cette effroyable tragédie, le jeune Virgile prit conscience de la fragilité de l'individu. Plus tard, lorsque sa mère avait cherché par tous les moyens à effacer le souvenir de Sixte, jusqu'à installer un nouvel homme à leur table, comme dans le fauteuil directorial de la manufacture, le jeune adolescent s'était rebellé pour défendre la mémoire de ce père tant aimé. On ne s'improvisait pas Bastide, on naissait Bastide ! Peu à peu, cette devise devint sa plus grande fierté, un titre légitime, revendiqué haut et fort. Virgile ne transigeait pas sur les questions d'honneur.

Sa main caressa l'étoffe aux motifs floraux qui recouvrait l'accoudoir du sofa. Cet imprimé sur coton, il le connaissait par cœur pour l'avoir maintes fois dessiné. La fortune des Bastide venait de cet amour des tissus. Depuis des générations, la famille entretenait avec les cotonnades un rapport singulier. Cette passion était devenue un gage de qualité, propre aux fameux ateliers d'impression sur toile, la manufacture Bastide.

Dans le silence du couloir, l'horloge, imperturbable, sonna trois coups. Depuis une heure, Keller se tenait au chevet de son fils, mais aucun signe en provenance de la chambre ne semblait présager la fin de cette interminable consultation.

En cette fin novembre, la lumière déclinante du jour caressait les tempes blanchies de maître Bastide, comme on le surnommait avec respect en Avignon. Son regard chargé d'émotion se perdit dans les ombres grandissantes du parquet ciré, de larges lames de chêne patinées par le temps et dont chaque craquement laissait échapper un souvenir. À sa manière, la vénérable bâtisse pouvait révéler les secrets de cinq générations, témoin d'instants d'insouciance légère ou de peines immenses.

Virgile se souvenait des premiers pas d'Antoine, ici même, dans ce couloir. C'était en 1889, le soir de Pâques. L'adorable bébé avait aperçu son père sur la dernière marche de l'escalier, avait ânonné un « papa » entre deux gazouillis avant de s'élancer, plein de courage, dans ses bras accueillants. L'un et l'autre en avaient été particulièrement fiers. La même année, la famille s'était agrandie avec l'arrivée de jumeaux, Vincent et Joseph, puis Martial était né en 1890. Toute cette joyeuse tribu avait réveillé l'étage de ses babillages radieux et de ses gros chagrins. Parents, nourrices et femmes de chambre s'étaient succédé dans le couloir en un ballet d'allées et venues parfaitement orchestrées par le majordome, en charge, à cette époque, d'un service de maison de onze personnes. Les Bastide avaient vécu ainsi des moments heureux, jusqu'au jour où le destin en décida autrement. Leur dernier enfant, une petite Augustine, fut emportée brutalement par le croup. Cette tragédie avait davantage affecté Virgile qu'il ne l'avait laissé paraître, et, d'un commun accord, le couple avait choisi d'occuper des chambres mitoyennes. Pourtant, par une matinée de l'hiver 1896, d'autres cris de nouveau-né étaient venus égayer la maison. Au premier son, Virgile avait su que la Providence venait d'exaucer son vœu le plus cher en comblant leur foyer d'une petite reine. Quand la sage-femme lui avait confié le précieux couffin, le chef de famille avait fondu à la vue de cet ange à l'adorable frimousse, emmitouflé dans ses premiers langes, abandonné à la bienveillance des siens.

Virgile se souvenait de cette année-là. Elle aurait dû rester gravée dans sa mémoire par le seul souvenir de la naissance de sa fille Apolline. Cependant, elle l'était pour de plus funestes raisons. C'était un jeudi de mars, une journée plus glaciale que les autres. Le mistral n'avait cessé de siffler son étrange complainte. Les trois gouvernantes avaient dû rivaliser d'imagination pour rassurer les enfants. Elles avaient fini par captiver leur attention avec la lecture du *Dernier des Mohicans*. Ce récit donna lieu à de nouveaux jeux dans le long corridor, transformé pour l'occasion en camp indien. Martial, le plus jeune des garçons, s'était vu reléguer par ses compagnons d'aventures à un rôle subalterne qu'il n'affectionnait guère. Afin d'attirer leur attention, il avait voulu préparer une flambée dans la cheminée hors d'usage. Bien entendu, la nourrice avait étouffé le feu, agonisant le coupable de remontrances. Son espoir brisé, le garçonnet était retourné à la triste réalité : ses frères l'avaient écarté de leur cercle en raison de son âge. Plus tard, lorsque la maisonnée fut endormie, il s'était relevé sur la pointe des pieds, était allé chercher quelques bûches, les avait aspergées du contenu de sa lampe à pétrole, et avait réitéré son geste en secret. Moins d'une heure plus tard, quand l'alerte avait été donnée, parents et domestiques n'avaient pu sauver les jumeaux de l'asphyxie.

Le regard de Virgile se durcit au souvenir de ce terrible drame. Il savait Martial responsable de cet accident et ne lui avait jamais pardonné. Et cette situation douloureuse avait terni à jamais leur relation. Hélas, la fatalité devait frapper à nouveau la famille Bastide. À l'approche de Noël, Eugénie avait succombé à la tuberculose après six mois de toux incessante. Elle abandonnait Antoine, Martial et la toute jeune Apolline aux bons soins de leur père. Virgile avait relégué sa peine au fond du cœur, au risque de paraître insensible. Il avait pris en main sa famille, s'était montré dur avec ses fils, pour leur bien, disait-il, imposant à tous une rigueur militaire. Guère affectueux, le gardien du clan les avait aguerris. Ses héritiers portaient un nom et devaient s'en montrer dignes.

Virgile se raidit soudain à l'évocation de son cadet. Comment deux frères pouvaient-ils être aussi différents ? Il s'était efforcé de veiller sur eux avec la même attention, dans un parfait souci d'équité. Mais Martial le rejetait. Un jour, en passant devant sa chambre, Virgile l'avait entendu par la porte entrouverte. Il jouait, seul dans son coin, avec ses petites marionnettes, inventant l'histoire d'un papa tué dans un incendie. Virgile ne s'était pas manifesté mais avait tiré les leçons de cette découverte en s'arrangeant pour lui accorder plus d'attention. Martial était devenu si taciturne. Antoine, au contraire, remplissait parfaitement son rôle d'aîné. De Bastide en particulier. Quelques jours après le drame de l'hiver 1896, il était venu de son propre chef trouver son père.

« Puis-je vous entretenir de quelque chose ? » avait demandé le garçonnet, l'air grave.

Virgile avait alors posé sur lui un regard admiratif et gêné à la fois. Il connaissait assez son fils pour deviner les nobles motifs de cette demande et redoutait d'être obligé de prendre à son encontre des sanctions injustifiées.

« C'est moi qui ai commis cette effroyable bêtise, père. »

Antoine, debout devant lui, mal à l'aise dans ses culottes courtes, avait gardé la tête basse, de peur que ses yeux clairs ne trahissent son mensonge. Virgile avait alors fermé les paupières. Que n'aurait-il donné pour n'avoir jamais entendu cette révélation !

« Punissez-moi comme je le mérite. »

Cette supplique était tombée comme un couperet. Quand Antoine avait relevé la tête, ni l'un ni l'autre n'avaient été dupes. Pourtant, ils avaient dû jouer chacun leur rôle, dans le souci commun de préserver l'équilibre menacé de leur famille. La mort dans l'âme, Virgile s'était saisi de la longue trique de l'office et avait corrigé Antoine. Pardon, mon fils. Pardon, grand bonhomme, avait pensé le père, les larmes aux yeux, tandis que son pitchoune avait enduré la punition, agrippé à la table, sans laisser échapper un seul gémissement.

De la chambre voisine, le bruit d'une toux de poitrinaire lacéra le cœur du vieil homme, le ramenant quinze ans auparavant. Comment oublier les mouchoirs dissimulés sous le lit de sa femme et les draps souillés de sang au réveil ? Virgile n'avait rien pu faire, si ce n'est souffrir d'un air rassurant pour donner le change. De jour en jour, sa tendre épouse avait décliné, jusqu'au moment où son doux visage avait pris une pâle couleur de linceul.

— Père… ?

Virgile releva la tête. La main d'Apolline venait d'effleurer son épaule. Surpris, il se ressaisit, comme pris en faute, retrouvant d'instinct une attitude distante. Le portrait vivant d'Eugénie se trouvait face à lui, le regardant avec indulgence. Apolline était la bonté personnifiée. Âgée de quinze ans à peine, la charmante adolescente, les pommettes hautes et le regard clair, traversait l'existence avec grâce, prodiguant ses bienfaits comme un onguent de bien-être.

— Tenez, père. Faustine vous a préparé un bouillon de poule.

Virgile la contempla avec affection. Ce petit bout de femme atténuait déjà sa souffrance. Elle seule devinait ses blessures. Ce rôle, Apolline avait choisi de l'endosser. Dans quelques semaines, après les fêtes de Noël, elle se rendrait au couvent Sainte-Cécile-de-l'Espérance, sur les hauteurs de Menton. Cette vocation s'imposait comme une évidence. Virgile l'avait souvent entendue évoquer avec ses amies les raisons de son choix. Après trois années de noviciat, elle prononcerait ses vœux et consacrerait sa vie à Dieu, ainsi qu'à tous les enfants dans le besoin. La décision d'Apolline n'avait rien de contemplatif, bien au contraire. À son humble niveau, elle voulait soulager son prochain grâce à l'amour de Dieu.

Virgile lui sourit tristement. D'un geste de la main, il l'invita à venir prendre place à ses côtés, sur le sofa.

— Le docteur Keller est-il toujours dans la chambre d'Antoine ?

Le chef de famille se contenta d'un acquiescement de la tête avant de boire une gorgée de bouillon. Tous deux restèrent ainsi un instant sans échanger le moindre mot. Virgile devinait le regard bienveillant que sa fille posait sur lui. Il sentit ses doigts lui caresser les tempes avec une infinie douceur. Virgile s'en voulait de ne pas mieux dissimuler son inquiétude. Son immense désarroi devait se lire sur son visage.

— Dans Sa grande miséricorde, Dieu l'épargnera. J'en suis certaine.

— Tu es un ange.

Virgile saisit la main d'Apolline avec tendresse. Sa solidarité le réconfortait. Toute sa vie, il avait tenté d'inculquer à ses enfants l'importance des liens familiaux. À cette idée, une ombre voila son regard.

— Qu'y a-t-il, père ?

— Martial… A-t-on des nouvelles de Martial ?

— Pas pour le moment, reconnut-elle, un peu confuse.

— A-t-il été prévenu ?

— Oui… Hier.

Une fois encore, le cadet décevait. Bon sang pouvait trahir, parfois.

Martial se trouvait sur la Riviera depuis un mois, pour parfaire son apprentissage du commerce. Virgile le destinait à seconder Antoine à la manufacture. Le XXe siècle allait les propulser dans le monde moderne, une vision plus aguerrie du métier s'imposait afin de s'émanciper du seul marché français. Le patriarche avait donc pris la décision de confier le jeune homme aux bons soins de Nathanaël Braunstein, un ami banquier. Martial effectuait chez lui un stage visant à le familiariser avec les affaires. Peut-être brillerait-il davantage dans ce domaine qu'au sein des ateliers.

Les Bastide avaient hérité de la villa d'une parente d'Eugénie, à Cap-Martin. Chaque année, ils hivernaient quelques semaines sous le soleil de la Méditerranée, fuyant le mistral qui fouettait les rues d'Avignon et glaçait jusqu'aux os. C'est là-bas, dans cette propriété, qu'Apolline avait contacté son frère pour lui annoncer l'état de santé alarmant de leur aîné. Mais Martial ne s'était pas donné la peine de joindre son père. Pourtant, la villa venait d'être rafraîchie, électrifiée et équipée d'un téléphone. Il n'avait donc aucune excuse. Cette attitude ne surprenait guère Virgile, tant l'égoïsme de son cadet lui était coutumier. Pour l'heure, ses pensées se concentraient sur Antoine, l'héritier. Le patriarche avait fondé de grands espoirs sur lui. Dans quelques mois, il fêterait ses vingt-quatre printemps. Virgile avait choisi cette occasion pour lui confier les clefs de la manufacture. Lui-même avait prévu de rester encore une année ou deux en Avignon pour le seconder, avant de gagner la Villa Rosa au Cap-Martin et de prendre une retraite bien méritée.

Antoine était talentueux et possédait les qualités requises pour poursuivre l'œuvre familiale dans la pure tradition provençale. Très vite, Virgile avait noté son intérêt pour les indiennes, son sens inné du détail. Il pouvait mémoriser chacune des planches anciennes, de la composition des couleurs à la technique du dessin. Il aimait respirer les parfums de l'atelier d'étude, répertorier la palette lumineuse des teintes et étudier les assemblages qui étaient savamment notés dans le grand livre de recettes. Tout petit, déjà, il passait des heures à regarder son père, à enregistrer le moindre de ses gestes, et il s'était pris de passion pour le métier. Antoine avait en plus un don pour le dessin. Son audace artistique, son coup de crayon habile lui permettaient de reproduire avec fidélité les standards réputés de la maison. Cependant, il n'en tirait aucune vanité particulière. Il lui paraissait évident de perpétuer ce savoir-faire unique.

En tant qu'aîné, Antoine avait toujours pris ses responsabilités très à cœur, veillant fidèlement sur son frère et sa sœur, une aide précieuse pour maître Bastide, surtout depuis le décès d'Eugénie. Bientôt, il fonderait une famille, donnerait au patriarche une descendance digne de leur lignée. La chaîne ne serait pas rompue, espérait désespérément Virgile.

— Voulez-vous un autre bol de bouillon ? lui demanda Apolline.

Avant qu'il ne puisse répondre, des bruits de pas se firent entendre dans l'escalier tout proche. C'était Séverin Chabanel, le chef d'atelier. D'un geste un peu gauche, celui-ci retira son béret et s'avança avec hésitation vers son patron.

— Bonjour, maître Bastide. Mademoiselle Apolline. A-t-on du nouveau pour Monsieur Antoine ?

— Toujours rien, se lamenta la jeune fille.

— Le docteur est avec lui depuis longtemps ?

— Depuis plus d'une heure maintenant.

— Mazette !

Ses doigts un peu nerveux trituraient son calot dans tous les sens.

— Si je peux faire quelque chose pour vous, maître Bastide, n'hésitez surtout pas !

— Je le sais, mon ami. Je le sais.

Virgile accompagna ses mots d'un geste empreint de gratitude. Séverin était un homme brave, loyal et dévoué, sur lequel il avait toujours pu compter. Si les conventions sociales ne leur permettaient pas d'entretenir une amitié, un profond respect liait les deux hommes. Du reste, Chabanel se sentait particulièrement déplacé dans cette maison, cette demeure de maître si richement décorée. Lui, son domaine, c'était la manufacture, le monde des ouvriers et des journaliers. Toutes ces petites gens constituaient sa véritable famille depuis son embauche par Sixte Bastide à l'âge de huit ans, alors qu'il n'était qu'un orphelin livré au monde de la rue. Il avait été heureux de trouver un toit et d'apprendre un métier. Lorsque Virgile avait pris la suite de son père, Séverin avait fait preuve du même attachement. Ils avaient le même âge, la même passion pour les indiennes, le même but…

— C'est très gentil à toi de t'être déplacé, Séverin. Mais peut-être voulais-tu me parler ?

Le chef d'atelier jugea préférable de ne rien dévoiler pour le moment des difficultés qui s'amoncelaient à la manufacture. Certaines commandes venaient d'être annulées, et le manque de personnel retardait la fabrication de celles qui leur restaient acquises.

— Non, non. Rien de bien important.

La porte de la chambre d'Antoine s'ouvrit enfin, mettant un terme à leur discussion.

Sans bouger de son siège, Virgile s'arma de courage. D'un geste machinal, il lissa sa barbiche taillée avec élégance, dissimulant mal son anxiété.

Le docteur Keller s'approcha de lui et, après une dernière hésitation, finit par répondre à son regard interrogateur.

— Je crains, hélas, que votre fils ne soit atteint à son tour de la tuberculose.

Puis il ajouta, pour minimiser la gravité de la situation :

— La médecine a fait des progrès considérables dans ce domaine, mon cher Virgile, dit-il en posant une main sur l'épaule du malheureux. Je ne saurais trop vous inviter à conduire Antoine au grand air. Vous possédez une villa sur la Riviera, je crois ? Le climat y est très sain.

Sans se départir de son calme apparent, Virgile acquiesça.

— Apolline, prends les dispositions nécessaires. Nous partons à la Villa Rosa dès demain.

2

La Riviera, 1911

La torpédo roulait à vive allure sur la route escarpée de la Corniche. Dans le dernier lacet, Martial Bastide accéléra avant de négocier la sortie de la courbe en épingle. L'air vif de novembre lui piquait le nez autant que pouvait le griser le parfum épicé des pins. Ici, il était libre et puissant au volant de son bolide. Depuis son arrivée sur la Riviera, quelques semaines plus tôt, Martial goûtait aux délices d'une vie dorée, loin de l'oppressant carcan familial. Il pouvait mener son existence comme bon lui semblait. Et si l'idée de suivre les desseins de Virgile ne l'avait guère enchanté au début, à présent, il s'en réjouissait. Il accomplirait de grandes choses dans la vie. Il en était certain. Pétri d'ambition, il se félicitait de ce coup du sort qui évinçait Antoine, son frère si parfait, calibré sur mesure pour satisfaire aux exigences de perfection de leur père. Antoine, ce rival de toujours. Martial aurait pourtant aimé ressembler à son aîné, ce frère qui, par son charisme, avait toujours attiré l'attention des adultes lorsqu'ils étaient enfants. Il avait tant souffert de leurs différences. Un jour, il tiendrait sa revanche. Il se le jurait. Martial avait toute la rudesse du peuple ligure qui, jadis, avait planté ses huttes sur la côte méditerranéenne. Ses cheveux couleur de jais écrasaient son visage aux traits lourds.

Ses yeux sombres fuyaient le regard de ses interlocuteurs qu'il déconcertait.

Après la commune de Roquebrune, la route formait un coude. La torpédo prit de la vitesse, pointa son nez dans la lumière azurée de la baie avant de redescendre sur la principauté de Monaco. Martial rétrograda à l'entrée de Beausoleil, mit sa flèche gauche et s'engagea à toute allure dans une dernière ligne droite. Le cabriolet évita de justesse la charrette d'un poissonnier qui venait de s'approvisionner auprès des pêcheurs du port, en contrebas. Le chauffeur poursuivit son chemin sans le moindre état d'âme pour le malheureux marchand qui, furieux, s'agitait sur la chaussée devant sa cargaison renversée.

Au poste-frontière, le conducteur présenta ses papiers au douanier. Après un rapide examen, l'homme en faction le salua et lui fit signe de passer. Martial pénétra alors dans un autre monde. Celui du luxe feutré et de la féerie… Il roula au pas dans Monte-Carlo. Si le pouvoir avait une capitale, elle se trouvait ici, sur la place du Casino où il se rendait. Tout était flambant neuf, harmonieux et imposant à la fois. Le jeune garçon de vingt ans rêvait devant ce décor digne d'une opérette d'Offenbach. Les hommes portaient beau. À leur bras, les élégantes se promenaient avec grâce sous leurs ombrelles.

Le cadet des Bastide gara sa modeste auto devant l'opéra, entre une Rolls Royce rutilante et une prestigieuse Bugatti. Il ressentit une gêne en claquant sa portière. Martial détestait l'idée d'être un minable bourgeois de province. Il aspirait aux premières places parmi les grands de ce monde, à s'étourdir de l'ivresse du pouvoir, à briller par son esprit et, plus que tout, à prendre une revanche éclatante sur le passé.

— Bonjour, monsieur Bastide, lança le portier de l'immeuble. Belle journée, n'est-ce pas ?

— En effet, Gianni. Très belle, répondit Martial, élégant dans son costume clair.

Il passa la porte à tambour avec la désinvolture d'un grand seigneur, une attitude grotesque pour ce coq râblé monté sur ses ergots.

Le bâtiment était situé juste à côté de l'Hôtel de Paris. En 1901, à peine sa construction achevée, le siège social de la banque Braunstein y avait aménagé de vastes bureaux, au premier étage. Si l'élégance des lieux dissimulait les raffinements du confort moderne, elle constituait cependant un écrin sur mesure pour cet établissement bancaire en grande partie à l'origine de l'essor spectaculaire de la Principauté.

Martial, gonflé d'ambition, s'engagea dans le hall, le pas conquérant. Tout le personnel le connaissait maintenant, du groom de service aux secrétaires. Les commérages allaient bon train sur cet étrange bonhomme, qui plus est un intime du grand patron. Le jeune homme en tirait une immense jubilation. Ici, on le traitait enfin avec tous les égards qu'il méritait. Pour une fois, il n'était plus *fils* ou *frère de*, mais *monsieur* Bastide. Un rictus vint alourdir ses traits tandis que le groom refermait la grille de l'ascenseur. Antoine et Virgile allaient arriver d'un jour à l'autre à la Villa Rosa… Martial redoutait leur venue. Il n'entendait pas les voir jouer les trouble-fêtes, et pour rien au monde il ne permettrait à Antoine de lui ravir la vedette sur son territoire.

Dès qu'il parvint à l'étage, il se dirigea vers le bureau de Nathanaël Braunstein. Qui aurait cru un jour que lui, Martial Bastide, antisémite notoire, serait flatté de compter un juif au nombre de ses intimes ? Certainement pas ses relations d'Avignon, ceux qu'il rejoignait discrètement chaque jeudi au Café de la Patrie, au pied du palais des Papes, ceux-là mêmes qui s'insurgeaient contre la réhabilitation du capitaine Dreyfus et, surtout, son élévation au rang de chevalier de la Légion d'honneur cinq ans plus tôt.

— Ah ! s'exclama la secrétaire, heureuse de le voir. Monsieur vous attend avec impatience. Suivez-moi.

— Avec plaisir, répondit-il, jetant un regard en coin sur la jeune femme.

Martial lui emboîta le pas. Elle portait un long tailleur gris boutonné de pied en cap, et c'est à peine s'il parvenait à distinguer le haut de sa bottine. Pourtant, le jeune Bastide la trouvait plutôt à son goût. La mode de ce début de siècle ne favorisait guère les décolletés vertigineux ou les formes trop marquées, très en vogue sous Napoléon III. Certaines femmes risquaient parfois un ourlet à mi-cheville, un signe d'effronterie que le jeune homme ne manquait pas de surveiller de très près. À vingt ans, hormis les filles de chez Mireille, une maison de plaisir à Aix, il n'avait aucune expérience des femmes.

La double porte capitonnée s'ouvrit sur une vaste pièce inondée de lumière. Deux hautes fenêtres offraient un point de vue admirable sur les jardins en terrasse du Casino, les eaux tranquilles du port où les splendides yachts étaient sagement amarrés. Nathanaël Braunstein trônait derrière un imposant bureau. Il arbora un large sourire de satisfaction en voyant Martial.

— Mon jeune ami ! lança-t-il en contournant sa table de travail. J'ai de nombreux projets pour la journée.

— Je suis tout à votre service.

— Bien, bien. Parfait…

Sans plus attendre, Nathanaël entra dans le vif du sujet. Il attendait l'arrivée imminente du comte Fabiani, un millionnaire italien, investisseur potentiel sur la Riviera, aristocrate distingué qui avait acheté son titre à la maison de Savoie grâce à la fortune de ses onze briqueteries. D'ores et déjà, l'affaire semblait bien avancée. Fabiani avait demandé un entretien particulier à Nathanaël. Le vieil industriel resterait en Principauté jusqu'aux fêtes du nouvel an, le temps pour lui de célébrer son nouveau mariage et de conclure de fructueux placements.

— Le train de Paris ne devrait plus tarder, ajouta le banquier, un œil sur sa montre à gousset.

— Il entrait en gare quand je suis arrivé.

— Dans ce cas, nous n'avons plus une minute à perdre. Je veux que tu te rendes sur place et que tu veilles personnellement à l'installation de Fabiani et de sa fiancée. Je leur ai réservé la meilleure suite de l'Hôtel de Paris.

Martial s'apprêtait à quitter le bureau, lorsque Nathanaël le retint.

— Je me réjouis à l'idée de revoir Virgile. J'ai appris qu'il venait avec ton frère aîné ?

Puis il ajouta, compatissant :

— J'espère cependant que la maladie dont souffre ce pauvre Antoine n'est pas trop grave. Je me souviens d'un garçon si charmant...

À cette dernière remarque, Martial vit sa pire angoisse l'envahir à nouveau. Il resta immobile, la main sur la poignée de la porte, réfléchissant à toute allure à sa réponse, puis annonça, hypocrite :

— Oui, c'est une terrible épreuve pour nous tous. Pour Père en particulier. Il connaît mieux que personne les ravages de la tuberculose. Je crains, hélas, que mon frère n'en ait plus pour longtemps...

Martial quitta la pièce, laissant Nathanaël seul, atterré par cette révélation. La « maladie romantique », comme on la surnommait avec pudeur, avait causé en cent ans plus de ravages que toutes les campagnes napoléoniennes réunies. Faute de traitement, les malades étaient tenus à l'écart d'une société paniquée par la contagion. Braunstein ne l'ignorait pas. Dix ans plus tôt, il avait perdu un fils dans les mêmes circonstances. L'isolement, il connaissait, et il tenait à manifester son soutien à Virgile. Choqué, il s'obligea à reprendre son travail, vérifia avec sa secrétaire l'emploi du temps de la soirée avant de lui donner des courriers à rédiger. À l'heure du déjeuner, il rejoindrait le comte Fabiani au restaurant de l'Hôtel de Paris.

La prodigieuse ascension des Braunstein relevait du conte de fées. Originaire d'une lignée de banquiers alsaciens dont la généalogie se perdait outre-Rhin,

Isaac, le père de Nathanaël, avait été envoyé par sa famille dans le sud de la France afin de développer leurs activités. Isaac avait tout de suite compris la place à prendre sur le Rocher, à l'époque couvert de cistes, d'orangers et de pins parasols. Le prince régnant, Charles III, et sa mère, Caroline, cherchaient par tous les moyens à remplir les caisses monégasques. Stations thermales, hôtels et casinos attiraient le tourisme doré ailleurs. Pourquoi pas ici ? D'autant plus qu'un décret de Louis-Philippe interdisait les salles de jeu en France... Isaac vit là un moyen de profiter de la situation. En 1856, un vaste programme immobilier fut mis en chantier, qu'Isaac Braunstein finança en grande partie. Mais il mourut sept ans plus tard d'une embolie pulmonaire, laissant le soin à son fils de poursuivre son œuvre. L'audace de Nathanaël fut payante. Il acheta des parts dans la Société des bains de mer et spécula avec adresse sur des terrains à bas prix, bientôt lotis de luxueuses villas. Ainsi, le succès grandissant de Monte-Carlo permit à la banque Braunstein d'acquérir une solide réputation sur les places financières.

Nathanaël aimait le bel ouvrage. On le disait homme d'argent, qualité propre aux juifs selon certains. En réalité, il aimait relever les défis et son intuition l'avait toujours conduit sur les bons chemins. Qu'importait pour lui un retour financier immédiat. Il avait du reste soutenu des projets auxquels personne ne croyait, mais n'en avait tiré aucune vanité. Il était bien trop modeste pour cela. Sans être philanthrope pour autant, le quinquagénaire avait toujours jugé le pouvoir accessible à celui qui savait prendre de justes décisions au bon moment. Et c'est ce qu'il avait enseigné à son fils Benjamin. Pour le monde entier, la Principauté représentait le repaire de quelques privilégiés de la Belle Époque. Nathanaël ne manquait jamais de rappeler à ses proches que, sans eux, des centaines de familles des environs n'auraient, pour se remplir l'estomac, qu'une maigre pêche…

Le banquier ouvrit son courrier. Parmi les nombreuses invitations du jour, une seule retint son attention, l'inauguration de Cap-Amiral, un somptueux palais construit pour un richissime aristocrate russe, l'amiral Oulianov. Cette soirée s'annonçait grandiose et ouvrirait la saison d'hiver. Interrompu dans sa lecture par la sonnerie du téléphone, il décrocha le combiné d'une main distraite. C'était Benjamin. Son fils se trouvait à Londres chez des cousins, les gérants de la succursale anglaise. Chez les Braunstein, il était de coutume pour les héritiers de la dynastie d'effectuer un séjour dans chacune des filiales.

— Seras-tu de retour pour les fêtes de fin d'année ?

— Oui, je rentre pour Hanoukka.

— Voilà une très bonne nouvelle ! Je t'attends avec impatience, la saison promet d'être excellente.

Nathanaël raccrocha, tout heureux de cette annonce. Son fils lui manquait bien plus qu'il ne le laissait voir. Depuis le décès de son épouse, il était devenu le pilier de sa vie. Le jeune homme, âgé de dix-neuf ans, comblait ses espoirs. Mais le banquier devait maintenant songer à lui trouver un parti digne de son nom pour assurer leur descendance. Nathanaël avait un temps envisagé une union avec les Rothschild, dont un lointain cousinage du côté maternel les rapprochait. Mais l'affaire ne semblait pas avancer. Les autres lignées ne manquaient pas, Nathanaël finirait bien par tomber sur la perle rare capable de séduire son fils, gage pour lui d'un mariage heureux. À l'occasion de cette fin d'année, Braunstein devrait s'entretenir avec Benjamin.

Une épaisse fumée avait envahi le quai. Martial longea le train, à la recherche de ses hôtes de marque parmi une foule compacte. Un attroupement s'agglutinait près de la voiture de tête, immobilisée sous la haute verrière de la gare flambant neuve. Martial se leva sur la pointe des pieds, essayant de deviner les raisons d'une telle agitation. Sa petite taille le plaçait en situation d'infériorité et il se sentait humilié, noyé dans la masse. Nul ne tenait compte de lui. Il choisit de ruser et remonta le wagon par l'intérieur.

— Comte Fabiani ? lança-t-il à un élégant monsieur qui attendait patiemment de pouvoir descendre. Je suis chargé par Nathanaël Braunstein de vous conduire à votre hôtel.

L'homme d'affaires se retourna, ajusta son lorgnon puis détailla son interlocuteur.

— *Sì, sì.* Dès que Mademoiselle en aura terminé avec ces messieurs de la presse, nous nous ferons une joie de vous suivre.

Une femme, en équilibre sur le marchepied, captivait l'attention de la foule rassemblée devant la voiture. Aux premiers rangs se trouvaient des journalistes avides de la moindre confession, reconnaissables aux calepins serrés entre leurs doigts. Au centre du groupe, un grand maigre s'agitait sous la cape noire de son objectif, un bras en l'air. Tous semblaient n'avoir d'yeux que pour la tenue vestimentaire de cette excentrique qui arrivait par le train de Paris. Martial se contorsionnait davantage pour l'apercevoir, quand il remarqua l'objet des commérages. Sous sa redingote brune, elle portait un pantalon !

— Dites-nous, mademoiselle, lança l'un des journalistes, juste à sa droite. Ne craignez-vous pas de perturber les relations d'affaires de votre futur époux ?

L'homme en canotier souligna ses propos en pointant avec son cigare l'accoutrement pour le moins scandaleux de la femme.

— Ce n'est pas mon intention, croyez-moi, répliqua-t-elle d'une voix aigrelette. Et sachez que je ne me soucie plus du qu'en-dira-t-on depuis longtemps.

Pour ajouter à la provocation, elle retira le havane des mains du journaliste, le porta à ses lèvres et en inhala une profonde bouffée. Le flash crépita derechef. Les calepins se noircirent de nouvelles lignes. À n'en pas douter, ce personnage allait pimenter la saison de ses frasques.

Derrière elle, Fabiani s'impatientait.

— Coquerina Zoé ! Pouvons-nous y aller maintenant ?

— Oui, mon ami, lui répondit-elle dans un gracieux mouvement de tête.

À cet instant seulement, Martial découvrit son visage. La Grande Zoé en personne ! La célèbre meneuse de revue qui avait défrayé la chronique avant que l'Amérique ne la place sous le feu des projecteurs du cinéma naissant. Et c'est lui qui était chargé de l'accueillir.

Juste à côté de son fiancé, Zoé remarqua ce garçon en admiration devant elle. Elle adorait lire la fascination qu'elle exerçait sur les hommes, et se sentait d'autant plus flattée lorsqu'il s'agissait de jeunes gens. Celui-ci n'était pas beau, certes, mais il dégageait une très forte personnalité. Elle lui sourit, mutine. À quarante-trois ans, Zoé savait cacher ses rondeurs avec habileté, usant d'une garde-robe étudiée. À son âge, les vêtements devaient souligner son tempérament, non l'inverse. Ce choix lui réussissait, l'effet produit à sa descente du train le prouvait. Elle avait peut-être renoncé de paraître sur scène dans des tenues légères, mais elle ne comptait pas quitter le haut de l'affiche. Satisfaite, elle mit fin à cette conférence de presse improvisée, certaine d'occuper le lendemain la une de *L'Éclaireur* et des autres journaux locaux.

Martial s'empressa de se présenter.

— Eh bien, je suis rassurée. Nous sommes entre de bonnes mains, lui répondit-elle en riant.

Le jeune Bastide déploya un zèle incroyable pour débaucher un porteur sur-le-champ. Ils se dirigèrent vers l'entrée principale de la gare où un fiacre les attendait.

— Ne devons-nous pas loger à l'Hôtel de Paris ? demanda Zoé.

— Oui, bien sûr. Nous vous avons réservé la plus belle suite.

— Dans ce cas, nous allons nous y rendre à pied, nous n'avons qu'à traverser la place du Casino.

Fabiani acquiesça au désir de sa future épouse, bien qu'il eût préféré se faire conduire. Martial, perché sur les précieux centimètres de ses discrètes talonnettes, se pavanait, orgueilleux. Tous les regards convergeaient vers eux, scandalisés, et les commentaires étouffés des passants bruissaient sur leur passage. Il devenait le centre d'intérêt, goûtait pour la première fois aux délices de la notoriété, fût-elle sulfureuse, dans ce monde entravé par les conventions. Martial entendait changer les choses. La présence de Zoé à ses côtés était un signe du destin. Ils échangèrent une œillade complice.

En fin de journée, Martial regagna la Villa Rosa, l'esprit occupé par Mademoiselle Zoé. Elle l'avait regardé ! À plusieurs reprises, elle avait posé son regard pénétrant sur lui. Non pas à la recherche d'un détail dérangeant, mais en le sondant jusqu'au tréfonds de son âme. Cet après-midi, Martial s'était senti désiré par une femme. Et quelle femme ! La Grande Zoé en personne ! Juste avant son départ, elle lui avait annoncé, par-dessus l'épaule de Fabiani, son envie de le revoir lors de dîners en ville. Une mondaine comme elle passait le plus clair de son temps dans des soirées sélectes où le gotha se retrouvait à siroter du champagne sous les lambris dorés. Peut-être aurait-il l'occasion de l'accompagner ?

Arrivé à la Villa Rosa, Martial coupa les gaz de sa torpédo, bien décidé à réviser son allure. Une moustache lui conférerait plus d'importance et effacerait sans doute son air juvénile. Il claqua la portière du cabriolet et se retrouva nez à nez avec sa sœur.

— Bonsoir, Martial, dit Apolline. Entre vite, Père t'attend.

Son rêve de conquête s'évanouit dans les cieux comme le parfum sucré de la Grande Zoé. À contrecœur, il pénétra dans le salon du rez-de-chaussée, peu enthousiaste à la vue de Virgile, adossé au manteau de la cheminée, rigide dans son costume trois-pièces. Le jeune homme aurait voulu fuir, tant il détestait l'univers de son géniteur. Il ne laisserait personne troubler sa nouvelle vie sur la Riviera.

3

Saint-Pétersbourg, 1911

Tatiana Alexandrovna Oulianova soupira de lassitude. Elle aurait tant aimé se détendre. Debout sur la grande table, l'adolescente veillait à maintenir un port de tête digne de son rang, bras écartés et jambes serrées, alors que trois caméristes s'activaient en silence autour d'elle. Il s'agissait d'exécuter les consignes des deux couturières de la maison. Tante Macha trônait à l'écart, assise sur une bergère, le regard critique. Pas un pli ne lui échappait. Parfois, elle martelait d'un coup sec de sa canne le parquet rutilant de l'antichambre, en signe de mécontentement.

— Les détails, mesdemoiselles. Tout est dans les détails, psalmodiait-elle comme une litanie.

Trois heures par jour depuis le début de la semaine, Tatiana se prêtait à ce jeu d'essayages. Toute sa garde-robe devait être renouvelée avant le départ de la famille pour la Riviera. Chaque année, tante Macha usait de sa qualité de première dame de compagnie auprès de la tsarine pour contrôler les créations qu'arborerait sa filleule. En janvier prochain, la jeune fille fêterait ses quinze ans. Il était temps pour elle de l'introduire dans le monde. À cette époque de l'année, la noblesse européenne se retrouvait sur les rivages de la Méditerranée. La benjamine de l'amiral Oulianov n'aurait aucun mal à trouver un parti aussi respectable qu'honorable.

— Cesse de bouger ! s'irrita la duchesse.

Une petite main venait de piquer malencontreusement Tatiana dans le dos avec une épingle, mais la jeune fille ne réagit pas aux remontrances. Se justifier reviendrait à accuser d'incompétence l'une des couturières. Elle refusait d'offrir un tel cadeau à cette mégère. Détournant son regard vers la fenêtre, elle admira le parc déjà enneigé. Saint-Pétersbourg était si élégant en ce mois de novembre. Elle mourait d'envie d'envoyer valser les mousselines de soie, de lancer une grimace espiègle à sa tante et de s'aventurer dans la neige épaisse avec son amie Natacha, la fille de la cuisinière. Mais Tatiana était une Oulianov, et elle restait prisonnière de sa condition.

Du salon de musique voisin lui parvinrent les premières mesures du concerto pour piano de Tchaïkovski qu'interprétait sa sœur. Marina, la virtuose de la famille, resterait des heures à travailler sa partition. Liszt, Chopin ou Rachmaninov constituaient son univers et servaient son langage. Marina pouvait passer des jours entiers sans prononcer le moindre mot. Tante Macha le tolérait. La petite était si brillante… Le tsar en personne ne tarissait pas d'éloges sur ce jeune prodige. Un coup de canne autoritaire vint perturber les sons mélodieux du piano.

— Allons, allons, scanda la voix pincée de la sœur de l'amiral. Cesse de rêvasser et reviens parmi nous. À ton avis, comment pourra-t-on te faire ta robe si tu ne te concentres pas davantage ?

Tatiana porta sur sa tante un regard sans concession. Macha appartenait à un autre temps, celui des calèches rutilantes, des laquais en livrée. Une vie de fastes réservée à une cour qui trompait son ennui en fêtes somptueuses tandis que le peuple se calait l'estomac avec une maigre pitance. L'abolition du servage n'avait rien changé aux conditions misérables de ces pauvres gens. Très jeune, Tatiana avait été indignée par cette triste réalité. Comment sa tante pouvait-elle mener un tel train de vie devant toute cette misère ? Tatiana ne supportait plus cette indifférence glaciale. Elle et sa tante vivaient pourtant ensemble depuis leur naissance. Sur ce point, les positions de Macha avaient toujours été radicalement opposées à celles de son frère. Selon elle, le peuple ne devait pas espérer plus. Tatiana, elle, partageait les idéaux de son père. Tout comme lui, sa jeune conscience défendait l'humanisme et prônait un équilibre entre les peuples. Enfant, tapie dans un coin du cabinet de travail du grand homme, elle avait entendu l'amiral suggérer de profondes réformes visant à refondre la société, et ses mots étaient restés gravés dans sa mémoire. Plus tard, elle s'était arrangée pour glaner ici et là quelques informations sur le sujet. Une fois même, tante Macha avait retrouvé dans les appartements de sa filleule un tract révolutionnaire ! Scandalisée, elle avait enfermé la jeune fille dans sa chambre. Tatiana se souvenait encore du tribunal d'inquisition devant lequel elle avait dû se justifier. Son père dans le rôle du juge, sa tante dans celui de l'avocat général. La jeune fille avait refusé de livrer le nom de l'auteur de ce brûlot.

Mais Macha avait fait en sorte que l'on trouvât un coupable, un commis trop bavard. Il fut jeté à la porte avec ses huit enfants. L'amiral avait cependant usé de toute son influence pour éviter au malheureux d'être déporté en Sibérie.

— Écartez-vous, ordonna la duègne, agitant son poignet que soulignaient une débauche de vieilles dentelles.

Les caméristes s'éclipsèrent avec déférence, l'œil inquiet sur leur travail. Tante Macha claudiqua jusqu'à la table. Son regard d'aigle fixait le corset perlé de nacre. Ajustant son binocle, elle examina de plus près les délicates broderies au point de Beauvais sur l'étoffe en soie écrue. Sa moue dédaigneuse dissimulait en réalité sa plus vive satisfaction. Macha était rassurée. Dans quelques jours aurait lieu sur la Riviera la soirée d'inauguration de L'Amirauté, le somptueux palais de la mer des Oulianov. C'est à cette occasion que Tatiana entrerait dans le monde, vêtue de cette merveilleuse robe. Aucun parti ne résisterait à tant de fraîcheur, et bien qu'elle fût encore très jeune, il serait aisé de « placer » cette petite peste qui avait tant d'emprise sur son père.

Macha examina la façon couture après couture. Rien à redire de ce côté-là. Mais en remontant sa main d'experte au niveau de la taille, elle remarqua une piqûre qui était moins tendue que les autres.

— Les détails ! Combien de fois faudra-t-il vous rappeler de soigner les détails, écervelées que vous êtes !

La duègne releva vers sa filleule un visage sévère. Leurs regards se croisèrent. Se défièrent. L'espace d'une seconde, la fierté de tante Macha sembla vaciller.

— Qu'as-tu à me fixer de la sorte, jeune effrontée, siffla-t-elle. Je te prie de baisser les yeux. J'aurais dû t'envoyer au couvent ! Au moins y aurais-tu appris les bonnes manières.

Tatiana continuait de la fixer avec insolence.

— Il est plus malheureux de commettre une injustice que de la souffrir soi-même, s'entendit-elle répondre d'une voix claire.

Tante Macha fut consternée. Chaque personne présente dans la pièce retenait son souffle. La petite avait du cran.

— Comment oses-tu ? fulmina-t-elle. Qui t'a enseigné de pareilles fariboles ? Encore un de tes révolutionnaires ?

— Non, ma tante. Socrate. Dans l'ouvrage que nous a offert notre tsar Nicolas II !

Les joues enflammées de la duchesse virèrent soudain au pourpre. Sa voix descendit d'une octave.

— En voilà assez ! Puisque tu sembles tellement aimer les versions grecques, tu vas me traduire l'intégralité de *L'Iliade* cet hiver. Un autre cadeau de notre empereur, en quatre volumes... Petite ingrate ! Moi qui m'échine à te rendre présentable... Va-t'en maintenant, maugréa-t-elle avec hargne. Tu as du travail qui t'attend.

Tatiana ne se fit guère prier. Par respect pour les employées, elle ôta avec délicatesse sa robe puis disparut, soulagée. Au moins, l'idée de s'évader toute une saison avec Homère était plus douce que la perspective de passer une minute de plus avec cette horrible Macha. Comment son père pouvait-il encore la supporter ? Comment pouvait-il tolérer qu'elle s'arroge les prérogatives de son épouse ? L'adolescente la haïssait. Cette femme, si fière de sa généalogie, de ses titres, charges et privilèges, n'était que cruauté !

Cinquante ans plus tôt, Macha avait été mariée à un prince prussien, l'oncle de l'actuelle tsarine. Les mauvaises langues avaient dit à l'époque que, devant la froideur de sa femme, le jeune marié avait préféré s'en remettre à Dieu. Il fut exaucé lors d'une partie de campagne, un an à peine après leur mariage. Le tilbury du couple s'était retourné, brisant la nuque du prince qui était mort sur le coup. Macha était repartie dans sa famille, avec pour seul souvenir de cette union un boitillement à vie. Quand Nicolas II était monté sur le trône, en 1894, Alexandra Fedorovna, son épouse, avait appelé Macha auprès d'elle, en souvenir de leur brève parenté. Cette position avait permis à la duchesse d'exercer un despotisme aveugle sur les Oulianov. Peu à peu, elle s'était substituée à Irina, sa belle-sœur, dans l'éducation des enfants.

Tatiana traversa le long couloir qui desservait les pièces de l'étage. Mozart et son *Concerto pour piano n° 21* accompagnaient ses pas alors qu'elle s'avançait vers le salon de musique tout proche.

— Psssitt ! lança Natacha, dissimulée entre deux candélabres baroques.

La petite brune piquante sourit, espiègle.

— Ben, dis donc, tu l'as drôlement bien remis en place, le Kaiser !

— Je n'ai dit que la vérité.

— À l'office, on ne parle plus que de ça.

— Comment faites-vous pour être au courant de tout aussi vite ?

— Comme toi, ma belle, répondit Natacha d'un air malicieux. Les serrures ont des oreilles. Tu connais bien celle du bureau de l'amiral.

Les deux adolescentes sourirent de leur connivence.

— Ça ne va pas être très drôle sur la Riviera, si tu es enfermée toute la journée. Nous allons en avoir pour des semaines !

Leurs rires étouffés redoublèrent à l'idée de ce secret si bien gardé. Natacha savait lire. En cachette, Tatiana lui avait prêté des livres dès que la domestique avait été capable de déchiffrer ses premières lettres. En échange, la fille de la cuisinière l'aidait à chaque fois que tante Macha lui infligeait une punition de ce genre.

— Père allégera la sentence, reprit Tatiana, confiante. Quant à notre dragon, tu sais bien qu'elle doit rester auprès de sa souveraine. Elle ne séjournera avec nous qu'une semaine ou deux. Surtout en ce moment…

— On finirait presque par remercier Raspoutine.

— N'allons pas jusque-là !

Depuis le retour en grâce du très contesté mage impérial deux mois plus tôt, l'influence de tante Macha était mise à rude épreuve auprès de la tsarine. L'intrigant nourrissait une haine farouche envers la duchesse. Haine bien réciproque, du reste. L'impératrice s'était éloignée de sa fidèle parente pour se confier à cet homme, sulfureux, certes, mais qui avait sauvé le tsarévitch quand les meilleurs médecins du palais n'avaient plus aucun espoir de guérison. Tante Macha devait surveiller ses arrières, ce qui la rendait doublement acariâtre.

Le bruit d'un pas lourd et saccadé provint du fond de la galerie.

— Va vite, souffla Tatiana à son amie. Le Kaiser approche. Tu sais qu'elle déteste te voir dans les parages.

— On se retrouve en fin de journée.

Les jeunes filles détalèrent à l'approche de tante Macha. La fille de l'amiral entra dans le salon de musique. Elle se plaqua contre la porte, une oreille aux aguets. Marina était toujours concentrée sur sa partition de Mozart, quand elle aperçut sa jeune sœur. Devinant la situation, elle lui adressa un signe complice, puis encouragea la fugitive à emprunter la porte de communication avec ses appartements. Tatiana ne se fit guère prier. Elle revint néanmoins sur ses pas déposer un baiser à la volée sur le front de son aînée. À l'extérieur, le bruit de la canne résonnait sur les dalles de marbre rose. Marina entama un Impromptu de Chopin fortissimo afin de mieux dissimuler la fuite.

Tatiana longea le couloir qui menait à sa chambre. Sur le seuil, elle s'interrompit net. Irina était assise à côté de son lit. Au premier coup d'œil, Tatiana remarqua le livre déposé sur ses genoux. Elle reconnut l'ouvrage d'Homère à la reliure flamboyante comme les ors des palais de son illustre donateur. L'adolescente regarda sa mère d'un air interrogateur. Était-elle déjà au courant ? Se liguerait-elle contre sa fille ?

— Je crois que nous devrions nous mettre tout de suite à cette version, non ? Et, si tu le permets, j'aimerais beaucoup me replonger dans cette épopée avec toi.

Tatiana se jeta dans ses bras.

— Oh, Mamotchka, avec joie !

Elle l'enlaça davantage, se moquant bien de l'étiquette en vigueur dans cette maison où toute effusion se voyait sévèrement réprimée. Les deux femmes en pâtissaient amèrement. Néanmoins, chaque fois qu'elles parvenaient à tromper la vigilance de tante Macha, elles partageaient de précieux instants d'affection.

Tatiana tenait d'Irina son teint rosé et sa blondeur toute slave, comparable au doux soleil de novembre qui caressait les eaux de la Neva. Cependant, si l'une et l'autre avaient reçu, grâce supplémentaire, des traits harmonieux et délicats, Tatiana, elle, avait hérité du tempérament de son père, Alexandre Oulianov. Tout comme lui, l'injustice la révoltait. Elle tenait tête, courageuse, très fière de lui ressembler si fidèlement. Toutefois, elle ne comprenait pas son attitude laxiste face aux bravades de sa tante envers sa mère. Cette question la hantait depuis six ans maintenant, lorsque Macha avait surgi dans leur vie et commencé à brimer la famille. Irina n'avait jamais émis la moindre critique. Et Tatiana n'avait jamais osé en toucher mot à ses parents, par crainte de les blesser. Son père restait le héros de Tianjin, celui qui s'était brillamment illustré au cours de la révolte des Boxers, en Chine. Sa mère était la douceur incarnée.

La porte s'ouvrit d'un coup. Elles se redressèrent aussitôt.

— Ces mièvreries ne te permettront pas de mieux cerner l'œuvre d'Homère, persifla tante Macha. Au travail, avant que je ne rajoute *L'Odyssée* !

Irina caressa l'épaule de sa fille en signe d'encouragement, puis quitta la pièce dans le bruissement du taffetas bleu-mauve de sa robe. La duchesse prit place juste à côté du petit secrétaire. Elle y resta une bonne partie de la matinée. La seule façon pour Tatiana d'échapper à sa présence était encore de se plonger dans le récit. Après le déjeuner, qu'elle prit sur place, tante Macha s'assoupit un instant. Sa nièce essaya de ne faire aucun bruit, respectant la tranquillité de Macha qui, peut-être, lui en saurait gré plus tard. À l'heure du thé, son plan fonctionna.

— Ce sera tout pour le moment.

— Puis-je poursuivre encore un peu ? demanda Tatiana d'un air ingénu. J'aime vraiment cette aventure. Notre tsar a très bon goût, vous ne trouvez pas, ma tante ?

Prise à son propre piège, la duègne acquiesça à contrecœur. De toute évidence, sa punition se retournait contre elle, alors qu'elle s'était sentie obligée de surveiller la séance de lecture laborieuse de sa nièce. Peut-être devrait-elle changer de registre. Ou lever la sanction…

— Inutile, ragea-t-elle. Retourne à tes occupations maintenant. Nous verrons demain.

Tatiana mit de l'ordre sur sa table de travail. La duchesse quitta la pièce.

— Alors ? demanda Natacha, qui était arrivée aussitôt après le départ de tante Macha.

— Disons que je la soupçonne..., commença Tatiana avec sérieux avant d'éclater de rire..., je la soupçonne de détester le grec.

— Bien fait.

Les deux jeunes filles décidèrent de profiter de l'air vif du parc.

Dans le grand bureau lambrissé, Alexandre Oulianov s'entretenait avec sa sœur de leur prochain départ pour la Riviera. Retenu à Saint-Pétersbourg par le grand-duc Alexis, le frère du tsar, pour des affaires de première importance, l'amiral les rejoindrait plus tard. Irina entra à cet instant.

— Très bien, conclut tante Macha. Dans ce cas, je partirai là-bas afin de superviser notre installation.

Alexandre eut un tendre regard pour son épouse.

— Irina peut s'occuper de ces formalités.

— Enfin, Sacha ! s'écria la duchesse, vexée. Il s'agit de la réputation de notre maison.

— À plus forte raison. Qui, mieux que l'épouse de l'amiral en personne, est en droit légitime de la défendre ?

La main de la veuve se crispa sur sa canne, aussi noire que sa robe de flanelle. Alexandre usa de diplomatie.

— À mon avis, Macha, vos précieux conseils seront beaucoup plus utiles à notre souveraine. Surtout avec ce Raspoutine qui, dit-on, reconquiert de plus en plus la confiance de la famille impériale.

— Vous avez sans doute raison. Je me rends de ce pas au palais d'Hiver.

— Merci de la confiance que vous venez de me témoigner, souffla Irina à son mari quand ils furent seuls.

— C'est la moindre des choses, ma chère amie. Macha a parfois tendance…

Il s'interrompit, avant de reprendre sur le ton de la confidence :

— … à me taper sur les nerfs, si vous me permettez l'expression.

Irina parut amusée par cette réaction, qu'elle partageait. L'effet dissipé, elle s'excusa, prête à quitter la pièce. Alexandre voulut la retenir.

— Vous désiriez m'entretenir de quelque chose ?

— Non, rien de particulier à quoi vous n'ayez déjà répondu.

— Bien, bien…

L'espace d'une seconde, ils se fixèrent intensément. Au début de leur mariage, le couple Oulianov avait vibré à l'unisson. Leur amour s'était concrétisé par la naissance de leurs quatre enfants, Marina, Anton, Tatiana et le jeune Alexis. 1905 avait sonné le glas de leur bonheur radieux. Cette année-là, la flotte russe avait été humiliée en mer de Chine par l'armée japonaise. L'amiral, diligenté trop tard sur le front, était resté quatre mois sur place. Pendant ce temps, à Saint-Pétersbourg, Irina s'était liée d'amitié avec le capitaine Dimitri Ardenko… Jusqu'à ce jour, aucune explication n'avait réparé cet écart de conduite. L'intimité du couple était devenue un sujet tabou. Et tante Macha avait bien sûr profité de la situation.

Irina esquissa un sourire triste. Elle aurait tant aimé s'avancer vers lui, se blottir au creux de ses bras, l'entendre murmurer son pardon dans un souffle. Mais la cicatrice devait être trop profonde. La passion s'était évanouie. Alexandre, lui, se tenait à quelques pas d'elle et refrénait le désir de l'enlacer avec fougue. À son grand désespoir, sa femme ne l'aimait plus comme jadis. Beau joueur, il respectait cette nouvelle donne. Pourtant, à cet instant, la tentation fut trop forte. Prêt à briser tous les principes de son éducation, l'amiral ne se contint pas davantage et tendit, hésitant, la main à Irina. Chacun suspendit sa respiration afin de retenir le temps. Irina n'osait bouger, se refusant à croire à un miracle qu'elle avait espéré depuis six longues années. Alexandre doutait lui aussi. Bien conscient d'enfreindre les règles, il interrompit son geste qu'il trouva soudain déplacé. Irina baissa les yeux.

— Je monte voir Alexis, chuchota-t-elle. Sa nourrice a dû le ramener du cirque.

— Comme il vous plaira.

Les jours suivants, le palais Oulianov vécut dans l'effervescence des grands départs. Cette année-là en particulier, l'excitation des préparatifs revêtait un caractère plus joyeux qu'à l'accoutumée. Tante Macha allait rester à Saint-Pétersbourg. Caméristes et bonnes à tout faire se pressaient d'une suite à l'autre. Dans chaque appartement, de lourdes malles cabine, avec leur solide ossature de bois tendue de cuir, étaient alignées dans un ordre précis.

Les plus hautes contenaient les robes, qui avaient été emballées dans du papier de soie et suspendues à de larges portemanteaux coulissants qui leur éviteraient de se froisser durant le voyage. Une plus petite malle, divisée en compartiments, accueillait chaussures et bottines, une autre ombrelles et parapluies. Celles à tiroirs contenaient gants, mouchoirs, voilettes, bas, étoles, ainsi que divers accessoires. Une dernière enfin, munie d'une cage escamotable sur toute la profondeur, ne contenait pas moins de trente-cinq chapeaux.

Tatiana suivait des yeux sa mère qui sélectionnait avec soin les parures de diamants qu'elle comptait emporter. Elle semblait détendue, heureuse aussi d'être enfin autorisée à piloter une excursion comme celle-là. Pour que le bonheur fût parfait, Tatiana aurait souhaité voir disparaître l'ombre mélancolique qui voilait son regard. Sur la descente de lit, Alexis jouait avec Gaïa, sa petite chienne de six mois, tandis que dans le salon de musique Marina prenait congé de son piano.

La porte s'ouvrit sur Anton, l'aîné des Oulianov. Il rentrait à l'instant du Corps impérial des pages, l'école militaire dans laquelle il poursuivait son éducation. Tatiana bondit à son cou, ivre de joie. L'héritier dynastique des Oulianov avait fière allure dans son bel uniforme. Ses traits juvéniles s'estompaient de plus en plus pour laisser place à ceux d'un digne officier de l'aristocratie russe.

Tatiana avait beaucoup souffert de son départ. De quatre ans son aîné, Anton avait toujours entretenu une tendre complicité avec sa sœur. C'est lui qui lui avait appris à monter aux arbres, à chevaucher à cru ou à mettre des araignées dans le fiacre de tante Macha.

— Bonjour, mère, dit-il en se libérant de l'étreinte de sa jeune sœur.

Irina tendit les bras pour embrasser son fils.

— Comme tu es élégant ! Que tu es devenu grand !

Elle ne put s'empêcher de noter l'incroyable ressemblance entre Anton et son père au même âge. Natacha se présenta à l'entrée du salon, le nez dans une brochure de mode française qu'elle rapportait à sa maîtresse. Quand elle releva son visage, apercevant le jeune militaire, elle en oublia les nouvelles créations de La Ville de Londres, le tailleur fétiche des têtes couronnées de la Riviera. Anton était de retour, plus beau encore que dans son souvenir. Son cœur allait lâcher. Le jeune homme la salua avec courtoisie. Natacha ne fit aucun cas de sa pondération ; elle était si heureuse de le revoir. Puis l'amiral en personne vint se joindre à eux. Il lui avait semblé reconnaître la voix de son fils. Après de chaleureuses retrouvailles, Alexandre, la mine ennuyée, s'apprêtait à leur annoncer un changement de programme. Il n'en eut pas le temps ; la canne de tante Macha résonna comme une menace.

— Bien, je crois que nous devons nous activer un peu, lança-t-elle, presque joyeuse. Je vous rappelle que nous embarquons dans deux jours. Plus de temps à perdre en jérémiades. Pressons !

Elle tourna les talons, laissant les Oulianov désemparés par cette nouvelle. Irina se rapprocha de son époux, resté à l'écart.

— Qu'est-ce que tout cela signifie ? s'écria-t-elle en glissant une main sur l'avant-bras de son mari.

— Hélas, ma chère, je viens de l'apprendre. Macha descendra avec vous. Il semblerait que Raspoutine ait usé de toute son influence pour l'éloigner de la tsarine.

Se voulant rassurant, il contempla son épouse avant de poser sa main sur celle d'Irina.

— Je vous rejoindrai dès que je le pourrai. À Dunkerque, j'ai fait affréter un train spécial qui vous conduira à Nice. N'ayez crainte. Demain, tout ira bien.

Il baissa la voix pour lui confier son secret :

— Par ailleurs, je vous informe que j'ai pris des dispositions auprès de la banque Braunstein, à Monte-Carlo. Un compte a été ouvert à votre nom afin de vous affranchir de Macha. Si vous manquez de quoi que ce soit, prenez contact avec Nathanaël Braunstein. C'est un homme loyal sur lequel je sais pouvoir compter.

— Sacha ! gémit Irina.

— Voilà bien longtemps que vous ne m'aviez plus appelé ainsi.

Son épouse baissa les yeux, confuse. La main de l'amiral retenait toujours la sienne.

— Sachez que je ne m'en plains nullement, murmura-t-il. Bien au contraire…

De loin, Tatiana n'entendait pas les confidences de ses parents. Seule leur attitude l'interpella. Ils semblaient se chercher, attendre un signe l'un et l'autre. Tatiana en était persuadée. Elle espérait beaucoup de ce séjour sur la Riviera. Tout lui semblait possible sous le soleil de la Méditerranée.

4

La Riviera, 1911

— Grotesque ! pesta Virgile en lisant son journal. De nos jours, les gens ne savent plus quoi inventer pour se rendre intéressants.

Ce matin-là, *L'Éclaireur* consacrait sa une à la Grande Zoé, en tenue masculine, un énorme cigare en bouche.

— Quelle vulgarité ! C'est in-cro-ya-ble !

Il prit la cuisinière à témoin.

— Regardez un peu ça, Faustine. Qu'en pensez-vous ?

La vieille dame ajusta ses lunettes.

— Peuchère, s'insurgea-t-elle, scandalisée. Ils sont jabastres ces pointus !

Faustine la Provençale avait passé le plus clair de son existence derrière les fourneaux, chez les Bastide. De temps à autre, elle se risquait à l'extérieur, les jours de marché ou pour l'office du dimanche, et, hormis de rares promenades en Avignon, son univers n'allait pas au-delà de Montélimar. Plus au nord démarraient des terres étrangères, peuplées de barbares au langage pointu.

Depuis le décès de la maîtresse de maison, Faustine était devenue pour Virgile l'âme féminine de sa demeure. Elle représentait bien plus qu'une domestique. Il accordait une grande importance à son jugement. Parfois, après le service, il leur arrivait de boire une tisane ensemble, à la table de l'office. Là, Faustine pouvait se permettre de dépasser les limites de sa condition. Son bon sens terrien rassurait le maître de maison. Cette relation sans ambiguïté le satisfaisait pleinement.

— Je suis bien de votre avis, se contenta-t-il d'ajouter tandis qu'elle regagnait sa cuisine tout en maugréant contre ce pays de fous.

Virgile n'avait jamais ressenti le besoin de refaire sa vie. Le patriarche s'estimait heureux d'avoir rencontré l'amour avec Eugénie. Et si la Volonté divine avait choisi de lui retirer ce don du ciel, il s'était résigné. Au moins avait-il déjà aimé. Tant d'autres traversaient l'existence sans jamais croiser le chemin d'une âme sœur.

Certains soirs, lorsque la solitude se faisait trop pesante, les souvenirs se chargeaient de lui rappeler cette occasion manquée, quatre ans plus tôt, le jour où Faustine l'avait vivement encouragé à se rendre à un dîner en ville. Il sortait si peu. Sur place, il avait constaté que chaque convive avait une passion commune : la Provence. Gens de lettres, politiques, peintres, notables ou musiciens, tous, assis autour d'une grande table, étaient des acteurs majeurs du renouveau de la culture provençale, ceux que l'on nommait les Félibres. En sa qualité d'indienneur, maître Bastide partageait avec eux cet amour du terroir et la défense des traditions. La soirée avait été charmante. Au moment du digestif, il avait été ravi de retrouver Mistral, prolixe, comme à l'accoutumée. Le Nobel de littérature avait tenu à lui présenter une jeune amie, Jeanne de Flandreysy. Au premier regard, Virgile avait ressenti une forte attirance pour elle. Il eût été difficile de demeurer insensible aux charmes de cette belle brune énergique qui alliait avec grâce un esprit conquérant à une touche d'originalité instinctive. Tout comme Mistral, elle avait manifesté un vif intérêt pour le travail de Virgile, et avait souhaité en connaître davantage sur cet art des indiennes provençales. Ainsi, ils s'étaient retrouvés à plusieurs reprises, chacun appréciant la compagnie de l'autre. Peu à peu, ils n'avaient pu masquer leurs sentiments réciproques. Virgile s'était alors senti perdu, vieux, et fautif à plus d'un titre. Lors de leur dernière entrevue, le quinquagénaire avait exposé ses tourments. Selon lui, cette relation allait blesser la jeune femme, car à travers elle, ce que Virgile recherchait était le souvenir d'Eugénie, son épouse décédée. Par honnêteté, il n'avait pu s'engager davantage et leur histoire avait pris fin. Maître Bastide avait fermé son cœur à l'amour. Un an plus tard, il s'était réjoui d'apprendre la liaison passionnelle entre Jeanne et Folco de Baroncelli…

Le patriarche reprit la lecture de l'article sans grande conviction. Cette arrivée en fanfare du comte Fabiani, et surtout de sa sulfureuse fiancée, relevait de la pure futilité. Pourtant, les journalistes n'avaient omis aucun détail, du menu servi lors de leur voyage à l'identité du tailleur, le créateur du pantalon si décrié… Tant de tapage dans le seul but d'attirer l'attention, quand d'autres n'espéraient que respirer. Virgile attendait beaucoup de ce séjour sur la Riviera. L'état de santé de son fils le préoccupait au plus haut point. Cette nuit encore, Apolline et lui s'étaient relayés à son chevet jusqu'au lever du jour. Mais son petit n'aurait pas la même fin que sa mère. Virgile se le jurait.

Son visage s'assombrit à l'arrivée de Martial. Son cadet le salua d'un bref signe de tête puis s'installa à l'extrémité opposée de la table du séjour. Virgile nota la volonté inavouée de son fils d'occuper la place d'ordinaire dévolue à Antoine. Il limitait ses gestes au périmètre dans lequel il se trouvait, craignant sans doute de croiser le regard de son père. Maître Bastide n'émit aucune critique. De guerre lasse, il scruta le fond de sa tasse.

De l'autre côté de la table, Martial tartinait de gelée de groseille un croissant moelleux. Il se refusait à commenter quoi que ce soit avec cet homme inflexible, venu ici pour mieux le surveiller ou lui rappeler les nombreuses obligations familiales auxquelles le jeune homme souhaitait échapper. Ses pensées voguèrent vers Zoé. Il l'imaginait au réveil, dans sa luxueuse suite à l'Hôtel de Paris, enroulée dans un peignoir épais. Elle devait être particulièrement désirable avec sa frimousse encore engourdie de sommeil, s'étirant avec délice sur le balcon baigné de soleil. Bien sûr, il y avait Fabiani et ses millions… Inconscient de sa chance extraordinaire, le vieux comte italien allait s'offrir le luxe suprême d'épouser Mademoiselle Zoé. Mais un jour, Martial serait riche et puissant. Très puissant même, afin de mieux goûter aux plaisirs de la vie. Il ne se contenterait pas de rester le fidèle second, une position dans laquelle son père tant haï souhaitait le confiner. Sans savoir pourquoi, Martial se souvint de l'année où sa mère mourut. Les semaines suivantes, le patriarche ne l'avait plus quitté d'une semelle et l'avait entraîné partout dans son sillage. Ce soudain intérêt pour lui avait signé sa culpabilité. Virgile était responsable de la mort d'Eugénie, trop affaiblie par des grossesses à répétition, cloîtrée dans une immense maison en plein hiver au lieu de se reposer au soleil de la Riviera. Les maudites affaires de chef de clan avaient obligé la famille à suivre son rythme, et non les préférences de son entourage. Tôt ou tard, il paierait au prix fort le sacrifice qu'il avait imposé aux siens, uniquement pour la gloire de son nom.

Martial releva lentement les yeux vers son géniteur. Le regard sombre du jeune homme laissait échapper toute sa hargne. Il détestait les non-dits de son père, maudissait cette fausse dignité, exécrait sa rigidité.

Il le détruirait.

Il se le jurait.

La une de *L'Éclaireur* ramena son attention vers un sujet plus séduisant. *Elle* trônait en pleine page, conquérante, majestueuse. Martial savourait en solitaire l'immense fierté de connaître cet être hors norme à qui le monde appartenait. La Grande Zoé… qui se moquait des convenances et des mentalités étriquées. Le désir d'en apprendre davantage l'emporta et il sortit de son mutisme.

— Pourriez-vous me prêter votre journal ?

Virgile s'exécuta immédiatement.

— Je suis surpris de constater ton intérêt pour un tel torchon, ne manqua-t-il pas de souligner. Je trouve cette Zoé d'une vulgarité sans nom ! A-t-on idée de s'afficher dans de tels accoutrements ?

Martial n'écoutait pas.

— Remarque, enchaîna son père, certains hommes sont suffisamment stupides pour envisager d'épouser de telles gourgandines. En voulant les rendre respectables, ils se discréditent eux-mêmes.

Le jeune homme leva les yeux au ciel.

— Qui vous permet de juger la Grande Zoé ? Elle l'est peut-être, *respectable*.

Virgile parut dépité par l'agressivité de son fils.

— Je ne sais pas. Ses excentricités, son attitude... Tiens, jusqu'à son nom !

— C'est tout ?

— N'est-ce pas suffisant ?

— Pourtant, n'êtes-vous pas le premier à répéter que l'habit ne fait pas le moine ?

— C'est vrai, je...

Sur la défensive, Martial lui coupa la parole :

— Dans ce cas, pourquoi appliquer cette maxime aux personnes que vous estimez et pas aux autres ?

— Je vois, conclut Virgile.

Le patriarche jugea préférable de ne pas poursuivre la discussion. Martial avait l'air particulièrement irascible ce matin. Et tant qu'il ne ramenait pas une aussi « singulière créature » chez eux...

— Et toi, lança-t-il pour changer de conversation. Comment se passe ton apprentissage avec Nathanaël ?

— Bien.

— J'espère que tu approfondis ton enseignement ?

— Oui.

— À la bonne heure ! Antoine aura besoin de tes compétences plus tard.

Martial reposa le journal. Cette remarque lui donnait la nausée.

— Je dois filer maintenant.

— Soit, se contenta de répondre Virgile.

Afin de satisfaire sa curiosité, le chef de famille voulut savoir s'il avait l'intention de monter voir Antoine.

— Il serait très touché par ta visite.

Sur le pas de la porte, Martial refréna un soupir. Un dossier urgent l'attendait à la banque. Sans se retourner, il promit d'aller le voir dès son retour.

— Non, maintenant, ordonna Virgile. Ton frère a besoin de se sentir entouré. Les affaires, si importantes soient-elles, passent après. Une famille doit se serrer les coudes. Tâche de ne pas l'oublier.

Nathanaël Braunstein se félicitait de sa journée. Le comte Fabiani sortait à l'instant de son bureau après avoir signé un fabuleux contrat. Le banquier aurait pensé l'affaire plus délicate à négocier. Dès le lendemain de son arrivée sur la Riviera, l'aristocrate italien s'était déplacé en personne aux premières heures de la matinée. Il avait témoigné une détermination absolue, allant droit au but. Nathanaël lui avait proposé d'investir ses capitaux dans certaines industries prometteuses ainsi que dans l'immobilier. Selon lui, l'actuelle spéculation sur le littoral n'était rien, au regard de ce qu'il prévoyait.

— Bientôt, lui avait-il fait miroiter, la seule route côtière ne suffira plus. Les gens construiront des villas sur les hauteurs afin de mieux profiter de la mer.

Fabiani avait alors souri, amusé par l'idée saugrenue de tous ces gens qui pousseraient l'excentricité jusqu'à bâtir sur des terrains aussi pauvres, où seuls les cistes s'extirpaient de la roche. Face à lui, Braunstein avait eu cette drôle de mimique, pleine d'assurance. Ce genre de discours, il l'avait entendu toute sa vie. Enfant déjà, les amis de la famille avaient pris son père pour un fou lorsqu'il leur avait annoncé son intention de construire hôtels de luxe, opéra et villas chic en Principauté. Nathanaël restait avant tout un visionnaire. L'homme d'affaires piémontais avait signé. Néanmoins, il avait insisté pour placer la moitié de ses capitaux dans des industries. Quant au choix de celles-ci… il s'en remettait à Nathanaël.

Le ciel intense se fondait en dégradés sur la ligne d'horizon. Braunstein contemplait la mer en mouvement. De la fenêtre de son immeuble érigé à flanc de rocher, il ne pouvait s'empêcher d'admirer les prouesses de l'homme, capable de braver les éléments ou d'apprivoiser des territoires pour le bien-être de tous. Pour lui, cette époque était fascinante, les progrès de l'humanité, considérables. À sa manière, le banquier contribuait lui aussi à l'avancée de son temps. Nathanaël jeta un coup d'œil à sa montre de gousset. Il était temps pour lui de respirer l'air iodé du bord de mer en compagnie de ses deux chiens. Ce rendez-vous quotidien restait un instant privilégié où il pouvait réfléchir à des projets qu'il ne partageait avec personne. Personne ? Pas tout à fait. Un autre homme était entré dans ses confidences, Virgile Bastide.

Leur rencontre remontait à six ans en arrière. Nathanaël, qui se promenait au milieu des pins sur la péninsule de Cap-Martin, avait été attaqué par des malfrats qui avaient été attirés par son élégance. Après l'avoir détroussé de son portefeuille et de ses précieux boutons de manchettes, ils lui avaient dérobé sa montre, un cadeau de son père. C'est alors qu'un passant lui avait prêté main-forte. L'imposante stature du promeneur, ses gestes menaçants tout comme sa voix de stentor avaient eu tôt fait d'intimider les gredins, qui avaient détalé en abandonnant leur butin. Cette rencontre avait marqué le début d'une longue amitié entre les deux hommes. Bien qu'ils vécussent chacun dans des régions différentes, ils gardaient un contact régulier et se voyaient chaque fois que leurs disponibilités le leur permettaient. Tous deux appartenaient à une génération soucieuse du sens de l'honneur et du respect de son prochain. Ils avaient eu la tristesse de perdre leur épouse bien-aimée, un fils, et l'un comme l'autre avaient fondé de grands espoirs sur leurs aînés. Ainsi, au crépuscule de leur vie, ils abordaient une retraite moins solitaire. Nathanaël admirait son ami. Tout au long de sa carrière, Virgile avait réussi à maintenir vivace la tradition ancestrale des indiennes, dans un souci permanent de qualité. À sa manière, Virgile travaillait pour la préservation du patrimoine culturel de son pays, alors que le banquier œuvrait pour son développement.

Braunstein emprunta le sentier de la corniche qui ralliait Cap-Martin. À cette heure de la journée, la mer se chargeait de ses reflets acier. Depuis l'agression dont il avait été victime en 1905, Nathanaël n'avait pas renoncé à ses promenades quotidiennes, ses deux impressionnants beaucerons se chargeant de sa garde rapprochée. Devant lui, les chiens trottinaient, truffe au vent, heureux de se dégourdir les pattes. De temps à autre, ils s'éloignaient, puis revenaient auprès de leur maître. L'air était vif en ce mois de novembre. Parcouru d'un frisson, le banquier releva le col en fourrure de son manteau. Il allait bientôt arriver au niveau du promontoire de Cap-Martin, gigantesque proue dominant la péninsule. Le banquier se souvint d'y avoir croisé il y avait longtemps la silhouette élancée d'une femme solitaire à la démarche énergique. Elle venait du Grand Hôtel de Cap-Martin et rendait visite à une amie. Cette femme mélancolique n'était autre que Sissi, et l'amie, l'ex-impératrice Eugénie, veuve de Napoléon III. Nathanaël s'approcha du bord de la falaise, le but de sa promenade, et resta seul à méditer face à la mer. De cet endroit, le panorama de Monaco à Bordighera était imprenable. Perdu dans ses pensées, le regard sur la ligne d'horizon, il n'entendit pas l'homme arriver derrière lui d'un pas tranquille. Il était si proche du vide. Une simple bourrasque aurait eu raison de lui… L'un des deux beaucerons courut vers l'intrus. En arrêt, le chien gronda, menaçant. Son compagnon le suivit et s'immobilisa à ses côtés en aboyant. Nathanaël se retourna. Les deux hommes se dévisagèrent.

— Je n'osais pas vous déranger, s'excusa l'intrus.

Le banquier ne dissimula pas sa joie.

— Virgile ! Mon ami ! s'exclama-t-il en lui tendant les bras. Vous ne me dérangez jamais.

Les deux hommes s'assirent sur le tronc d'un arbre, en première ligne devant le vaste panorama, tandis que les chiens flairaient à tour de rôle le bas du pantalon de maître Bastide.

— Je savais que je vous retrouverais ici, fit Nathanaël. Là même où vous m'avez évité une douloureuse déconvenue il y a des années.

— Vous auriez pareillement agi, cher ami.

Puis, se tournant vers les beaucerons, Virgile ajouta que le banquier avait su tirer parti de l'incident.

— Benjamin me les a offerts cet été.

— Comment va-t-il ?

Braunstein fut fier de lui annoncer que son fils reprendrait bientôt les rênes de la banque. Il se réjouissait de le retrouver pour les fêtes de fin d'année. Virgile sourit tristement.

— J'ai appris, pour Antoine…, avoua l'homme d'affaires, ennuyé. Je suis désolé. Si je puis faire quoi que ce soit, n'hésitez surtout pas.

Virgile le savait sincère. Le banquier était un homme de cœur. Nathanaël le rassura, lui vantant les mérites du climat méditerranéen et les progrès de la science. Lui-même avait enduré les mêmes souffrances. Et si l'idée d'un sanatorium déplaisait forte ment à Virgile, Braunstein respectait ce choix.

— Qui s'occupe de vos affaires à la manufacture ? reprit le banquier. Je présume que ce douloureux contretemps doit vous porter préjudice ?

— Séverin, mon chef d'atelier, est un homme sur lequel je peux compter.

— Remarquez, pour les formalités, il vous reste le téléphone.

— Le progrès a parfois du bon, reconnut l'indienneur.

— En effet. Nous vivons une époque formidable.

Virgile soupira, désabusé.

— Pourtant, je me dis souvent que le monde est devenu fou. J'ai parfois l'impression d'être le dernier dinosaure d'une autre ère.

— Rassurez-vous. Nous sommes deux ! le réconforta Nathanaël. J'ai aussi cette impression. Tout change si vite… Maintenant, on traverse les mers en quelques jours. L'homme part à la conquête du ciel pour gagner davantage de temps… En s'imposant de nouvelles nécessités, sans doute oublie-t-il l'essentiel, le bonheur.

— Je suis de votre avis.

— C'est pour cette raison que je crois beaucoup à l'œuvre que vous accomplissez chaque jour, reprit le banquier. Vous défendez une tradition ancestrale. Tôt ou tard, les gens en reviendront de cette course en avant. Ils rechercheront l'authentique. Vous verrez, mon ami, le bon vieux temps a encore de beaux jours devant lui.

Virgile ne répondit pas. Pour la première fois depuis des semaines, il était réellement inquiet quant à l'avenir de la manufacture. La situation n'était guère brillante. Victimes d'une concurrence étrangère moins onéreuse, les ateliers fermaient les uns après les autres. À cela s'ajoutait un effet de mode, guère favorable aux cotonnades et aux couleurs du Sud. Certes, la demande restait forte en région, mais, au-delà, les débouchés se raréfiaient. Jusque-là, les Bastide avaient pu garder la tête hors de l'eau grâce à la qualité réputée de leurs produits. Mais pour combien de temps encore ?

— Tout va bien à la manufacture ? demanda Nathanaël, comme s'il eût surpris les pensées de son ami.

Virgile haussa les épaules en signe d'impuissance.

— On se maintient, reconnut-il. Je me demande ce que je vais pouvoir laisser à mes enfants.

— Que me dites-vous là ? s'écria le banquier, stupéfait.

— Oui, avoua maître Bastide. Force est de constater qu'une réputation bâtie sur des générations de travail acharné ne suffit plus. De nos jours, les gens regardent le prix avant tout et se moquent pas mal de la qualité.

Virgile entra dans le vif du sujet. Dans la conception des indiennes, les opérations demeuraient essentiellement manuelles. Ailleurs, on imprimait sur de grands métiers mécaniques, plus rapides et moins chers.

— Je vois, fit Nathanaël, soucieux.

— Nous subissons une baisse constante de notre chiffre d'affaires depuis cinq ans. Ce sont les gammes populaires qui en pâtissent le plus.

— Dans ce cas, pourquoi ne pas développer davantage vos autres collections ?

— Je travaillais justement là-dessus, avant…

Virgile s'interrompit, à nouveau préoccupé par la santé de son fils Antoine. Compatissant, Nathanaël se contenta d'une tape amicale sur l'épaule de son ami. Braunstein avait sa petite idée sur la question et savait comment lui venir en aide. Il allait le soutenir, au nom de leur amitié.

5

La Riviera, 1911

Benjamin Braunstein remercia le chauffeur de la camionnette qui venait de le déposer en Principauté. Le jeune homme avait profité de la réfection de l'agence londonienne pour descendre plus tôt sur la Riviera, certain de l'effet qu'il procurerait à son père. La lumière de la mi-journée l'incita à baisser le rebord de son canotier. Au cours de ces dernières semaines, les frimas de la City l'avaient démoralisé. Retrouver Monte-Carlo et Nathanaël était un merveilleux cadeau. Depuis le décès de sa mère, le jeune Braunstein entretenait des liens étroits avec son père. L'été précédent, à l'annonce de son départ pour Londres, Benjamin avait très mal accueilli la nouvelle. L'idée d'une séparation l'avait anéanti, d'autant que le banquier montrait des signes inquiétants de fatigue. Mais l'héritier avait obéi, conscient du bien-fondé des agissements de son père.

Benjamin mit son unique bagage de cuir en bandoulière et se dirigea vers la place du Casino. Comment se portait Nathanaël à présent ? Leur correspondance ne laissait rien filtrer. Néanmoins, un pressentiment taraudait Benjamin. Son père avait dû rester discret pour ne pas l'inquiéter à distance. L'occasion de ce séjour permettrait au jeune homme de se faire sa propre idée sur la question.

— Bonjour, Père, dit-il sobrement en entrant sur la pointe des pieds dans le bureau.

Surpris et heureux, Nathanaël délaissa ses affaires et vint embrasser chaleureusement son fils.

— Mon petit. Que je suis heureux de te voir !

L'effet de surprise passé, Benjamin s'expliqua sur les motifs de son retour prématuré.

— À la bonne heure ! s'écria son père. Je te propose de fêter ça autour d'un copieux déjeuner. Un grand gaillard comme toi doit mourir de faim après un aussi long trajet. Petit farceur. Moi qui te croyais toujours en Angleterre.

Une heure plus tard, ils se retrouvaient sous les plafonds dorés du restaurant de l'Hôtel de Paris où Nathanaël avait ses habitudes. Après s'être félicité des progrès de son fils, le banquier put constater la volonté de celui-ci de le seconder au plus vite.

— Comme il te plaira, répondit Nathanaël, très fier de cette décision. J'ai justement quelque chose en vue pour toi.

— Je vous écoute.

Sur le ton de la confidence, Braunstein relata les soucis financiers de son ami Virgile Bastide et chargea Benjamin de lui préparer une étude complète de coûts pour une éventuelle modernisation des ateliers avignonnais. Il soumettrait l'idée à Virgile. Et si l'indienneur était d'accord, il le présenterait au comte Fabiani dont les millions dormaient dans les caisses de la banque.

— Je crois beaucoup en l'avenir de la manufacture Bastide, conclut-il. Il ne s'agit pas seulement d'aider un ami, mais de faire une transaction qui pourrait être intéressante pour tout le monde. Je serais très heureux de pouvoir compter sur ton soutien.

— Bien sûr ! Avec joie.

— Sans t'assommer de détails dès ton arrivée, je pense que les tissus provençaux peuvent trouver de nouveaux débouchés hors de nos frontières.

Benjamin sourit d'un air malicieux

— Et vous avez une petite idée sur la question, je suppose ?

— C'est exact, reconnut Nathanaël, amusé par la perspicacité de son fils. Tu sais, l'amiral Oulianov a racheté il y a six ans toute la pointe de Cap-Martin pour la transformer en un magnifique jardin d'acclimatation. Au sein de cette propriété, baptisée désormais Cap-Amiral, il s'est fait construire un superbe palais, L'Amirauté. La vue, depuis cet endroit, est imprenable. Les Oulianov avaient prévu de l'inaugurer à la fin du mois de novembre. Hélas ! un malheureux retard dans les travaux les oblige à reporter ce projet.

— Où voulez-vous en venir ? demanda Benjamin.

— Chaque année, nous organisons le grand bal du nouvel an. La concurrence de deux événements d'une telle importance risque de porter préjudice aux hivernants. Ils déploreront de ne pas pouvoir se rendre aux deux manifestations. Tu es bien de mon avis ?

— Oui.

— Eh bien, voilà. Je vais demander à l'amiral s'il verrait un inconvénient à fêter le bal du nouvel an à L'Amirauté. D'ici là, les travaux seront terminés.

— Mais nous n'avons aucune relation avec eux.

— Pas tout à fait. Il y a quelques semaines, l'amiral en personne a ouvert un compte chez nous pour sa femme et ses enfants. Dans le plus grand secret, bien sûr. C'est un homme fort sympathique. Je suis certain qu'il va accepter ma proposition. Son yacht arrive dans quelques jours. Nous serons fixés.

— Et j'imagine que vous avez l'intention de présenter Virgile Bastide aux Oulianov à cette occasion. Nouvelle demeure, nouvelle vitrine pour Saint-Pétersbourg, nouveaux débouchés..., suggéra Benjamin.

Admiratif, Nathanaël se sentit fier de la sagacité de son fils.

— Je vois que l'enseignement de nos cousins anglais porte ses fruits. Tu as tout à fait raison. Cette soirée peut s'avérer une excellente opportunité pour Virgile.

— Certes, reconnut Benjamin. Au fait, comment vont les Bastide ?

Le banquier lui fit part de l'état de santé préoccupant d'Antoine, qui avait obligé la famille à prendre ses quartiers d'hiver plus tôt que prévu cette année. Benjamin en fut peiné.

— Oui, c'est horrible. J'espère qu'il se remettra, répliqua Nathanaël, le regard soudain sombre.

Pressé de changer de sujet, il l'informa du stage que Martial effectuait à ses côtés à la banque. Nathanaël s'interrompit, perturbé par une serveuse qui dévisageait Benjamin avec insistance. L'évidence parlait d'elle-même. Son fils était devenu un homme désirable. Ses immenses yeux bleus, hérités de sa mère, faisaient chavirer le cœur des demoiselles. Il devenait urgent d'aborder la question du mariage avec son fils.

— Et Apolline ? lança soudainement le jeune homme.

— Toujours fidèle à elle-même. Douce, sensible et dévouée.

La fille de Virgile aurait été une épouse parfaite pour Benjamin, pensa Nathanaël. Mais son désir d'entrer dans les ordres écartait cette hypothèse.

— Elle est descendue ? insista son fils.

— Bien sûr. Elle veille sur Antoine.

— Je la reconnais bien là ! J'ai hâte de la revoir. Elle a dû bien changer en quatre ans ?

— En effet. À ce propos…

Nathanaël n'eut pas le temps de lui apprendre les desseins d'Apolline. On venait de lui remettre un billet. Il prit congé sur-le-champ.

Dans un coin de la salle, Martial déjeunait en compagnie de la Grande Zoé. À la demande du comte Fabiani, alité suite à un léger malaise, le fils Bastide avait été tout heureux de se substituer au vieil homme. Les excentricités de sa compagne de table le fascinaient. Avec aisance, elle affichait sa différence, mais elle avait dû calmer la colère de Martial lorsque le maître d'hôtel, embarrassé de voir dans son établissement un couple si peu fréquentable, les avait placés à l'écart, derrière une plante verte.

Le regard du jeune homme s'attarda un moment sur l'assistance. Soudain, il remarqua le départ de Nathanaël. Restait Benjamin, le fils parfait. Le visage de Martial se durcit à sa vue.

— Ne vous inquiétez pas pour lui, confia la Grande Zoé, comme si elle avait deviné ses préoccupations. Votre heure viendra, vous verrez…

Martial parut troublé et ne s'en défendit pas. Elle avait raison. Son tour viendrait.

Virgile fixait la route, l'esprit ailleurs, une main lâche sur les rênes du buggy. Blottie à ses côtés, Apolline se réjouissait de leur visite au couvent de Menton. La mère supérieure les avait assurés de ses prières pour le prompt rétablissement d'Antoine et acceptait que la jeune fille reporte de quelques semaines son entrée à Sainte-Cécile-de-l'Espérance.

Maître Bastide était soulagé. Sa fille le soutenait dans l'épreuve qu'ils traversaient, et l'idée de la perdre ne l'enchantait guère. Avec Faustine, la cuisinière, ils se relayaient au chevet d'Antoine nuit et jour. Virgile devrait sans doute se résoudre à l'envoyer dans un sanatorium, mais, pour l'heure, cette idée le rebutait encore.

— Si le bon Dieu doit rappeler notre Antoine, avait-il rugi la veille à l'intention de Martial, il viendra le chercher dans son lit, près des siens.

La Villa Rosa était en vue, entre les pins maritimes. Dans la petite cour, Apolline bondit de l'attelage, pressée de rejoindre son frère. Virgile la regarda s'éloigner. Bien souvent, il avait regretté sa décision d'entrer dans les ordres. Une jeune femme de sa trempe aurait été une excellente épouse. Mais au fil du temps, il s'était fait une raison. Depuis leur arrivée à Cap-Martin, Apolline avait passé le plus clair de son temps dans la maison, et chaque fois qu'elle le pouvait, elle tentait d'atténuer les tensions entre Martial et son père. Ce matin encore, elle était sortie de la chambre d'Antoine, alarmée par des éclats de voix. Martial avait prétexté un rendez-vous important pour fuir la discussion. Elle était parvenue à lui parler, juste avant son départ.

— Père est particulièrement inquiet en ce moment, avait-elle lancé. Ne lui en veux pas. Il tient beaucoup à toi.

— Sans doute, avait sifflé le jeune homme en tournant la manivelle de la torpédo. Mais Antoine, lui, il l'aime !

Depuis, Apolline n'avait pas eu l'occasion de s'expliquer avec son frère. En revanche, elle put s'entretenir avec son père dès le retour de Menton.

— Martial ne devait pas nous rejoindre pour déjeuner ? demanda Virgile.

Apolline se contenta de répondre d'un signe de tête.

— Je vois qu'il tient toujours ses promesses ! ricana-t-il en suspendant son chapeau dans l'entrée.

La jeune fille rompit le silence.

— Père ? Puis-je vous parler un instant ?

— Bien sûr.

— C'est au sujet de Martial.

Faustine s'était plantée sur le pas de sa porte, essuyant ses mains dans un torchon. Apolline sermonna sans ménagement son père qui chercha en vain un soutien du côté de sa fidèle cuisinière.

— Très bien, finit-il par admettre. Puisque j'ai été trop dur avec lui, je vais m'expliquer. Après tout, vous avez sans doute raison.

L'arrivée des Oulianov en gare de Nice ne passa guère inaperçue. Les domestiques s'agitaient dans tous les sens entre les amoncellements de malles déposées sur le quai, au pied du train spécial affrété par l'amiral. Sans plus attendre, tante Macha ouvrit la marche, entraînant dans son sillage sa belle-sœur Irina et ses quatre enfants. Le cortège gagna la place où l'attendait un convoi de calèches, fiacres et autres charrettes chargés de les véhiculer jusqu'à leur hôtel. Tatiana profita du désordre pour grimper dans une voiture avec son amie Natacha. Le reste de la famille ne remarqua pas son absence et prit place dans les deux automobiles de tête.

— Regarde un peu tout ce monde ! s'exclama Natacha. Même les journalistes sont là !

La fille de l'amiral se contenta d'acquiescer avec un sourire gêné. Leur arrivée tapageuse l'indisposait au plus haut point. Elle aurait souhaité se fondre dans la foule des voyageurs. Quelle honte de s'afficher ainsi, pensait-elle. À chaque intersection, la jeune Oulianov esquissait un geste amical aux malheureux Niçois, paralysés dans les embouteillages. Le convoi de voitures quitta bientôt le centre-ville en direction des hauteurs de Cimiez.

— Que c'est beau ! s'écria Natacha, excitée à la vue des premiers palmiers.

Tatiana partageait son avis. Néanmoins, elle détestait la Riviera de tante Macha. Comme à Saint-Pétersbourg, les mondanités se succédaient, ennuyeuses, de palaces en yachts somptueux, lui donnant l'impression de ne jamais s'échapper de sa prison dorée. À quoi bon traverser l'Europe pour retrouver le même univers ? Cette année, Tatiana avait l'intention de supplier son père qu'il les emmène se promener dans l'arrière-pays à la rencontre de gens vrais. Elle rêvait aussi de nature sauvage, d'air pur, de réchauffer sa peau avec les doux rayons du soleil d'hiver…

— Écarte-toi de la portière, cria Natacha. Ton teint ! Tu vas ressembler à une moujik.

— On croirait entendre le Kaiser !

Tatiana poursuivit, en singeant sa tante :

— Un visage buriné est le comble de la dévalorisation sociale pour une jeune fille bien née.

Elles éclatèrent de rire sur ce dernier pied de nez. Leurs plaisanteries les amenèrent à échafauder mille plans pour échapper à l'austérité de la redoutable douairière au cours de leur séjour.

— On m'a souvent vanté la beauté du sentier littoral. Il paraît que Sissi s'y promenait avec son professeur de grec.

— Oui, on dit que c'est très beau. Mais très dangereux aussi ! Tu ne comptes pas t'aventurer là-bas toute seule ?

Natacha reconnut le sourire espiègle de son amie. Cette drôle de mimique trahissait sa détermination à transgresser les interdits.

— Inutile de t'en dissuader, je présume…

Tatiana saisit le bras de sa voisine de siège et lui proposa de la suivre dans cette escapade. Devant les réticences de celle-ci, elle insista :

— On pourrait demander à Anton de nous accompagner, ajouta-t-elle, malicieuse.

À cette idée, Natacha se mit à rougir jusqu'à la racine des cheveux. Elle bredouilla quelques protestations auxquelles elle ne croyait pas davantage. Tatiana entra dans le vif du sujet avec diplomatie. Anton et elle étaient amoureux. Leurs sentiments réciproques crevaient les yeux.

— Tu es folle ! se défendit la fille de la cuisinière.

— Sans doute… Folle d'amour, en tous les cas. Je n'ai pas encore eu la chance de le rencontrer. Mais je sais que le jour où je serai en face de l'homme de ma vie, je le verrai tout de suite.

Son regard rêveur s'assombrit soudain à la vue de leur hôtel. Tatiana frissonna en examinant la façade austère.

— On dirait un navire échoué après le retrait des eaux, murmura-t-elle.

— Je te trouve dure, reprit son amie. Regarde un peu ce luxe.

— Justement ! Cela ne te semble pas déplacé dans une nature aussi sauvage ?

La pelouse impeccable du Régina contrastait avec l'aridité environnante.

— On se croirait à Windsor. Pas dans le sud de la France.

Leur fiacre s'immobilisa quelques instants près de la grille. La jeune Oulianova passa la tête par la portière. Sur la dernière marche du perron, le directeur de l'hôtel accueillait tante Macha avec empressement pendant que le personnel de l'hôtel lui présentait ses hommages. Sa mère Irina restait en retrait, comme une simple dame de compagnie. Près des deux femmes, Anton semblait piaffer d'impatience. Le jeune homme en uniforme jeta un regard dans la cour et aperçut Tatiana. Il glissa une confidence à l'oreille de sa mère, puis se dirigea vers sa sœur.

— Bonjour, lança-t-il par surprise à Natacha.

La jeune fille devint cramoisie.

— Il semblerait que notre chère tante se prenne pour la reine Victoria. Elle vient d'exiger ses appartements.

Tatiana haussa les épaules. Anton leur proposa de laisser tout ce petit monde s'installer et d'aller se promener.

— Nous aimerions nous rendre sur la pointe de Cap-Martin, insista sa sœur. S'il te plaît !

— C'est un peu loin. Mais il semble que nous ayons du temps devant nous avant que les soixante-dix personnes de la suite du Kaiser prennent leurs quartiers…

Anton Oulianov grimpa dans le fiacre qui sortit de la file d'attente. Le rire des jeunes filles emplit l'habitacle tout le long du trajet jusqu'à la péninsule de Cap-Amiral. L'équipage fit halte devant L'Amirauté, la riche demeure qui les recevrait bientôt. Deux laquais en livrée poussèrent les lourds vantaux de la grille. Tatiana regarda le travail de ferronnerie qui constituait la seule ouverture apparente. Un mur de deux mètres de haut ceinturait cette nouvelle prison, en plein cœur d'un parc boisé d'essences rares. Les jeunes gens se turent. Tatiana admirait l'ingéniosité des artisans mais déplorait le manque d'exotisme des lieux. Ils restèrent quelques instants sur le perron de marbre rose, comme à Saint-Pétersbourg. Tout leur semblait déjà si familier, si prévisible. La jeune femme en eut la nausée.

— Tu ne viens pas visiter la maison avec nous ? demandèrent de concert Anton et Natacha.

— Je préfère marcher seule, en bord de mer.

Le fils de l'amiral l'invita à la prudence avant d'entraîner Natacha à la découverte de ce fabuleux palais.

Tatiana imaginait les vernis rutilants, les dorures clinquantes d'un luxe qui l'étouffait chaque jour davantage. Était-elle condamnée à vie à subir cette existence ennuyeuse ? Le bruit du ressac l'attira, évoquant dans son souffle mille récits d'aventures venus des colonies lointaines. Elle s'approcha du bord de la falaise, chercha un moyen pour descendre sur le rivage. Sur sa droite, elle remarqua un sentier escarpé. Avec précaution, la jeune fille releva l'ourlet de sa robe et prit appui sur l'arête d'un rocher. Elle se mit à sourire. Si tante Macha la voyait…

Quel bonheur d'être enfin libre !

Les vagues venaient s'échouer contre la paroi rocheuse, mouillant parfois le revers de son jupon. Au lieu de s'en formaliser, Tatiana eut l'envie irraisonnée de tremper ses pieds dans la mer. Elle suivit son instinct, ôta son soulier puis retira son bas. Alors qu'elle s'apprêtait à mettre la jambe dans l'eau, elle perdit équilibre. Une main secourable la sauva juste à temps.

— L'endroit est glissant et particulièrement dangereux, mademoiselle.

Tatiana releva son visage. Un homme d'âge mûr lui souriait, aimable. Il avait les traits énergiques et dégageait une impression de force rassurante. Tatiana fut troublée.

— Merci, monsieur…

— Virgile. Appelez-moi simplement Virgile.

Le promeneur l'aida à se redresser, puis l'accompagna jusqu'au sentier où ils firent quelques pas ensemble.

— Je déplore ces constructions sur le littoral, lâcha-t-il chemin faisant. Chacun semble suivre ses caprices sans prendre en compte la beauté du paysage.

— Oui ! s'exclama-t-elle, je partage votre point de vue. Il est bien dommage de ne pas créer des réserves naturelles, comme aux États-Unis. Savez-vous que rien ne peut se construire dans le parc national des Rocheuses ?

Virgile fut amusé par son esprit pétillant.

— Vous avez raison. Je me souviens d'une époque où on pouvait se promener tout le long de la côte. Désormais, c'est impossible avec cette propriété.

— Cap-Amiral ?

— Oui… Cap-Amiral. Mais je dois vous ennuyer avec mes vieux souvenirs.

— Pas du tout ! s'écria-t-elle spontanément. Vous êtes la première personne intéressante que je rencontre depuis mon arrivée sur la Riviera.

Tatiana le regardait avec tendresse.

— Et puis vous n'êtes pas vieux. Je vous trouve même…

Elle n'eut pas le temps de terminer sa phrase. Au loin, la voix d'Anton la rappelait.

— Il faut que je vous laisse, lança-t-elle en s'éloignant déjà. Au revoir, Virgile. Peut-être à bientôt…

Il la regarda gravir les rochers avec l'aisance d'un jeune chamois, les cheveux au vent.

— Au revoir, jeune fille, murmura-t-il amusé. Je ne connais même pas votre nom…

6

La Riviera, 1911

Décembre se terminait avec la saison des bals. Après les célébrations de la Nativité, les hivernants s'étourdissaient chaque soir en fêtes somptueuses, grisés de champagne et de valses. À trois jours du nouvel an, tous attendaient avec impatience la nuit du réveillon. Cette année, Nathanaël Braunstein et les Oulianov proposeraient une réception commune. De Nice à Menton, la *gentry* ne parlait plus que de l'événement. Le facteur avait déjà remis à certains privilégiés le fameux pli cacheté du sceau à l'effigie des deux familles.

— Je doute encore que ce soit une bonne idée de nous rendre à cette soirée, avoua Virgile, pianotant sur l'invitation déposée devant lui sur la table de la cuisine.

Très touché par l'attention de Nathanaël, il se persuadait qu'il n'y serait pas à sa place. En réalité, derrière ce faux prétexte se cachait la crainte de laisser Antoine seul. Virgile n'avait pas le cœur à la fête.

— Voyons, père, argumenta Martial, les yeux brillants de convoitise, c'est une fabuleuse opportunité pour vous de représenter la manufacture Bastide auprès des *happy few*.

— De grâce ! tonna Virgile d'une voix sourde. Ne peux-tu pas parler de « gens en vue », comme tout le monde.

— Mais voyons, père !, s'écria Martial, nous sommes sur la Riviera, pas au fin fond d'une province poussiéreuse !

Virgile considéra son fils avec pitié.

— Mon pauvre enfant… N'oublie pas d'où tu viens et tu sauras qui tu es !

Maître Bastide se cala contre le dossier de sa chaise et dévisagea Martial sans indulgence. Il le plaignait. Son ambition ne connaissait aucune limite et son égoïsme lui desséchait le cœur. Le jeune homme lui devenait chaque jour un peu plus étranger. Au risque de le décevoir, Virgile prit la décision de décliner l'invitation.

— Ce serait indécent dans les circonstances actuelles.

Apolline intervint :

— Si vous vous inquiétez pour Antoine, je resterai avec lui. Vous devez aller à cette réception. Pour votre ami, justement. Il s'est donné un mal fou pour nous.

Cette remarque fit réfléchir Virgile. Comment oublier la proposition du banquier ? La veille de Noël, il était venu lui remettre en main propre la fameuse invitation, l'air satisfait. Nathanaël lui avait fait part d'une proposition non dénuée d'intérêt. Il allait se charger de lui avancer des fonds conséquents afin de moderniser ses ateliers. Le précieux bristol était son ticket d'entrée pour une présentation officielle aux célébrités de la Riviera. Dérouté, Virgile hésitait à répondre. En revanche, il avait accepté que la décoration des lieux de festivités fût assurée par la manufacture, avec des tentures issues de ses créations.

— C'est moi qui resterai, trancha Faustine, les mains dans l'évier. Allez vous amuser, mademoiselle Apolline. Dans quelques semaines, ce temps-là sera révolu pour vous, et le bon Dieu aime voir les gens heureux. Allez-y ! Tous ensemble.

À présent, Faustine se tenait face à eux, les mains dans le revers de tablier. Son regard brun ne laissait place à aucune contestation.

— Bien, conclut Virgile. Puisqu'il s'agit d'une conspiration, il semblerait que je n'aie pas le choix.

L'annonce de sa venue réjouit Nathanaël. Le banquier estimait nécessaire que son ami se changeât les idées. Les problèmes d'ordre personnel ou professionnel auxquels il devait faire face l'accablaient. Braunstein le connaissait suffisamment pour percer ses silences. Virgile n'était pas du genre à se plaindre. Il avait trop de dignité pour cela. Nathanaël appréciait sa fidélité, respectait sa pudeur et souhaitait lui venir en aide. Investir dans la manufacture Bastide ou dans une entreprise tout aussi prometteuse ne changeait pas grand-chose pour Fabiani. Si ce n'est que, dans le cas présent, Braunstein allait tendre la main à un ami.

Benjamin entra dans le bureau de son père avec les dernières offres de placement, parfaitement en règle. Depuis son arrivée, il n'avait pas ménagé son temps libre et montrait une volonté certaine.

— Pense aussi à te distraire, lui suggéra le banquier en jetant un œil par-dessus son binocle.

Le jeune homme allait se retirer pour vérifier la liste des invités du réveillon, quand Nathanaël le retint.

— Assieds-toi, s'il te plaît. Je voudrais te parler.

Benjamin prit place dans un fauteuil à ses côtés.

— Tu vas bientôt fêter tes vingt ans, mon garçon. Il serait temps que nous commencions à envisager une union pour toi.

Benjamin attendait avec impatience de connaître les projets de son père. Il avait souvent entendu ses camarades de lycée lui décrire des horreurs sur les mariages arrangés, la fiancée laide comme le péché, stupide comme une oie mais riche comme le roi Salomon. Dans son cas, ce serait différent. Le jeune Braunstein savait que son père l'inciterait à briser le verre blanc, selon la tradition nuptiale hébraïque, avec une femme de son choix. Jusque-là, Benjamin n'avait pas encore envisagé cette éventualité. Il avait le temps. Il était jeune… Nathanaël lui suggéra une liste de prétendantes qui, selon lui, feraient de bonnes épouses. Toutes avaient en commun leur confession juive et un compte en banque bien garni. Mais aucune ne prétendait à la beauté et à la grâce.

— Laissons cela pour l'instant. Nous aurons tout le loisir d'examiner la situation après la soirée du réveillon.

Qui sait, Benjamin rencontrerait peut-être la perle rare lors de la réception…

Après un court séjour à l'hôtel, la famille Oulianov avait emménagé dans son nouveau palais. Chacun avait pris ses marques à L'Amirauté. Dans l'aile dévolue aux enfants, Tatiana occupait une suite lumineuse, avec vue sur la mer. C'est de cette fenêtre que, quinze jours plus tôt, elle avait aperçu le yacht de son père entrer dans la baie. Elle avait alors bondi du lit, dévalé quatre à quatre le grand escalier de marbre, couru sur la terrasse où elle avait interrompu sans ménagement le monologue soporifique de tante Macha. Sauvée par l'intrusion inespérée de sa fille, Irina l'avait suivie sans tenir compte des remontrances de sa belle-sœur. Quelques minutes plus tard, le fouet du cocher avait claqué au-dessus des chevaux, entraînant la mère et ses quatre enfants loin de la sinistre duchesse.

Depuis, la vie à Cap-Amiral avait pris des airs de fête et les promenades à cheval, à pied ou en bateau ne manquaient pas. Les Oulianov passaient le plus clair de leur temps en sorties. Peu à peu, tante Macha feignit des maux de tête ou des occupations diverses pour se soustraire à ces obligations. Elle vivait assez mal le fait d'avoir été écartée de la direction des opérations de la Saint-Sylvestre. Un mois plus tôt, lors de leur arrivée sur la Riviera, Nathanaël leur avait proposé de réunir leurs deux bals, suite au retard des travaux à L'Amirauté. La duchesse s'y était formellement opposée.

— C'est hors de question ! s'était-elle récriée. S'acoquiner avec un roturier pour une telle fête… Un juif, de surcroît ! Où allons-nous ?

Par téléphone, de Saint-Pétersbourg, l'amiral avait dû intervenir afin d'éviter un incident diplomatique, et c'est à Irina qu'était revenue la charge d'organiser les préparatifs avec le banquier.

Tatiana vivait un rêve. La calèche emmenait la famille sur les hauteurs de Grasse, à la découverte des secrets des parfumeurs. Elle trouvait son père détendu, prévenant et d'humeur joviale. Sa mère ne le quittait plus des yeux depuis quelques jours. Quelque chose avait changé entre eux. À présent, ses parents s'aimaient. La jeune fille priait pour que cette tendresse se poursuive à leur retour à Saint-Pétersbourg.

Un autre couple ne se quittait pas, Natacha et Anton, se déplaçant en duo comme une paire d'inséparables, souriant de leurs gestes ou de leurs réactions simultanées. Tatiana aimait les contes de fées. En grande romantique, elle rêvait de connaître cette douce sensation. Son prince charmant, la jeune Oulianova l'imaginait grand, distingué et rassurant. Ses manières avenantes devanceraient ses désirs, anticiperaient ses mauvais pas. Parfois, il lui arrivait de repenser à cet homme aux cheveux blancs semblables aux neiges russes, celui-là même qui l'avait aidée sur les rochers de Cap-Amiral. Elle ne l'avait jamais revu, ne savait rien de lui si ce n'est son prénom, Virgile, comme le poète latin. Tatiana n'avait rien dit de cette rencontre secrète. Même Natacha l'ignorait. Comment expliquer ce drôle de sentiment envers un homme d'âge mûr ? Personne ne pouvait comprendre. De toute façon, il avait dû l'oublier. L'histoire n'irait pas plus loin.

De retour à L'Amirauté, Tatiana se faufila sans bruit à l'intérieur de la demeure afin d'éviter sa tante. Mais, en rentrant dans sa chambre, elle fut interpellée par Macha.

— Je crois que tu n'as pas terminé ta version du jour…

La jeune fille dut se résoudre à suivre la duègne dans son repaire. Immédiatement, la duchesse montra des signes d'agacement. En entrant dans le cabinet de travail, Tatiana avait remarqué une lettre de Peterhof. Les nouvelles de Saint-Pétersbourg devaient être en faveur de Raspoutine, le plus farouche adversaire de la première dame de compagnie…

Quelqu'un frappa à la porte. Derrière le majordome zélé se tenait un homme menu, son béret à la main. Il fut introduit auprès de la duchesse, ayant sollicité une entrevue. Le malheureux travaillait sur le chantier de Cap-Amiral à l'entretien des gazons depuis plus de cinq ans, jusqu'au mois précédent où il avait dû interrompre son travail suite à un problème de santé. Aujourd'hui, il devait faire face à des échéances.

— Vous serait-il possible de m'accorder une avance sur mes gages, madame la duchesse ?

Tante Macha le considéra avec mépris. Il portait un bras en écharpe d'où s'échappait une main enflée aux doigts crevassés.

— Ma Célestine vient d'accoucher de notre septième, hésita le jardinier, avec un faible sourire, pour tenter de l'amadouer. Avec mon pauvre poignet, je peux moins travailler en ce moment, et, l'hiver venant, c'est un peu dur pour nous. Vous comprenez, il faut bien vivre…

— Une avance, est-ce bien nécessaire ? rétorqua froidement Macha. Estimez-vous bien heureux que je ne vous chasse pas.

Tatiana serra son crayon de toutes ses forces. La mine se cassa. Après le départ de l'infortuné, elle dut se contenir bien davantage, révoltée par les commentaires de son horrible tante.

— Quel toupet ! Quelle vulgarité !

Macha se mit à caresser le poil lisse de son barzoï.

— Retiens bien cette leçon, petite. La vermine est fainéante, sournoise et menteuse. Elle utilise tous les prétextes pour abuser de nos bontés. Le Seigneur a voulu la placer à notre service en nous donnant la charge de l'occuper. Nous lui offrons du travail, le seul but de sa misérable existence terrestre. Un pauvre, souffla-t-elle en haussant les épaules, un pauvre, ça ne vit pas, ça travaille !

Dès qu'elle eut terminé sa version, Tatiana courut rapporter l'incident à son père. L'amiral se montra lui aussi particulièrement choqué. Il convoqua sa sœur après avoir versé une somme d'argent au malheureux jardinier.

« Ceci est une prime, lui avait-il précisé, non une avance. Peut-être parviendrez-vous à excuser la conduite inqualifiable de Mme la duchesse. »

Le barzoï se chargea d'annoncer l'arrivée de tante Macha. Elle s'installa face à son frère, promenant sur la pièce son regard.

— Macha, gronda-t-il. Votre enseignement n'est pas digne d'une chrétienne. Dorénavant, je vous saurais gré de ne plus vous occuper de mes enfants. Cette tâche revient à leur mère. Voilà bien longtemps que j'aurais dû vous le dire.

La vieille dame resta impassible, essuyant cette disgrâce avec toute la condescendance qui la caractérisait. Elle ne quittait pas Alexandre des yeux. Après un long silence, elle se redressa, silencieuse.

Sur le pas de la porte demeurée grande ouverte, elle fit volte-face.

— Je m'étonne de constater que vous passez l'éponge sur la liaison d'Irina avec le capitaine Ardenko.

L'amiral ressentit de la pitié. Sa sœur révélait là son côté le plus abject.

— Pour votre information, sachez qu'Irina et moi nous nous sommes expliqués. Il n'y a jamais rien eu d'autre qu'une profonde amitié entre elle et Ardenko.

— Qui vous dit cela ? Elle ?

— Oui. La femme que j'aime. Et, ne vous en déplaise, je veux la croire.

— Puisque je ne vous suis plus utile ici, je préfère rentrer à Saint-Pétersbourg.

Pleine de dépit, la duchesse sortit. Dans le hall, elle se retrouva face à sa belle-sœur et sa nièce, témoins de l'altercation. Comme toujours, elle les toisa. Mais, cette fois, la rage d'avoir été désapprouvée se lisait dans son regard. Alexandre apparut à son tour, tandis que Macha s'éloignait en claudiquant.

Irina se lova, reconnaissante, dans les bras accueillants de son mari. Tatiana vint les rejoindre, trop heureuse de retrouver l'affection des siens.

— Ne soyez pas si nerveux, fit Apolline en lissant le revers en satin du smoking de son père. Tout va bien se passer.

Leur fiacre, prêté par Nathanaël, était immobilisé devant la haute grille de Cap-Amiral, au milieu de la longue file de voitures qui s'avançait jusqu'au perron de L'Amirauté. Virgile regrettait sa décision. C'était stupide d'avoir accepté. Mais il était trop tard pour revenir dessus. Du reste, une Hispano-Suiza empêchait leur attelage de faire marche arrière. Son envie de rebrousser chemin le tarauda jusqu'à leur arrivée sous le porche, vingt minutes plus tard.

Braunstein félicita Virgile pour son allure impeccable. Benjamin se trouvait à ses côtés. Apolline descendit de voiture, aidée par son père. Elle salua Nathanaël et regarda le jeune homme. Comme il avait changé ! Néanmoins, ses cheveux plaqués avec soin avaient gardé leur blondeur d'antan.

— Bonsoir, Apolline, lança-t-il avant d'oser un révérencieux baisemain. Tu as beaucoup grandi.

— Toi aussi, ajouta-t-elle, cramoisie.

Virgile fut présenté aux Oulianov et put constater la grande simplicité de l'amiral et de son épouse.

— Nous tenons à vous remercier d'avoir accepté notre invitation, monsieur Bastide, lança Irina dès qu'elle en eut l'occasion. Et vos tissus font sensation.

— Oui, ajouta son époux. Je ne serais pas surpris de voir ces dames vous passer commande de kilomètres… d'indiennes. C'est bien ainsi que se nomment ces petites merveilles, non ?

— Oui. Des indiennes, en effet.

En pénétrant dans la salle de bal, Virgile posa la main sur l'épaule de Nathanaël en signe de gratitude. Son ami ne dit rien, mais son regard parlait pour lui. Benjamin proposa son bras à Apolline. Ensemble, ils avancèrent vers un petit noyau de jeunes gens. Martial se trouvait avec eux, tout heureux de captiver l'attention.

— Ah, c'est vous, lança-t-il sans entrain en les voyant arriver, suivis de Nathanaël et de Virgile.

Anton Oulianov lui demanda de procéder aux présentations. Il obtempéra, plaçant Virgile en dernier.

— Tatiana, voici mon père, Virgile Bastide.

Martial nota l'étrange connivence entre la jeune femme et son père. Ils semblaient charmés tous les deux, comme s'ils se connaissaient ou s'appréciaient déjà.

Une demi-heure avant les douze coups de minuit, la Grande Zoé fit une entrée remarquée avec son vieux fiancé. La « gourgandine », comme on la nommait derrière les éventails, portait un haut chignon vaporeux, souligné d'une aigrette. Elle s'avança, la taille plus fine que jamais dans un corset serré. Par sa seule présence, Zoé éclipsait toutes les autres, en tout cas aux yeux de Martial.

— Comment allez-vous, mon cher ami ? lui demanda-t-elle avec entrain.

— Beaucoup mieux depuis votre arrivée, répliqua-t-il d'un air langoureux.

La Grande Zoé éclata de rire, ce qui séduisit davantage le fils Bastide, déjà tout acquis à sa cause. Pour elle, Martial aurait été capable d'aller décrocher la lune.

Nathanaël vint rejoindre Virgile à sa table.

— Comment vous remercier ? s'inquiéta l'indienneur.

— De quoi, diable ?

— Voyons, Nathanaël, grâce à votre intervention me voilà sorti d'affaires. Dès que l'état de santé d'Antoine sera meilleur, nous rentrerons en Avignon pour modifier notre procédé de fabrication. Notre atelier est trop exigu. Il nous faut construire une fabrique. Ensuite, il y a ces nouveaux débouchés vers la Russie. Vous avez eu un trait de génie de proposer mes modèles pour créer des nappes. C'est un succès.

— Ne vous l'avais-je pas dit ? Votre amitié m'est précieuse.

Le banquier aperçut le comte Fabiani. Délaissé par sa fiancée, le vieil homme s'assoupissait.

— Virgile, reprit-il, laissez-moi vous présenter un investisseur potentiel.

1912 vit le jour dans l'allégresse. Dès le douzième coup de minuit, tous les invités se rendirent sur la terrasse, d'où ils purent admirer un somptueux feu d'artifice aux couleurs éclatantes sur les eaux endormies de la Méditerranée. Après le bouquet final, la foule se dispersa. Appuyée contre la balustrade en pierre, la Grande Zoé mesurait son pouvoir de séduction sur le jeune Bastide, qui buvait ses paroles. Il lui aurait été facile d'obtenir ses faveurs, mais, à quarante-trois ans, elle devait penser à son avenir, et celui-ci passait par un mariage. Elle espérait bien devenir la comtesse Fabiani avant le retour du printemps. Elle serait plus riche et puissante qu'elle ne l'avait jamais été. Libre, aussi, de bâtir l'empire dont elle rêvait. Sans comprendre pourquoi, elle s'en ouvrit à Martial. Sans doute parce que le jeune homme, malgré son âge, partageait avec elle cette soif de reconnaissance, de gloire et de fortune.

— Je souhaiterais créer des studios de cinéma sur la Riviera, lâcha-t-elle.

— Comme en Californie ?

— Exactement. Les conditions climatiques sont assez comparables et le cinématographe est une industrie en plein essor, là-bas. Je suis convaincue qu'ici il en sera de même.

— Cette idée est fantastique ! s'exclama Martial, rêvant déjà d'une autre destinée que le triste sort que lui réservait son père.

— Vous comprendrez sans doute pourquoi…

Elle laissa sa phrase en suspens, comme surprise de se dévoiler ainsi à un étranger.

— … pourquoi vous devez épouser le comte Fabiani ?

Martial lui sourit avec indulgence.

— Ce n'est pas lui que vous épousez, reprit-il, mais sa fortune. À votre place, je ferais de même. À quoi sert la richesse si ce n'est pour en profiter ? Votre projet est moderne et vous devez tout mettre en œuvre pour qu'il réussisse. Je vous y aiderai de mon mieux. Enfin, si vous le voulez bien, crut-il bon de rajouter.

Zoé le considéra. Pour la première fois, elle le prenait vraiment au sérieux. Martial ne la jugeait pas, il la comprenait.

Un peu plus bas, dans l'orangeraie, Benjamin et Apolline prenaient le frais. La jeune fille tentait de maîtriser ce drôle de sentiment qui la tenaillait pour la première fois. Elle était attirée par un homme ! Le diable la défiait.

— Je ne pensais pas te retrouver aussi belle, avoua Benjamin. Tu es même devenue très belle. Me laisserais-tu te faire la cour ?

Cette révélation embarrassa davantage Apolline.

— Je dois t'avouer quelque chose, Benjamin. Je suis très touchée par ta proposition et je l'apprécie à sa juste valeur.

— Mais ?

— Mais je dois t'en empêcher. J'ai décidé de rentrer dans les ordres. Je veux consacrer ma vie à Dieu. Tu comprends ?

Cet aveu fit l'effet d'une douche froide à Benjamin qui ne sut quoi répondre.

Dans la salle d'apparat, Virgile vint s'asseoir près de Tatiana.

— Alors, jeune fille ? Comment allez-vous ?

— Je me prénomme Tatiana ! siffla-t-elle, piquée qu'il s'adresse à elle comme à une enfant.

— Heureux de l'apprendre, fit-il, amusé. L'autre jour, sur les rochers, je n'ai pas eu le privilège de connaître votre identité. Je vous présente cependant mes excuses quant à mes propos sur les constructions de villas.

— Vous n'avez pas à le faire. Je partage entièrement votre avis. Et si vous m'invitiez à danser ?

Virgile la dévisagea, incrédule. Elle bouillonnait d'énergie, elle était spontanée, comme le chamois qu'il avait vu détaler sur les rochers.

— Je vous demande pardon ?

— Oui, insista-t-elle. Invitez-moi à danser. C'est une tradition russe, mentit-elle. Lorsqu'un homme sauve une femme, il doit l'inviter à danser par la suite afin de l'aider à oublier sa frayeur.

— C'est une plaisanterie ?

— Oui, mais c'est tellement beau ! Alors, vous m'invitez ?

Virgile invoqua son âge et argua qu'il n'avait guère le cœur à rire. Des jeunes gens seraient sans doute charmés par cette invitation.

— Allons donc ! On a l'âge que l'on veut avoir. Tout est dans la tête.

Maître Bastide s'inclina devant elle avant de conduire sa cavalière sur la piste.

Un valet en livrée accourut vers la Grande Zoé, complètement affolé. Le comte Fabiani venait de s'écrouler de sa chaise. La dame à l'aigrette lui emboîta le pas, livide. Martial s'apprêtait à la suivre quand son regard se posa sur le couple discutant dans l'orangeraie. Il reconnut Benjamin en train de caresser délicatement la joue d'Apolline. Cette situation le contraria. Mais une autre scène le choqua bien davantage. Sur le seuil de la salle de bal, il découvrit au centre de la piste son père en train de danser avec la jeune Tatiana Oulianovna. Qu'avait-il fait au bon Dieu pour mériter ça ? Il devait agir, s'il ne voulait pas voir ses projets contrecarrés…

Maître Bastide retrouvait son souffle quand Nathanaël vint lui annoncer que le comte Fabiani venait de mourir d'une crise cardiaque.

— Que se passe-t-il ? demandèrent Benjamin et Apolline en arrivant à leur hauteur.

— Le comte Fabiani vient de décéder.

La jeune femme se signa. Son cavalier l'imita sans enthousiasme. Martial conspirait déjà et Virgile décréta la fête terminée. Les Bastide rentrèrent. À leur retour à la Villa Rosa, Faustine s'approcha de leur fiacre, en larmes. Antoine allait très mal. Un médecin se trouvait à son chevet.

7

La Riviera, le 1er janvier 1912

Cette nuit-là, Martial Bastide ne parvint pas à dormir. S'abandonner au sommeil après une soirée aussi mouvementée aurait été une forme de renoncement à ses projets. Aux premières lueurs de l'aube, il avait toujours les yeux grands ouverts. Il était bien décidé à sortir de l'ombre. Le destin ne souriait-il pas aux hommes de pouvoir ? « Les opportunités se créent », lui avait dit un jour Nathanaël. Cette remarque prenait tout son sens depuis la veille.

Au cours de la soirée, il avait observé sa sœur et Benjamin. Si Apolline abandonnait son idée d'entrer au couvent, elle pourrait fonder une famille et avoir des vues sur la manufacture. Il se devait au plus vite de veiller au salut de sa cadette. Un autre danger enserrait sa gorge. Virgile s'intéressait à la jeune Tatiana Oulianova. Le patriarche ne devait en aucun cas se remarier. Martial combattrait cette répugnante éventualité. De plus, les ambitions de la Grande Zoé venaient d'être remises en cause par le décès de Fabiani. La précarité de sa situation risquait de l'attirer sous d'autres cieux. Elle pourrait disparaître. Le jeune ambitieux devait forcer le destin.

Par chance, Antoine, son frère et plus farouche adversaire, semblait se rapprocher de la sortie. La crise aiguë qu'il venait d'essuyer focaliserait l'attention de son père et le détournerait de l'amour. Martial allait inciter Virgile à lui confier la gestion de l'entreprise familiale.

Au fil des semaines, l'état de santé d'Antoine empira. Virgile ne le quittait plus et s'entêtait à le garder à la Villa Rosa. Fatigué, il ne descendait de la chambre que pour téléphoner ses instructions à Séverin Chabanel, son chef d'atelier. Martial se montra très présent à ses côtés, lui proposa à plusieurs reprises de le soulager de cette formalité professionnelle. Mais le vieil homme montrait une réelle obstination à vouloir tout gérer lui-même.

Un matin, à la banque Braunstein, Nathanaël surprit Martial songeur et s'étonna de son manque de concentration.

— Je vous prie de bien vouloir m'excuser, lui répondit Martial, le visage soudain défait.

— Que se passe-t-il ? Quelque chose ne va pas, mon petit ?

Hypocrite, Martial adopta le comportement du frère abattu, baissa la tête et souffla bruyamment. Nathanaël se précipita vers lui, persuadé que le jeune homme allait fondre en larmes.

— Allons, allons, mon garçon…, lança-t-il, posant une main réconfortante sur son épaule. Dis-moi ce qui te tracasse ? C'est Antoine, n'est-ce pas ?

Martial acquiesça d'un signe de tête.

— Rentre chez toi ou parlons-en, si tu le désires.

— C'est gentil à vous, monsieur Braunstein.

Le banquier incita son stagiaire à prendre place sur un sofa, près de lui.

— Mon frère ne va pas fort. Pas fort du tout, commença-t-il.

Martial lui fit part de l'entêtement de son père. Pour sauver Antoine, les médecins s'accordaient à dire qu'il devait être conduit dans un sanatorium. Mais Virgile s'y opposait.

— Il refuse de voir la réalité en face ! s'écria-t-il avec un accent de sincérité dans la voix qui le surprit lui-même. Antoine est très malade et sa seule chance de guérison est qu'il soit confié à un établissement spécialisé !

Nathanaël partageait ce point de vue. Il avait déjà tenté d'en parler à son ami mais s'était heurté à son refus. Martial le savait. Apolline lui avait révélé les confidences de leur père. Prêt à tout pour saisir sa chance, le fils de Virgile insista sur le sujet.

— Père est tellement têtu. Son obstination risque de perdre mon frère, tout comme ses affaires. J'aimerais tant qu'il se montre plus raisonnable…

De nouveau, Nathanaël posa sa main sur l'épaule de Martial.

— Je vais parler à ton père. Ne t'en fais pas, mon garçon.

— Surtout, ne lui dites pas que je me suis confié à vous. Père déteste que l'on s'apitoie.

— N'aie crainte, il n'en saura rien.

Dans l'après-midi, Braunstein se rendit à la Villa Rosa. Virgile tentait de dissimuler sa fatigue. Cependant, les traits tirés de son visage trahissaient de nombreuses nuits blanches. Nathanaël partageait l'angoisse de son ami. Lui aussi avait enduré au plus profond de sa chair la maladie de son fils, il s'était révolté contre cette injustice avant d'assister, impuissant, à sa lente agonie. À l'époque, Nathanaël s'était obstiné à croire à un miracle avant d'accepter de confier son enfant à un sanatorium. Ses nombreuses prières, colères ou promesses avaient été vaines. Avec le recul, il admettait sa responsabilité. S'il avait agi plus tôt, son fils serait sans doute encore en vie. Virgile affichait un air désemparé qu'il ne lui avait jamais vu.

— Vous avez raison, admit-il le cœur lourd.

L'oreille aux aguets, Martial se réjouit de voir ce premier problème résolu.

Depuis plusieurs semaines, l'ambitieux Bastide n'avait aucune nouvelle de la Grande Zoé. Il mit toute son énergie à retrouver sa trace et apprit, fortuitement, son départ de la Riviera pour l'enterrement du comte Fabiani. Martial souhaitait la revoir mais ignorait comment s'y prendre. Un matin, alors qu'il croyait ses espoirs vains, *L'Éclaireur* annonça le retour de la célèbre meneuse de revue au casino de Nice, pour trois représentations exceptionnelles.

Lors de la première, Martial fut ébloui. La Grande Zoé apparut dans son habit de lumière, au sommet du majestueux escalier à double volée. Subjugué, il fixait son étoile. À la fin du tour de chant, obnubilé par l'image de cette femme parfaite, le jeune homme se glissa dans les loges dès sa sortie de scène, au deuxième rappel. Une foule de danseuses en tenue légère se précipitaient dans le couloir encombré. Martial n'y prêta aucune attention. Seule la porte blanche du fond l'hypnotisait. Le cœur battant, il allait s'annoncer et frapper à la porte quand son geste fut arrêté par une dame élégante qui détailla le jeune homme de la tête aux pieds. C'était Sarah Bernhardt. Il la suivit des yeux tandis qu'elle regagnait la salle, suivie d'Edmond Rostand.

Sur l'invitation de la Grande Zoé, Martial pénétra dans sa loge envahie de roses rouges. Il la chercha parmi les fleurs, sans savoir d'où provenait la voix de l'artiste. Un mouvement derrière le paravent attira son attention. La main délicate de Zoé s'élevait avec grâce, tenant, pincée entre deux doigts, une étoffe scintillante. Martial reconnut la robe de scène qui s'échoua au pied des panneaux du paravent. Gêné de s'imposer à l'improviste, il n'osait relever les yeux. Zoé apparut enfin, plus belle que jamais, dans un vaporeux déshabillé blanc.

— Dites-moi vite. Comment avez-vous trouvé mon récital ?

Interdit, le jeune homme était incapable de répondre. Zoé éclata de rire en s'installant devant sa coiffeuse.

— Sarah Bernhardt vient de me féliciter pour *ma remarquable performance*… Quel honneur !

Dans le miroir, elle épiait les réactions du drôle de petit bonhomme. Il avait l'air emprunté d'un enfant dans un magasin de jouets.

— Allons, Martial, asseyez-vous. Que se passe-t-il sur la Riviera ?

— Sans votre présence, rien.

— C'est très gentil de votre part, répondit-elle, touchée.

Cette remarque redonna de l'assurance à Martial. Il croisa son regard dans le miroir, le soutint et ne put contrôler ses reproches.

— Pourquoi me laisser dans une telle inquiétude ? Un tel silence. Je croyais que nous étions amis, lâcha-t-il, désabusé.

— Mais nous le sommes, Martial ! s'écria-t-elle en se retournant. Vous êtes le seul à m'avoir tendu la main alors que tous me méprisaient. Je ne l'ai pas oublié, croyez-moi. Le comte m'a laissée sans un sou. Ses héritiers se sont chargés de la succession. Me voilà revenue à la case départ. Voilà pourquoi je suis là. Mais ma bonne étoile me guidera vers les sentiers de gloire.

— J'en suis certain ! Vous le méritez.

Hésitant, Martial l'invita à dîner.

— J'en serais très heureuse, mais je ne tiens pas à vous donner de faux espoirs, mon ami.

Elle prit la main du jeune homme entre les siennes.

— Souvenez-vous de ce que vous m'avez dit, sur la terrasse de L'Amirauté, le soir du réveillon. Que je devais épouser un homme fortuné pour mener à bien mes projets.

— C'est exact. Je le pense toujours. Mais j'aimerais tant vous aider.

— Je le sais, cher ami. Je le sais. Ne vous attachez pas à moi. Vous ne feriez que souffrir. Je vais épouser un millionnaire, Martial. Je ne tiens pas à ce que des sentiments aussi purs, aussi beaux que les vôtres m'écartent de mon but. Vous comprenez, n'est-ce pas ?

Bien sûr qu'il comprenait. Mais comment pallier un manque d'argent au pays du luxe ?

Durant des nuits entières, Martial réfléchit à cette question, imaginant toutes sortes de stratégies, sans qu'aucune lui convienne vraiment. La réponse vint par hasard, trois jours plus tard. Martial se trouvait dans le couloir de la banque Braunstein. Il écoutait Benjamin lui parler d'Apolline lorsque Nathanaël apparut, un dossier brun sous le coude.

— J'aimerais que tu t'occupes de cette affaire, lança-t-il à l'intention de son fils. L'amiral Oulianov souhaite investir sur la Riviera et nous confie la gestion d'une partie de ses capitaux. Tu as carte blanche. Je sais que tu seras brillant.

Pour Benjamin, il s'agissait de sa première affaire d'importance. Il saisit la chemise classée confidentiel, bien décidé à y porter la plus grande attention. Il souhaitait ne pas décevoir les espoirs de son père, d'autant que celui-ci venait d'insister auprès des cousins anglais pour repousser la fin de l'apprentissage de son fils au printemps.

Dès qu'ils furent seuls, Martial saisit l'occasion.

— Ma sœur m'a confié ne plus savoir où elle en était, mentit-il. Elle tient beaucoup à toi. Si tu souhaites qu'elle y voie plus clair, n'entre pas en contact avec elle pour le moment. Laisse passer une semaine ou deux. Le temps pour elle de réfléchir. Je la connais. Je sais qu'elle sera touchée par ta compréhension et ton respect de ses choix. De mon côté, je te promets de vanter tes qualités.

— Merci, Martial ! s'écria Benjamin. Tu es un frère.

Sur cette dernière remarque, il s'aperçut qu'il était en retard pour le déjeuner et pria son ami de porter le dossier Oulianov sur sa table de travail.

— Si tu as besoin d'un service, n'hésite surtout pas..., lança-t-il à la volée en s'éloignant.

— Ne t'inquiète pas, grommela Bastide à voix basse. Je saurai m'en souvenir.

D'un pas assuré, Martial se dirigea vers le bureau de Benjamin, certain de tenir sous son bras la solution à son problème. Avec vigilance, il referma la porte derrière lui et prit connaissance de la chemise brune. Le montant de l'investissement était vertigineux. Il dépassait de loin ses rêves de fortune. Avec une somme pareille, la Grande Zoé serait à l'abri du besoin jusqu'à la fin de ses jours.

— Mon Dieu, souffla-t-il, admiratif… Comment peut-on avoir autant d'argent ?

Un jour, Martial avait entendu Nathanaël plaisanter sur la richesse considérable des Oulianov. Le banquier s'avouait quelque peu perdu sur l'étendue de leurs biens. Un comble pour le jeune Bastide, qui voyait sa famille empêtrée dans les soucis financiers par la faute du maudit sens de l'honneur de Virgile. Martial examina le dossier.

En fin d'après-midi, il se rendit chez Rumpelmayer, à Nice, le salon de thé en vogue où la Grande Zoé avait désormais sa table. Elle semblait très excitée par sa récente visite à la Cybiline, une propriété sur les hauteurs de la ville.

— C'est un immense domaine planté d'oliviers et de palmiers, envahi de sarriette et de menthe sauvage. L'endroit serait idéal pour des studios de cinéma ! Voulez-vous le visiter ?

Martial sourit, toujours surpris par l'impétuosité de celle qu'il adorait en secret. À leur arrivée sur place, il fut conquis par la colline, à l'ouest de Nice. Zoé lui décrivit ses projets pour cette terre abandonnée aux caprices du temps. En quelques phrases, elle fit surgir un monde d'illusions, bâti à l'identique de ses souvenirs hollywoodiens. Elle allait et venait en plein soleil, dessinait avec d'amples gestes du bras le plan précis du futur studio, les décors de carton-pâte, les hangars, l'immeuble de la direction et le restaurant. Martial imaginait une foule grouillante d'acteurs s'agitant dans tous les sens sur la large avenue encombrée de véhicules. Un peu plus haut, la maison où résiderait sa reine…

— C'est… très impressionnant, balbutia-t-il. Votre idée est formidable !

La Grande Zoé se rembrunit. Depuis son retour sur la Riviera, elle allait de déception en échec. Pour financer un projet d'une telle envergure, elle avait besoin de fonds conséquents. L'ensemble des banques de la Riviera, tout comme les principaux financiers qu'elle avait démarchés, l'avaient éconduite. Si la chance ne lui souriait pas, elle se verrait contrainte de renoncer.

— Je dois me marier. Je n'ai pas le choix. Parfois, je hais Fabiani !

Zoé tourna son visage vers son jeune ami et fut frappée par l'expression de son regard.

— Que se passe-t-il ?

Mystérieux, Martial lui avoua avoir une solution.

— Eh bien, dites ! s'écria-t-elle, vivement intriguée.

Bastide lui révéla sa découverte au sujet des Oulianov. Par un simple jeu d'écritures, il lui serait très simple de transférer des fonds pour le financement de La Cybiline.

— Mais c'est du vol, Martial ! s'indigna-t-elle.

— L'homme qui vous épousera va bien voler vos plus belles années !

Son regard noir renforçait la violence de ses propos. Pour la première fois, il dominait la situation. La Grande Zoé se tut, impressionnée par la maturité de cet être en devenir.

— Dites-vous que c'est un prêt, conclut-il. Je ne vous propose pas de détrousser les Oulianov, mais de les conduire à placer avantageusement leur immense fortune.

— C'est très risqué !

— Le risque est le quotidien des audacieux !

Zoé ne sut quoi ajouter.

Chaque transfert de fonds des Oulianov vers la banque Braunstein suivait un procédé d'enregistrement identique. Leur fortune se morcelait en placements lucratifs, répartis en actions, obligations ou participation dans des sociétés diverses. Martial avait remarqué l'attention pointilleuse de Benjamin au moindre investissement. Il laissait la rubrique « divers » pour les dernières heures de la journée. Pendant des semaines, Martial s'arrangea pour distraire le jeune homme à ce moment précis, lui apportant des dossiers urgents, lui demandant son avis sur un problème rencontré ou lui parlant d'Apolline. Et Benjamin paraphait les ordres de virement.

Martial n'avait aucun scrupule. Il se félicitait de son génie. C'était si simple. Après s'être entraîné sur des feuilles vierges à reproduire l'écriture de Benjamin, il ajouta des lignes fictives sur le livre comptable. À son insu, l'amiral Oulianov prenait des parts dans le projet La Cybiline. Bien vite, les comptes furent approvisionnés en conséquence, et Zoé se porta acquéreur de la propriété.

Début avril, Martial eut d'autres préoccupations. Encouragé par son récent succès, il porta ses efforts sur Virgile, accaparé par ses allées et venues au sanatorium, depuis l'admission d'Antoine. Il obtint de son père la gestion temporaire de la manufacture et s'investit dans cette tâche. Cette place tant convoitée, Martial souhaitait la conserver, au cas où son frère se rétablirait.

Chaque matin, aux premières lueurs du jour, il avalait un café brûlant dans la cuisine déserte, traversait le jardin pour s'enfermer dans l'annexe, couverte de bougainvilliers. Cet espace au confort spartiate était devenu l'antre de ses complots. Dans ce réduit, il devenait le maître du monde. Faustine avait pour consigne de ne pas le déranger, sauf en cas d'extrême urgence ou pour l'informer des appels téléphoniques. L'après-midi, il retournait à la banque. Ce jour-là, alors qu'il était seul dans la maison, il dut écourter ses instructions à Séverin Chabanel au tintement de la clochette de l'entrée. Tatiana Oulianova se tenait devant le portail. Elle venait témoigner son amitié à Virgile, émue par l'épreuve qu'il traversait.

— Votre père est là ?

Martial, heureux de cette opportunité, l'invita au salon.

— Voici des confitures. Je les ai préparées moi-même.

Martial écouta la fille de l'amiral et fut effrayé par certains de ses propos. Il lui fut facile de sonder le cœur de Tatiana. Son attirance pour Virgile était évidente ; la situation devenait dangereuse. Il était hors de question que la jeune femme puisse éveiller des sentiments endormis chez son père.

Dans l'après-midi, Martial croisa dans la rue Macha Oulianova, revenue sur le littoral après le départ de l'amiral. L'exécrable réputation de la duchesse l'avait précédée. Le redoutable Bastide en profita.

— Père a été très touché par la délicate attention de votre nièce, assura-t-il avec distinction.

La veuve, pincée, n'émit aucune observation et poursuivit son chemin, dédaigneuse. Elle gardait ses foudres pour Tatiana.

Retranché dans l'annexe du jardin, Martial se félicitait de sa manœuvre. À l'heure où il savourait les confitures, le bateau des Oulianov quittait la baie des Anges. La fille de l'amiral ne ferait plus parler d'elle et Virgile ignorerait tout de sa visite.

Jusque-là, son plan fonctionnait à merveille. Restait le cas d'Apolline. Sa pauvre sœur, tiraillée entre la vocation religieuse et son amour pour Benjamin, doutait d'elle et se confia à Martial qui sentit le danger. Apolline ne devait pas s'écarter de sa voie.

— Ne te fie pas aux hommes. Ils n'en veulent qu'à ta vertu.

— Benjamin est différent, tu te trompes, Martial.

— Allons, allons… Que connais-tu des hommes, toi ?

Apolline baissa les yeux. Il avait raison.

— Si je tenais vraiment à une fille, je ne pourrais vivre sans la voir.

Martial lui laissa le temps de méditer cette pensée avant de porter l'estocade.

— Depuis combien de temps n'as-tu pas reçu de ses nouvelles ?

Apolline fondit en larmes. Elle se sentait si naïve, si déçue.

— Benjamin a la réputation d'être un homme à femmes, inventa-t-il en la serrant dans ses bras. Un riche héritier comme lui cherche le plaisir, pas le mariage. Le seul amour qui ne te décevra jamais est celui de Dieu.

Le lendemain, Martial rappela à Benjamin sa proposition de lui rendre service.

— En quoi puis-je t'être utile ?

Le machiavélique Bastide lui demanda de porter de sa part un magnifique bouquet de roses à la Grande Zoé qui était censée se trouver à seize heures à la terrasse du Rumpelmayer. Dans la foulée, il proposa à Apolline de l'accompagner au sanatorium rendre visite à Antoine. Il s'arrangea pour passer devant le salon de thé à l'heure dite. Comme il l'avait prévu, sa sœur aperçut Benjamin remettre le bouquet à la célèbre meneuse de revue qui l'embrassa à pleine bouche…

Apolline, sous le choc, s'effondra. Martial la consola. Le lendemain matin, il l'accompagnait à Sainte-Cécile-de-l'Espérance et veillait à son installation.

Mais sa bonne fortune fut de courte durée. Dès son retour à la banque, il surprit Zoé sortant des appartements privés de Nathanaël. Incrédule, il la dévisagea et l'entendit lui bredouiller de vagues explications en réajustant le col de son chemisier. Le jeune homme la retint fermement. Il exigeait une réponse.

— Pas ici ! lança-t-elle froidement. Pas maintenant. Je vous promets que je vous expliquerai tout.

Martial était consterné. Il avait pris des risques considérables pour Zoé. L'imaginer dans les bras de Braunstein l'écœurait. Il la vit s'éloigner mais, quoique assailli de questions, fut incapable de la retenir. Jouait-elle double jeu ? Cherchait-elle à le confondre ? S'était-elle servie de lui ? Martial doutait de tout et de tous. Il se reprochait sa naïveté qui venait de lui fermer les portes du pouvoir, celui de l'argent, celui de gens comme Fabiani ou Braunstein.

Humilié, il quitta la banque brusquement et se dirigea vers sa torpédo. Il roulait maintenant à vive allure, aveuglé par la rage. Sillonnant la corniche, il cherchait dans la vitesse à reprendre le contrôle de lui-même. Il s'arrêta au sommet d'une falaise pour ruminer sa vengeance. Zoé l'avait utilisé. Elle le payerait. Les Braunstein aussi. Martial Bastide serait puissant et n'essuierait plus ce genre d'affront. Il décida de se rendre au Negresco, entendre la version de sa *très chère amie*.

— Que faites-vous là ? s'écria-t-elle en ouvrant la porte de sa suite. Il ne faut plus que l'on nous voie ensemble !

Zoé l'entraîna à l'intérieur et entreprit de plier ses robes de prix dans de grandes malles.

— Vous partez ? siffla-t-il, ironique.

— Martial ! Vous n'êtes pas au courant ? Braunstein a tout découvert au sujet du détournement. Il ne tardera pas à s'apercevoir que vous êtes derrière tout ça.

Le jeune homme blêmit, conscient tout à coup de la gravité de la situation. Elle s'était servie de lui avant de le vendre à Nathanaël. Cette leçon lui apprendrait à ne faire confiance à personne.

— J'ai réussi à obtenir un délai, poursuivit-elle. Braunstein ne portera pas plainte si je rembourse l'argent détourné sous un mois.

Martial ne disait mot. Il ne faisait aucun doute que cette manipulatrice mentait. Il l'écouta cependant lui expliquer son plan. Dean Ascott, le roi de l'acier américain, allait effectuer une traversée de Cherbourg à New York dans moins de deux jours. Au cours d'un dîner avec Fabiani, elle avait fait sa connaissance et s'entendait à merveille avec Stella, sa femme. Ils étaient sa dernière chance avant que Nathanaël ne la fasse jeter en prison.

— Mon train pour Paris part dans moins de trois heures.

— Vous comptez embarquer pour l'Amérique ?

— S'il le faut, oui. Un éloignement est préférable à la prison, non ?

Martial sentit la colère l'envahir. Elle ne reviendrait pas. Elle fuyait, le laissait seul. À cet instant, il comprit qui elle était vraiment, une intrigante, une femme légère qui se vendait au plus offrant, sans se soucier des victimes qu'elle laissait derrière elle. Par sa faute, Martial perdait l'opportunité de changer le cours de son destin. Elle le renvoyait mendier une place de second chez les Bastide, pointé du doigt par son père. Il la haïssait.

Aux premières heures du jour, le 20 avril 1912, Virgile passa la porte de la Villa Rosa, le visage défait. Faustine se signa trois fois et baisa son pouce. Martial s'avança, mais son père l'ignora et monta dans sa chambre pleurer la perte de son fils Antoine. Martial devenait l'héritier des Bastide. Pourtant, ce titre convoité ne lui procurait qu'une étrange amertume. Il s'éloigna de la cuisine, laissant Faustine en sanglots, et s'installa dans le salon. Sur le guéridon, il trouva le dernier numéro de *L'Illustration*. En couverture, un dessin relatait la catastrophe de la semaine. Martial lut :

Dans le même moment où notre compagnie transatlantique inaugurait au Havre le plus beau et le plus grand des paquebots français, Le France, *on apprenait qu'un autre navire, le plus énorme qui fût à flot, le* Titanic, *de la compagnie White Star Line, avait sombré la nuit précédente, ayant, dans sa course éperdue d'Europe vers l'Amérique, rencontré un iceberg formidable contre lequel il s'était fracassé.*

L'article énumérait le nom des célébrités embarquées à bord de l'insubmersible ville flottante. En dernière ligne, Martial retint celui de Dean et Stella Ascott.

— Mais alors..., souffla-t-il, atterré.

En fin de matinée, Braunstein sonna à la Villa Rosa, décidé à confondre Martial. Faustine lui ouvrit, en larmes. Par amitié pour Virgile, Nathanaël ne crut pas bon de révéler les motifs de sa visite. Il étoufferait l'affaire. Souiller l'honneur des Bastide achèverait son ami.

8

Avignon, 1914

Virgile rentrait des matines. Le mois d'août s'annonçait brûlant. Rue des Teinturiers, il aperçut un colleur d'affiches en train de placarder l'avis de mobilisation générale sur le mur d'enceinte du cloître des Pénitents Gris. Bientôt, la ville entière serait avertie.

— Nous allons leur mettre une bonne chiffonnade à ces sales Teutons ! N'est-ce pas, maître Bastide ?

Virgile préféra se taire. Cet inconscient ne mesurait pas l'horreur d'une guerre. Verrait-il seulement naître ses futurs petits-enfants ? Le chef de clan avait connu 1870 et la défaite de la France à Sedan, il avait vu ses aînés partir au combat, la fleur au fusil. Peu d'entre eux étaient rentrés des Ardennes. De nouveau, sa patrie, assoiffée de revanche, ferait couler le sang de son peuple. Le vieil homme doutait de la Triple-Alliance. Le récent assassinat de l'archiduc François-Ferdinand, à Sarajevo, laissait présager l'entrée en guerre de son pays. Il croisa un groupe de jeunes gens courant derrière la bannière tricolore. « Vive la France ! Mort à l'envahisseur ! » Virgile était désemparé. Qu'allaient-ils devenir lorsque les trains les transporteraient de la gare d'Avignon vers les grisailles du nord ? Et Martial ? Martial, le seul fils qui lui restait.

Maître Bastide vivait dans le souvenir d'Antoine, de ses longues heures d'agonie, de ses derniers mots, de son dernier souffle. Dès le lendemain de son décès, il avait accompagné le corps de son pitchoun jusqu'en Avignon. Son pauvre fils avait rejoint sa mère, ses jeunes frères et sœurs dans le caveau familial alors qu'Apolline avait regagné son couvent de Menton.

Virgile s'était réfugié dans la prière où il avait puisé la force de survivre à ce drame. Le travail à la manufacture occupait ses journées. Il formait Martial à sa succession. Son fils ne rechignait pas à la tâche. Cependant, Virgile déplorait sa mentalité. Son unique motivation était le profit, peu lui importait l'amour du métier ou le respect du patrimoine familial. Virgile gardait un maigre espoir que les choses changent avec le temps.

Grâce à l'aide financière de Nathanaël Braunstein, les ateliers furent modernisés. De belles pièces lumineuses accueillaient à présent le travail de précision destiné aux riches étrangers. À l'étage, dessinateurs, graveurs sur bois et coloristes occupaient chacun une salle. Ces trois professions composaient les postes essentiels du métier. Au rez-de-chaussée, les imprimeurs, lisseurs et laveurs se partageaient l'espace, près des moulins à eau. Bientôt, ces ouvriers partiraient tous au front.

Virgile rejoignit Martial et Séverin Chabanel dans l'atelier des tampons. Penchés au-dessus d'un graveur, ils veillaient à la réalisation de la nouvelle collection. Chacun d'eux détaillait la planche du peintre et donnait ses instructions à l'artisan chargé de reproduire le dessin à l'aide d'un ciseau à bois. Virgile s'approcha. Sur la surface plane de noyer brut se profilaient les premières arabesques du motif peint. Maître Bastide gratifia l'ouvrier d'une tape amicale sur l'épaule.

— Ces créations plairont aux Russes. Qu'en pensez-vous, Père ?

Virgile approuva la remarque pertinente de son fils. En effet, les nouveautés avaient été pensées pour répondre aux goûts des Slaves.

— Nous allons faire un malheur à Saint-Pétersbourg, poursuivit Martial, enthousiaste. En peu de temps, nous rembourserons Braunstein et nous serons débarrassés de lui.

— Nathanaël est un ami, rétorqua maître Bastide. Sans son intervention, la manufacture aurait mis la clef sous la porte. Tâche de ne pas l'oublier.

Martial tenta de contourner l'orage. Il venait de commettre une erreur. Chez les Bastide, Nathanaël Braunstein était intouchable.

— Bien sûr, père. Je voulais seulement dire que nous n'aurons plus aucun prêt sur la tête et serons libres de développer notre entreprise.

— Sauf en cas de guerre, corrigea le patriarche d'une voix grave.

Le jeune homme leva les yeux au ciel.

— Voyons, père, il ne s'agit que d'une revanche. D'ici à la fin de l'été, nous aurons vaincu les Prussiens.

— Crois-tu ? N'oublie pas que leurs armées ont laminé les nôtres en 1870.

— Les choses ont changé, nous sommes mieux armés.

— La haine sera toujours la haine. Écoute les discours, ce sont les mêmes. Louis XV disait : « Le sang de nos ennemis est toujours le sang des hommes. La vraie victoire est de l'épargner. »

Martial ne supportait plus le défaitisme de son père. Depuis le décès d'Antoine deux ans plus tôt, il s'enferrait dans son mutisme et imposait autour de lui un interminable deuil. Par ailleurs, Martial n'acceptait pas d'être remis en place devant le personnel. Les ouvriers présents autour d'eux travailleraient un jour pour lui. Il devait s'imposer comme leur chef. Pour cela, il joua sur la fibre patriotique.

— Nous avons été humiliés à Sedan. Il est normal que nous demandions réparation. Il y va du prestige de notre nation.

— Quelle stupidité ! Que connais-tu de la guerre ? Cette vengeance risque de me ravir mon autre fils. Tais-toi ! Tu ne sais pas de quoi tu parles.

Martial fut piqué au vif. Une fois encore, son père le désavouait en public alors qu'Antoine, de son vivant, était porté aux nues. Virgile refusait d'évoquer son souvenir, mais il continuait de le vénérer en secret. Martial en souffrait. Il soupçonnait son père de regretter que lui-même n'ait pas disparu à la place de son frère aîné. Cette fichue guerre s'avérait une bénédiction pour lui. Il pourrait être décoré et était prêt à mettre sa vie en péril pour obtenir l'amour de son père. Son courage chasserait les fantômes.

Son vœu fut exaucé. En toute fin de matinée, le facteur lui remit une lettre officielle. La république l'appelait sous les drapeaux.

À l'ombre de la pergola, Martial pensait à la Grande Zoé. Il s'était procuré la liste des passagers embarqués à bord du *Titanic* à l'escale de Cherbourg. Les Ascott y figuraient, avec une mention précisant qu'ils étaient accompagnés d'une « amie ». La même information se trouvait sur le registre des victimes de la tragédie. Martial avait gardé ses blessures pour lui. Cette femme, il l'avait aimée en secret, il avait cru à la réciprocité de leurs sentiments. Il n'en était rien. Elle l'avait utilisé pour parvenir à ses fins. De cet épisode, le jeune homme avait tiré un enseignement. Il était seul face à son destin.

— Alors, ça y est, tu es appelé ? lui demanda Virgile la gorge serrée.

Absorbé dans ses pensées, Martial n'avait pas entendu son père arriver. Il s'installa sur un siège en rotin, à ses côtés. Le vieil homme semblait abasourdi, à l'heure du grand départ. Vaine comédie. Le jeune homme lisait dans les yeux de Virgile. Il devinait que la crainte de perdre son unique héritier l'angoissait davantage que de ne pas revoir son fils aimé.

— Il faut que je me prépare, coupa Martial, satisfait de le faire souffrir.

Le jeune Bastide fut envoyé sur le front de la Marne. Il découvrit les horreurs de la guerre. Moins de cinq semaines après sa mobilisation, il chercha à fuir l'immonde boucherie des champs de bataille. Un soir, il parvint à quitter le camp, courut à en perdre haleine à travers le vignoble jusqu'à une ferme viticole. À pas de loup, il entra dans la cour, surveillant ses arrières. L'ennemi ne lui ferait aucun cadeau. Quant aux Français, ils fusillaient les déserteurs.

Surpris par un bruit, il recula et se heurta à un obstacle. Il fit volte-face. Un solide gaillard au casque pointu se planta devant lui, les yeux injectés de sang, imbibé d'alcool. Le cœur de Martial battait à tout rompre. Le soldat titubait et s'abattit sur lui. Bastide ressentit une violente douleur au bas du ventre puis perdit connaissance. Les deux hommes venaient de s'empaler sur une herse.

Lorsque Martial reprit connaissance, il se crut au paradis. Tout était si blanc, si calme. Une infirmière penchée au-dessus de lui caressait ses cheveux. Elle lui apprit qu'il était un héros et qu'il allait être décoré pour son courage.

9

Menton, 1916.

— *O clemens, o pia, o dulcis, Virgo Maria.*

À l'office du soir, le chœur du *Salve Regina* de Charpentier s'élevait dans la nef de la chapelle du couvent Sainte-Cécile-de-l'Espérance. Les sœurs de l'ordre hospitalier rejoindraient ensuite leurs hôtes blessés afin de leur prodiguer les derniers soins de la journée. Après les ravages provoqués par le débarquement franco-britannique sur la presqu'île turque de Gallipoli, elles avaient généreusement transformé le grand réfectoire en hôpital l'année précédente. Perché sur un rocher, l'édifice du XIVe siècle abritait celles qui pansaient les outrages de la guerre.

Apolline terminait un noviciat de deux ans et se préparait à prononcer ses vœux. Pour l'Assomption, elle revêtirait la cornette de l'ordre religieux et prendrait le nom de sœur Marie-Céleste. Si elle s'en réjouissait à présent, elle n'oubliait cependant pas les circonstances qui l'avaient conduite en ce lieu, ni ses premières motivations. Apolline avait fui Benjamin. La mort dans l'âme, elle n'avait répondu à aucune de ses supplications. Pourtant, les sœurs qui l'entouraient lui avaient laissé la liberté de choisir.

« Sonde ton cœur. Écoute-le et suis son chemin, lui répétaient-elles lorsqu'elle leur confiait ses doutes. Toi seule connais la réponse. »

Devant tant de compréhension et de bonté, la jeune novice s'était sentie désemparée. En attente de réponses, elle avait été frustrée par le silence imposé dans le couvent. Les repas, tout comme les promenades dans les jardins du cloître, étaient consacrés à la méditation. Apolline s'était alors tournée vers Dieu. Elle L'avait tant prié, imploré, supplié, qu'elle avait fini par Le rencontrer.

Sans nouvelles d'elle, Benjamin cessa de lui écrire.

C'était la fin d'une époque. Après le décès d'Antoine, la guerre et la mobilisation de Martial, Apolline se sentait coupable d'avoir abandonné son père. Ils correspondaient régulièrement. Au fil des lettres, elle avait remarqué le renforcement de la foi de Virgile. Bien souvent, il ajoutait dans ses missives un psaume extrait de l'évangile de saint Jean ou une pensée de saint Augustin. Apolline avait noté l'une d'elles sur la couverture de son missel : « Dieu triomphe toujours sur les ruines de nos projets. » Lorsqu'elle ouvrait son livre de chevet, elle reprenait toujours cette citation. Apolline admirait la dignité de Virgile, le trouvait grandi. Son père avait surmonté de cruelles épreuves. Sa force de caractère dissimulait un cœur déchiré et une âme blessée. Elle priait chaque jour pour lui et pour Martial. Elle espérait voir leurs liens se resserrer. Lorsque, par une lettre du 3 août, elle avait appris le départ de son frère pour les Ardennes, elle avait été profondément peinée. Elle connaissait ses ambitions. Elle l'aimait et comprenait ses motivations. Martial souffrait depuis si longtemps. Le réconfort d'une vie spirituelle aurait pu lui apporter un grand secours, mais il se moquait d'elle et l'accusait de vouloir l'embrigader dans ses croyances. « La vraie gloire est le triomphe du pardon sur la vengeance », lui avait-elle écrit. Trois semaines plus tard, une nouvelle missive l'informait de son retour héroïque. Elle avait à nouveau demandé au Seigneur qu'Il veille sur son père et son frère, tant elle redoutait leurs retrouvailles. Apolline priait aussi pour Benjamin Braunstein. L'année précédente, son navire avait été torpillé. Depuis, il était porté disparu. Benjamin… Pour lui, elle aurait renoncé à rentrer dans les ordres.

Le conflit dans les Dardanelles rappela aux religieuses de Sainte-Cécile-de-l'Espérance les tristes réalités de leur époque. Le 25 avril 1915, lord Winston Churchill avait eu la malencontreuse idée de mettre la main sur Istanbul et de prendre à revers la Prusse et l'Autriche-Hongrie. La confrontation avait fait des milliers de victimes chez les forces alliées. Les blessés avaient été rapatriés sur la Riviera.

Auprès des médecins, Apolline découvrit la barbarie de la guerre. Pas une journée ne s'écoulait sans une nouvelle tragédie. Certains avaient perdu leur famille tout entière. D'autres la vie, la raison, leurs membres. Les sœurs offraient leur réconfort à toutes les âmes en détresse. Apolline prodiguait ses soins avec acharnement. Elle apprit les rudiments du métier d'infirmière. Le miracle de la foi la protégeait du doute. Dieu l'avait placée là pour sauver des vies humaines.

— *Ite missa est,* lança le prêtre célébrant à la fin de la cérémonie.

Les religieuses s'agenouillèrent, se signèrent et quittèrent la chapelle. Sous les arcades du cloître, Apolline pressa le pas. Son patient l'attendait. Dans l'après-midi, elle avait assisté le chirurgien pour une nouvelle amputation. Le soldat était un homme de couleur, un Sénégalais. Lors de son arrivée, Apolline et l'ensemble du cloître avaient été impressionnés. Il était rare de rencontrer des gens de couleur dans la région. Le seul Noir qu'Apolline avait approché dans sa jeune existence était un serveur de L'Amirauté, lors du réveillon chez les Oulianov. Ce souvenir lui semblait si lointain.

Arrivée près du soldat, elle changea les compresses et refit un nouveau bandage. L'homme se redressa en cachant son visage entre ses mains afin d'éviter de montrer ses blessures. Elle aurait voulu l'encourager, lui dire qu'il ne tarderait pas à retrouver son pays, que son cauchemar allait prendre fin. Mais la Volonté divine en avait décidé autrement. Elle lui pressa la main. Elle le vit lever la tête dans sa direction les larmes aux yeux, presque résigné sur son sort. Apolline compatit. Ils échangèrent un long regard, se comprirent sans échanger un seul mot.

La novice se retira dans sa cellule, révoltée par tant d'injustice. Dans l'obscurité, il lui fut impossible de s'endormir. Soudain, le vrombissement assourdissant d'un moteur fit trembler les murs du couvent. Apolline se hâta vers le fenestron et aperçut une masse sombre qui traversait le ciel par-delà le clocher de la chapelle. C'était un avion en provenance de Bordighera. L'aéroplane perdait de l'altitude, les bruits du moteur étaient inquiétants, l'appareil semblait avoir subi une avarie.

— Mon Dieu ! souffla-t-elle, impuissante. Il va s'écraser.

Elle enfila à la hâte une robe de chambre et dévala l'escalier pour rejoindre les autres sœurs rassemblées près du potager. L'avion chuta de quelques mètres puis disparut derrière les pins parasols, dans un fracas de tôles. Une explosion retentit. Le ciel s'embrasa. Les religieuses se précipitèrent sur le lieu tout proche de l'accident et découvrirent le pilote gisant à proximité de l'épave en feu. Elles le ramenèrent au couvent sur une civière, avant de le déposer avec précaution sur un lit. L'aviateur, apparemment anglais d'après son uniforme, perdait beaucoup de sang.

— Il va falloir l'opérer, diagnostiqua le médecin dès qu'il arriva à son chevet. Je crains une hémorragie interne au niveau de la boîte crânienne. Apolline, vous allez m'assister.

L'intervention dura toute la nuit. Le chirurgien fit preuve d'une adresse remarquable. À ses côtés, la jeune femme se montrait compétente, bien que le spectacle lui soit difficile à supporter. Afin de ne pas défaillir, elle concentrait son attention sur les mains du blessé. De puissantes mains, aux veines saillantes. Peu à peu, elle se mit à rêver. Elles semblaient si douces.

Le lendemain, Apolline fut troublée d'apprendre qu'on lui confiait la toilette de ce patient. D'un pas hésitant, elle s'approcha du lit. L'aviateur était toujours inconscient, le visage encore maculé de sang séché. Apolline surmonta son embarras, versa un broc d'eau dans une bassine émaillée et trempa son éponge dans l'eau claire. Avec précaution, elle effleura les traits réguliers de ce visage volontaire, insistant sur la barbe hirsute qui ombrait les contours de sa mâchoire. Le blessé remua. La novice tressaillit.

— Docteur, venez, s'il vous plaît, parvint-elle à articuler.

Les longs cils de l'aviateur se soulevèrent. Des yeux d'un bleu cobalt examinèrent le lieu puis se posèrent sur Apolline. Instantanément, son visage s'illumina. Confuse, la jeune femme baissa la tête, implorant l'aide du Seigneur tandis que, d'un geste maladroit, elle se hâta de rincer l'éponge.

— Bonjour, lança-t-il enfin dans un français impeccable.

— Bonjour, bredouilla-t-elle, le feu aux joues.

Le médecin s'approcha du patient. Apolline se retira. Cet homme l'attirait.

Elle redoutait, autant qu'elle l'espérait, l'instant où elle se retrouverait en face de lui. Elle faisait en sorte d'être appelée à d'autres tâches pour éviter son regard, mais elle ne pouvait l'éviter et passait souvent devant lui pour aller d'une salle à l'autre. Il lui souriait. Elle rougissait. Un matin, la mère supérieure pria sa novice d'accompagner l'aviateur anglais pour une promenade dans le jardin. Apolline sentit ses jambes se dérober en se dirigeant vers le lit.

— De tous les anges, voici mon préféré, lança-t-il en la voyant. Comment vous appelez-vous ?

— Apolline.

— Moi, c'est Mac Allister. Terence Mac Allister. Enchanté.

Ce rendez-vous fut le premier d'une longue série. Tous deux prenaient plaisir à se retrouver ensemble au grand air. L'infirmière et son patient se découvrirent des points communs et riaient de bon cœur en se remémorant leurs enfances respectives. Terence venait d'une famille de gentlemen-farmers du Yorkshire. Il s'était engagé dans l'aviation dès le début du conflit. Son armée l'avait chargé d'identifier les lignes de défense ennemies.

— Je bénis le soldat italien qui a tiré sur mon avion, lança-t-il un jour.

— Comment pouvez-vous dire une chose pareille ?

Terence Mac Allister la regarda avec intensité, puis murmura dans un souffle :

— Parce que, sans lui, je ne vous aurais pas rencontrée.

Début juillet, Terence, rétabli, fut rapatrié en Angleterre. Apolline lui fit ses adieux, à regret. Les semaines s'écoulèrent. Les sœurs se réjouissaient, la novice serait bientôt des leurs. À l'approche de son engagement à servir Dieu, Apolline se mit à douter et ressentit le besoin de se confier à la mère supérieure.

— Mon enfant, conclut la religieuse avec tendresse, le chemin de ton cœur est la seule route à suivre. Dieu n'emprisonne pas, Il libère.

— Mais, ma mère…

— Va en paix, mon enfant. Ton âme est pure.

La novice quitta le couvent quinze jours avant de prononcer ses vœux. Elle emménagea à la Villa Rosa où elle fut contactée par l'un des chirurgiens qui venaient quelquefois opérer au couvent.

L'établissement qu'il dirigeait en ville manquait cruellement d'infirmières. Apolline ne regretta pas les deux années passées à Sainte-Cécile-de-l'Espérance. Par honnêteté envers elle-même, mais aussi envers Dieu, elle avait choisi de renoncer à sa vocation. Elle allait explorer les sensations qu'avait réveillées en elle Terence.

Terence… Le reverrait-elle un jour ?

10

Saint-Pétersbourg, 1917

Un claquement sourd tira Tatiana de son sommeil. Elle ouvrit les yeux en sursaut, chercha d'où provenait ce bruit. Un silence inhabituel enveloppait le palais Oulianov. Lasse, la jeune fille se retourna dans son lit douillet, bien décidée à replonger dans son rêve. Le soleil de Cap-Amiral, elle court sur la grève, insouciante, tandis que les vagues menacent. Avant qu'elle ne puisse réagir, elle se retrouve piégée par les flots entre deux rochers. Un homme s'approche, la prend dans ses bras protecteurs, et l'emmène… « Virgile… », murmure-t-elle.

Tatiana ne l'avait jamais revu depuis ce réveillon cinq ans plus tôt, mais elle gardait de lui un souvenir vivace. Virgile, retranché dans la Villa Rosa avec pour seul compagnon son immense chagrin, insensible aux visites de la jeune Oulianova venue lui témoigner son soutien, des pots de confitures plein les mains. Une initiative qui lui avait valu de belles réprimandes de la part de tante Macha.

« Jeune effrontée, avait-elle sifflé avec mépris, une fille de ton rang ne s'abaisse pas à cuisiner pour un bourgeois. Ta mère ne t'a donc pas appris les bonnes manières. »

Tatiana attendait l'arrivée d'Olia, sa femme de chambre, pour se lever. Elle lissa d'un revers de la main le boutis de son lit. Il provenait de la manufacture Bastide. Irina l'avait commandé deux ans auparavant, lors de la rénovation du palais pétersbourgeois. Tatiana aimait ces couleurs du Sud qui réchauffaient sa chambre. Elle en appréciait surtout le symbole, car sa mère avait enfin été chargée de la décoration des salons sans que tante Macha eût pu intervenir. Une belle revanche pour celle qui était toujours restée dans l'ombre… Lors de la soirée à L'Amirauté, elle était devenue l'initiatrice d'une mode prisée par la haute société russe. L'hiver 1911-1912 à Cap-Amiral… Un merveilleux souvenir pour Tatiana. Au cours de ce séjour, tante Macha avait vacillé sur son piédestal, ses parents s'étaient retrouvés et elle-même avait ressenti son premier émoi amoureux.

Blottie dans ses draps soyeux, Tatiana se demandait ce que devenait Virgile. Avec cette horrible guerre qui avait déchiré l'Europe, elle l'espérait sain et sauf. Elle avait lu dans les journaux des récits atroces sur les gaz asphyxiants. Des soldats succombaient par centaines, d'autres vivaient terrés dans des tranchées, sous une pluie de bombes. Ici même, à Saint-Pétersbourg, les événements se précipitaient. En février, la famine et les grèves avaient contraint le tsar à abdiquer. Irina s'était opposée à son mari lorsqu'il l'avait priée de fuir sur la Riviera. Elle avait préféré demeurer avec lui au lieu de rejoindre tante Macha à Cap-Amiral. Néanmoins, face à la violence de la révolte, il avait annoncé, la veille, au dîner, son intention de partir avec sa famille. La situation politique devenait trop dangereuse.

Tatiana s'étira. Le calme du palais l'étonna.

— Natacha ! lança-t-elle comme à son habitude.

Personne ne répondit à son appel. Elle récidiva, un ton au-dessus.

— Natacha ? Où es-tu ? Pourquoi tu ne viens pas ?

Chaque matin, la fille de la cuisinière la rejoignait dans son lit tout chaud. Les deux amies échangeaient leurs confidences. Leurs rires étouffés s'interrompaient dès qu'elles entendaient les pas de la première camériste dans le couloir, et Natacha s'éclipsait sur la pointe des pieds par une porte dérobée. Ce matin, Tatiana aurait aimé lui révéler son amour impossible pour Virgile Bastide. Elle se leva, contrariée d'être abandonnée de la sorte. Livrée à elle-même, elle enfila une épaisse robe de chambre. À cette heure, Olia aurait dû tirer les tentures, lui passer ses mules et l'apprêter pour le petit déjeuner. Tatiana tendit l'oreille. Le silence. Un silence inquiétant régnait dans tout le palais. Prise d'un mauvais pressentiment, elle s'approcha de l'une des hautes fenêtres et ouvrit les rideaux sur le parc enneigé.

— Dire que l'hiver vient de commencer…, se plaignit-elle.

Tatiana contourna le lit à la recherche de ses chaussons. Il lui fallait sortir de sa chambre. Pourquoi tout le monde avait-il déserté le palais ?

— Natacha ? Olia ?

La jeune fille se dirigea vers les appartements de ses frères et sœurs. Ils étaient vides. Anton, Marina et le petit Alexis étaient introuvables, tout comme ses parents. Alarmée, elle monta à l'étage des domestiques, sous les toits.

— Natacha ? Ta plaisanterie n'est pas drôle !

De plus en plus paniquée, elle traversa le couloir glacé et perçut à nouveau un bruit sourd, en provenance du parc. Celui-là même qui l'avait réveillée un peu plus tôt. Tatiana se hissa sur la pointe des pieds et crut apercevoir, à travers le carreau fendu d'une fenêtre, une silhouette en fuite dans la neige.

— À quoi jouent-ils tous ce matin ? s'inquiéta-t-elle.

Elle descendit à l'étage inférieur, longea la galerie de marbre rose, dévala le large escalier jusqu'aux salles d'apparat. Heureusement que tante Macha ne pouvait la surprendre dans cette tenue, elle en serait tombée à la renverse. Tatiana glissa une mèche de ses longs cheveux dorés derrière l'oreille. Seul le sifflement des courants d'air troublait le silence pesant de l'impressionnant palais. Sa famille se promenait sans doute à l'extérieur. La jeune fille actionna un bouton sur le pan de mur situé sous le grand escalier. La paroi pivota et s'ouvrit sur un placard à chaussures. Une cachette qui lui avait permis, lorsqu'elle était encore une petite fille, d'observer en toute tranquillité les adultes avec Natacha. Tatiana chaussa ses bottes, sortit et suivit les traces sur la neige fraîche jusqu'au sommet de la colline.

De nouveau, elle entendit le bruit qui l'avait réveillée. Tatiana prit vraiment peur lorsqu'elle comprit qu'il s'agissait d'un coup de canon. Une clameur enflait au pied du mur d'enceinte. Elle tendit l'oreille afin de la localiser. À une telle distance, elle distinguait mal les gens amassés devant la grille, qui finit par céder sous la poussée. Une marée humaine se rua au bas de l'allée. Que voulaient-ils ? Lorsque Tatiana aperçut les armes, les barres de fer et les outils, elle comprit leur hostilité. Pourquoi ? s'interrogea-t-elle. Elle sursauta aux premières salves.

— Non, bredouilla-t-elle, incrédule. Pas ça…

Tatiana mesura aussitôt l'ampleur du danger et courut à toutes jambes vers le palais, dévorée par la peur.

— Au secours ! À l'aide ! hurla-t-elle en direction des fenêtres restées closes.

La cadette des Oulianov réussit à atteindre le grand hall. Calme-toi, se répétait-elle afin de surmonter sa panique. Elle verrouilla les portes, ferma les volets intérieurs, poussa les meubles à sa portée devant l'entrée principale. Tremblante de frayeur, elle avait l'impression de perdre du temps.

— À l'aide ! Y a-t-il quelqu'un ? implorait-elle, les joues ruisselantes de larmes.

À l'extérieur, la clameur se rapprochait. Un impact de balle brisa un carreau, lui arrachant un cri. Puis une foule agitée se rassembla dans la cour d'honneur. Les collections Fabergé vibraient dans la vitrine que Tatiana avait déplacée avec effort devant la porte principale. Les lourds vantaux menaçaient de rompre à chaque nouvel assaut. Tatiana chercha autour d'elle un endroit où se mettre à l'abri. Le pan de mur était resté entrouvert. Elle courut s'y réfugier. Blottie sous le grand escalier, dans l'obscurité, elle se recroquevilla afin d'étouffer ses gémissements. Si elle se manifestait, elle serait prise aussitôt. Tuée, peut-être. Et ses parents ? Ses frères et sœur ? Et Natacha ? Étaient-ils en sécurité ? Tatiana sanglotait.

La porte du palais céda. Un long silence succéda à l'entrée des premiers rebelles ébahis. Ils n'avaient jamais rien vu de tel ! Bien sûr, les bolcheviks avaient vanté les innombrables richesses des exploitants de la classe ouvrière, mais de là à imaginer un tel luxe ! Pétrifiée, Tatiana retenait son souffle. Elle entendit le crissement de leurs pas boueux sur le sol en marbre. L'un d'eux s'immobilisa devant la cloison.

— Brûlez tout ! vociféra-t-il.

Du fond de son réduit, la fille de l'amiral craignait le pire. Bien vite, les assaillants mirent à sac le rez-de-chaussée. Verres brisés, tentures déchirées, meubles fracassés, éventrés, brûlés au milieu du hall. Tatiana, la tête entre les mains, se bouchait les oreilles, gardant les yeux bien fermés afin de s'épargner la vision de cet affreux cauchemar. Des cris déchirants lui parvinrent en provenance de l'étage. Elle reconnut la voix d'Olia, sa femme de chambre.

— Camarades, ils sont là ! hurla l'un des vandales depuis le palier de l'entresol. Terrés comme des rats dans une souricière.

— Parfait. Envoie !

Le hurlement d'Olia s'interrompit avec le bruit sourd de son corps s'écrasant contre le sol. Tatiana se releva. D'un geste fébrile, elle souleva le judas qu'elle avait creusé, enfant, pour mieux espionner les adultes. Une vision d'horreur étouffa ses derniers sanglots. Olia gisait comme un pantin désarticulé dans un bain de sang. Le meneur s'approcha, l'empoigna par les cheveux. Elle respirait encore. Il l'acheva d'un coup de crosse sur le crâne.

— Je veux cette saloperie de tyran, ordonna-t-il.

— Patience, camarade !

Marina fut la première à subir leurs humiliations. Ses tortionnaires la traînèrent jusque dans le hall et massacrèrent son piano à coups de massue. Folle de désespoir, elle hurla. Ils ne furent pas trop de deux pour la maîtriser.

— Que tu as de belles mains ! remarqua l'un d'entre eux avant de lui briser les doigts.

Marina ouvrit la bouche sans qu'aucun son sorte.

— Alors, où est le tyran ? Où se cache ton ordure de père ?

Le sang cognait contre les tempes de Tatiana. Submergée par une rage insoupçonnée, elle s'apprêtait à bondir sur eux au péril de sa vie. Au même instant, l'amiral, son épouse et le petit Alexis furent molestés puis traînés comme des bêtes à l'extérieur. Des coups de feu déchirèrent le cœur de la jeune fille. La horde des barbares s'éloigna. Tatiana aperçut sa sœur Marina dans la pièce voisine. Elle ne bougeait plus, muette, prostrée, visage à terre. Tandis que Tatiana allait s'élancer pour voler à son secours, la petite pianiste reçut une balle en pleine tête d'un homme embusqué derrière la cloison. Tatiana hurla de douleur et tenta de fuir vers sa cachette. Il se jeta sur elle. Armée d'un œuf Fabergé échoué au pied de l'escalier, elle lui assena un coup rageur sur la tête. Le sang gicla du front du tortionnaire. Tatiana rejoignit le perron où elle découvrit les cadavres de ses parents. Égorgés. Alexis avait le crâne fracassé.

— Arrêtez-la ! s'écria l'un des assassins.

Tatiana détala. Derrière elle, elle reconnut le bruit des sabots d'un cheval lancé au galop. Terrorisée, elle n'osa pas se retourner.

— Grimpe ! Grimpe vite, petite sœur ! hurla Anton.

Elle fut soulagée de le voir en selle, Natacha, sa petite complice, derrière lui. Elle s'agrippa de toutes ses forces au bras de son frère et monta devant lui.

Une balle siffla. Natacha s'écroula, tuée sur le coup.

— Arrête ! Anton, arrête ! hurla-t-elle, hystérique. Je veux retourner au palais.

— Non, Nouchka, répondit-il, le cœur déchiré. Il est trop tard. Il n'y a aucun survivant.

Tatiana ferma les yeux. Des images horribles défilaient déjà dans sa tête. Elle sanglota de longues heures tandis que leur monture galopait à travers les plaines enneigées. Quand ils parvinrent à quelques enjambées de la mer Baltique, Anton s'immobilisa derrière un bosquet, sur une colline.

— Viens là, lui murmura-t-il doucement en la prenant dans ses bras. Pleure, Nouchka, pleure. Vide ton beau regard de ces monstruosités. C'est bien. Laisse-toi aller, Nouchka.

La nuit était épaisse. Tatiana, en état de choc, s'accrochait à son frère.

— Il faut gagner Helsinki, dit-il en prenant le visage de sa sœur entre ses mains. Tu entends ? Une embarcation nous attend sur la plage.

Tatiana acquiesça d'un signe de tête, absente.

— Ensuite, reprit-il, un passeur nous conduira chez nos cousins, en Angleterre. Dès que nous le pourrons, nous gagnerons la Riviera. Tu as bien compris, Nouchka ?

Par mesure de prudence, Anton partagea l'argent qu'il avait pu emmener puis remit sa sœur en selle. Traumatisée, Tatiana s'agrippait à lui.

— En route, Nouchka, lança-t-il avec autorité. Il ne faut pas rester là. C'est trop dangereux.

La jument noire hennit en approchant du rivage. Tatiana serrait son aîné de toutes ses forces tant elle craignait de ne plus le revoir. Son frère la porta dans la barque de fortune qui les attendait.

— Regarde, Nouchka, la liberté est en face, droit devant toi.

Tatiana fixa la minuscule lueur qui pointait à l'horizon. Anton engagea la chaloupe sur les flots. Une bise glaciale se levait de la mer. La fugitive ne détachait pas son regard du rivage voisin. Les tourbillons de neige lui fouettaient le visage et lui glaçaient les doigts. Entre deux bourrasques, de nouveaux coups de feu retentirent.

— Anton ! rugit-elle à s'en déchirer la voix. ANTON !

Un escadron armé se ruait sur lui.

— Va-t'en, hurla-t-il, désespéré. Va, Nouchka. Vis pour nous tous. Tu es la seule survivante. Que Dieu te garde, sœurette. Je t'aim…

Il n'eut pas le temps de terminer sa phrase. Il s'écroula à terre. Terrorisée, Tatiana rama avec l'énergie du désespoir. Pour l'amiral, sa mère, ses frères et sa sœur, pour Olia, Natacha, tous ceux que cette tragique journée venait de lui ravir, elle se devait de survivre. Pour témoigner. C'est ce qu'Anton lui avait ordonné.

Au petit matin, l'embarcation s'échoua sur la berge. Tatiana, à bout de forces, était transie de froid. Comme convenu, un passeur guettait son arrivée. Il porta la malheureuse, la réchauffa. Prostrée, elle se laissa conduire vers un aéroplane qui attendait sur une piste de décollage improvisée. Le pilote l'installa à l'arrière de l'appareil, l'enveloppa dans une couverture, lança la grosse hélice, et sauta à bord. La mécanique s'élança en tremblant de toutes ses tôles. Blottie dans la fourrure, Tatiana pleurait en silence. Elle ne reverrait jamais les siens.

La fille de l'amiral passa près de huit mois chez ses cousins londoniens. La guerre s'enlisait, cependant les forces alliées se cramponnaient à leurs espoirs. Tatiana apprit à vivre seule. Elle avait beaucoup changé. La jeune fille d'antan, insouciante et espiègle, laissait place à une femme meurtrie. En juillet, elle fit ses bagages pour rejoindre la Riviera et retrouver tante Macha. Lorsqu'elle descendit du train, en gare de Nice, elle eut l'impression de remonter le temps. Si jadis elle avait été heureuse ici, aujourd'hui, elle venait témoigner.

La duchesse vivait encore dans le souvenir d'un temps révolu. Comme elle, tous les exilés russes maintenaient les traditions. Le récit de Tatiana les avait bouleversés. Dans la cave de la maison Ipatiev, la famille du tsar venait de subir le même sort que ses parents… Les dorures de L'Amirauté oppressaient Tatiana. Elle revivait cette journée d'octobre. Elle haïssait le régime mis en place sur le sang d'innocents. Comment oublier les balles tirées à bout portant dans le crâne de Marina et du jeune

Alexis qu'on avait massacrés comme des chiens ? De sa chambre, il lui arrivait encore de surveiller la baie, comme si le yacht de son père allait entrer en rade. Tatiana redoutait la nuit. Elle dormait désormais avec la lumière. L'obscurité lui était insupportable. Le réduit sous le grand escalier, les cris, les coups de feu, les mares de sang, l'odeur de la mort...

Tante Macha parlait peu, juste pour émettre des remarques cinglantes à l'encontre de sa nièce et des domestiques. Un matin, elle humilia même une servante qui avait renversé une goutte de lait sur la nappe immaculée. Tatiana explosa.

— Vous êtes odieuse.

Les deux femmes se mesurèrent du regard. La jeune fille reprit :

— Ce genre d'attitude futile est responsable du soulèvement de notre peuple.

— Je te demande pardon ? siffla la vieille dame.

— Parfaitement. Vous avez toujours méprisé le personnel. Ne m'avez-vous pas dit un jour, ici même, qu'un pauvre était voué à travailler ? Voyez-vous, je ne l'ai pas oublié. Pas plus que je n'oublierai le massacre de mes parents et la cruauté de leurs bourreaux.

— Tais-toi ! ordonna Macha. Je ne veux plus entendre parler de cette effroyable tragédie.

— Mais vous êtes un bourreau, vous aussi. La vérité vous choquerait-elle ? La vie d'un être humain est précieuse et respectable, quelle que soit sa condition.

— Tu parles comme une rouge, fustigea-t-elle, haineuse.

— Non, ma tante. Je respecte la vie. Si le Seigneur a voulu que je sois épargnée, c'est pour accomplir une mission. La guerre a fait de nombreuses victimes. Je veux leur porter secours.

Macha leva les yeux au ciel.

— Le Seigneur t'a sauvée pour que tu enseignes nos valeurs à ta descendance. Tu as un rang à tenir. Respecte l'honneur de ton père, répondit la duchesse en se signant.

— Vous avez raison. J'appartiens à l'aristocratie. *Aristos*, le meilleur, *kratos*, la force, si mes souvenirs du grec ne se sont pas effacés.

Macha la toisa. Tatiana poursuivit avec la même sérénité :

— Ce qui importe dans une société, c'est l'amour, pas le pouvoir. Je préfère la paix à la guerre, la bonne volonté à la soumission. Je veux aider les personnes qui souffrent. Je renonce à une existence telle que la vôtre. Que faites-vous de votre vie, à part des futilités dans ce cocon doré, à l'écart des réalités ? Les gens de votre espèce sont responsables de la haine de notre peuple. Je dirai à l'univers combien cette révolution a été meurtrière. Les révoltés n'ont pas fait dans le détail. Des innocents ont été massacrés. Natacha et Olia ont subi le même sort. Leur seul crime consistait à vivre sous notre toit. Alors, de grâce, ma tante, gardez vos palais, vos richesses et votre mépris, ils seront votre mausolée. Désormais, je vivrai selon ma conscience, et non plus en fonction d'une stupide étiquette. Ce sera ma façon de rendre hommage à ceux que j'ai aimés. Adieu, ma tante. Je n'ai plus rien à ajouter.

Tatiana quitta Cap-Amiral sans le moindre regret. Elle n'y reviendrait jamais plus.

La chaleur étouffante de cette fin d'après-midi l'engagea à errer sur la Promenade des Anglais. Sur un banc, elle contempla la baie des Anges en s'interrogeant sur son choix. Ravaler sa fierté ou prendre sa liberté ? Où allait-elle dormir ce soir ? Un camion de la Croix-Rouge passa derrière elle toutes sirènes hurlantes et s'immobilisa devant le Negresco. Tatiana traversa l'avenue et entra. Comme bon nombre de grands hôtels, le palace avait été transformé en hôpital militaire. Des lits de camp occupaient le grand hall. Une femme en blouse blanche vint à sa rencontre.

— C'est à cette heure-ci que vous arrivez ? On vous attend depuis plus d'une heure.

— Moi ?

— Le caporal, vite. Il a besoin d'une injection de morphine, ajouta-t-elle en lui tendant la seringue. Qu'attendez-vous ? Dépêchez-vous.

La jeune fille s'avança en direction du soldat. Il venait d'être amputé. Une infirmière assise à ses côtés s'apprêtait à calmer ses douleurs. Tatiana lui tendit une seringue et allait s'éloigner lorsque l'infirmière l'agrippa par son chemisier.

— Tatiana ?

— Apolline Bastide ?

Bien qu'elles ne se soient rencontrées qu'une fois à l'occasion du réveillon chez les Oulianov, retrouver un visage familier au milieu de cette misère les réconforta. Tatiana assista Apolline toute la journée. Après douze heures de soins harassants, elles prirent enfin le temps de parler. Tatiana raconta sa tragédie, Apolline la sienne, et lui proposa de l'héberger. Tatiana accepta bien volontiers.

Le littoral avait retrouvé les couleurs de l'hiver. Le 11 novembre au matin, la bonne nouvelle se répandit comme une traînée de poudre. Dans un wagon-restaurant, à Rethondes, la signature de l'armistice mettait fin à la guerre. La « der des ders », comme voulaient le croire tous les blessés du Negresco.

— Que vas-tu faire, à présent ? demanda Apolline.

— Je ne sais pas, avoua Tatiana. J'apprends à vivre au jour le jour.

Durant les cinq derniers mois, une profonde amitié avait lié les deux femmes.

— Viens avec moi en Avignon, lança Apolline. Je suis certaine que père sera enchanté de te revoir.

Tatiana accepta. Plus rien ne la retenait ici. Et revoir Virgile serait un vrai plaisir.

11

Avignon, 1918

Avec précaution, Virgile déposa la petite lavandière de terre cuite dans la crèche. La belle paysanne rejoignait les nombreux autres santons placés au pied du sapin, représentant différentes scènes de la vie quotidienne. Maître Bastide avait déniché ces figurines chez le père Carbonel, à la foire de Marseille. Il contempla l'ensemble. Le tableau lui semblait idéal. L'allégresse serait au rendez-vous de Noël.

— Merci à Toi, Seigneur, loua-t-il, reconnaissant, mains jointes devant le visage.

Apolline avait annoncé son retour pour le *gros souper*. Cette année, tout serait parfait. Le patriarche allait retrouver les siens, recomposer son clan. Les quatre années de guerre avaient plongé l'Europe dans l'horreur. À présent que les canons s'étaient tus, chacun pansait ses plaies à sa façon. Depuis l'armistice, bon nombre de familles cherchaient encore un des leurs dans les hôpitaux militaires ou sur les listes officielles qui étaient placardées dans les mairies. Nul ne souhaitait revivre une telle boucherie.

Virgile ne pouvait s'empêcher de penser à tous les absents à ce rendez-vous. Eugénie, son épouse, avait emporté avec elle leur jeunesse et leurs désirs. Quant à Antoine… il resterait à jamais son fils préféré. Martial était si différent. Leurs rapports restaient tendus. Sa convalescence calculée lui avait permis de traverser le conflit sans risque d'être rappelé au front. Le « héros des Ardennes » manquait de courage dans ses actes, méprisait les faibles et rampait devant les autres. Virgile savait au fond de lui-même que la distinction reçue par son fils relevait d'une méprise. La médaille épinglée en évidence sur le revers de son veston n'était qu'un leurre. Maître Bastide se sentait gêné, au regard des parents de victimes. Martial n'en demeurait pas moins son enfant, dernier héritier mâle de la famille. Le jeune homme avait déployé une énergie considérable à la manufacture. Peu à peu, Virgile acceptait l'idée de lui en abandonner la direction. Mais plus tard. Pour l'heure, la maison demeurait silencieuse. Une odeur de résineux emplissait la pièce dont seul le craquement du feu troublait la quiétude.

Virgile s'installa dans un fauteuil provençal, l'esprit préoccupé par ses enfants. Avec l'âge, il revivait le passé comme une suite de profondes souffrances, comprenant ses erreurs, ses échecs. Depuis l'annonce du retour d'Apolline une semaine plus tôt, il comptait les jours. Il ne l'avait pas vue depuis six longues années. Leurs retrouvailles seraient pour la jeune femme l'occasion d'expliquer à ses proches les motifs de son départ de Sainte-Cécile-de-l'Espérance. Jusque-là, elle ne leur avait rien dit. Quel événement majeur avait pu la contraindre à renoncer à ses vœux ? Elle était si douce et si bonne. Sa vocation semblait toute tracée.

Mais si son désir aujourd'hui consistait à rester auprès des siens, Virgile l'accueillerait sans la juger. Apolline manquait à l'équilibre de sa famille. Il l'aimait sans réserve. Et ce cadeau de Noël l'emplissait de joie.

Le regard de maître Bastide se porta sur la crèche. À l'entrée du village de santons, il avait déposé un petit soldat rentrant de campagne. La figurine lui rappela un privilège, celui d'être entouré des siens. Certains voisins ou amis allaient traverser cette période festive dans l'angoisse ou les larmes, comme son vieil ami Nathanaël Braunstein. Le pauvre banquier était toujours sans nouvelles de son fils Benjamin. Maître Bastide espérait sa présence à leur table pour le réveillon. Faustine entra dans la pièce au pas de charge, une soucoupe dans chaque main.

— Vous êtes bien silencieux ? lança-t-elle d'un ton enjoué. C'est le fait de revoir notre pitchounette qui vous met dans cet état ?

Sans attendre de réponse, elle déposa devant les fenêtres les herbes de la Sainte-Barbe, le traditionnel blé germé censé apporter bonheur et prospérité, selon la coutume provençale. Avant de retourner en cuisine, elle s'attarda un instant devant la crèche. Virgile sortit de sa réserve.

— Regardez, Faustine. Ne voyez-vous pas une ressemblance avec notre chère Apolline ?

— Peuchère, c'est bien vrai, reconnut la cuisinière, pleine de tendresse. Je suis si heureuse qu'elle revienne à la maison. Si seulement elle pouvait rester avec nous, ajouta-t-elle dans un soupir.

Tout en réajustant une étoile dorée au-dessus du clocher miniature, Virgile sourit.

— Le miracle de Noël, ma brave Faustine, que faites-vous du miracle de Noël ?

— Que Dieu vous entende !

Après une hésitation, elle avoua :

— Vous savez, je suis bien heureuse que Mademoiselle Apolline n'ait pas prononcé ses vœux. Une belle fille comme elle fera une bonne épouse.

Sacrée Faustine, pensa Virgile. Tout d'un bloc, comme un sabot. Elle dit toujours tout haut ce que je pense.

— Une fois de plus, je suis de votre avis, lui dit-il, souriant avec affection.

À la manufacture, Séverin Chabanel, le chef d'atelier, venait de faire une découverte consternante. Le coloriste en charge de l'édition limitée *Noël 1918* avait substitué des colorants chimiques aux pigments naturels, une pratique prohibée sur les séries commémoratives car exclusives, donc coûteuses.

— Qu'est-ce que c'est que ça ! ragea-t-il en désignant un bocal vermillon.

— De l'alizarine, monsieur. Pourquoi ?

Chabanel saisit la fiche de fabrication et vérifia la référence du produit.

— Mais il s'agit de la série limitée ! Depuis quand utilise-t-on des rouges de synthèse sur ce type de confection ? Nous devons nous servir de la garance !

Son regard se porta ensuite sur le bleu.

— Et ça ? Ce n'est pas de l'indigo naturel !

— Pour sûr, non !

Le chef d'atelier n'en revenait pas.

— Alors… Explique-toi !

— J'suis les instructions…

— Quelles instructions ? Tu sais bien que ces séries ont pour but de valoriser notre savoir-faire, nos méthodes traditionnelles. Qui t'a dit de faire ça ?

Une voix s'éleva derrière lui.

— C'est moi !

Séverin se retourna. Martial était juste derrière lui, arborant cet air prétentieux qui horripilait tant Chabanel. Avec dédain, le jeune homme s'expliqua :

— Travailler la garance revient trop cher. De plus, nous devons écouler nos stocks de colorants de synthèse.

Pendant la guerre, la manufacture Bastide avait été réquisitionnée par l'armée française pour teindre les toiles des uniformes. Peu après le début du conflit, le bleu céleste des troupes avait remplacé le rouge de leur pantalon, facilement repérable par l'ennemi. La fin des hostilités laissait sur les étagères des fournisseurs une quantité considérable de matières premières devenues inutilisables.

— À ce sujet, reprit Martial, veille à ce que les prochaines créations comportent une dominante de rouge ou de bleu.

Séverin ne releva pas. Martial, à qui ses fonctions montaient à la tête, en oubliait les rudiments du métier. Pourtant, l'expérience avait permis à l'établissement de surmonter les crises récentes. Dès qu'il en aurait l'opportunité, Chabanel s'entretiendrait avec maître Bastide.

Au dîner, Faustine terminait de servir un velouté de potiron. Virgile et Martial se faisaient face de chaque côté de la table de la salle à manger, dans un silence pesant. La sonnette de la porte d'entrée retentit.

— Qui peut venir à une heure pareille, pesta la cuisinière en délaissant sa soupière.

Maître Bastide reposa sa cuillère et se redressa sur son siège avec dignité. La froideur de Martial l'agaçait. Sans se préoccuper de son père, il raclait bruyamment le fond de son assiette tout en jetant des regards furtifs alentour, l'oreille aux aguets. Une exclamation, suivie de quelques effusions, provint du couloir. Les deux hommes se dévisagèrent. Puis l'émotion dut envahir le visage de Virgile, qui nota la contrariété de son fils avant de se retourner.

— Bonsoir, se contenta de lancer la douce Apolline. Nous avons décidé de prendre le train un jour plus tôt.

Virgile se précipita à la rencontre de sa fille, les bras grands ouverts.

— Mon enfant, murmura-t-il les larmes aux yeux. Je suis si heureux de te revoir. Dieu soit béni. Mes prières sont exaucées.

Apolline embrassa son père avec tendresse, aussi émue que lui.

— *Nous* avons décidé ? reprit Martial d'un air inquiet. Qui, *nous* ?

— Je suis venue avec l'amie dont je vous ai déjà parlé. J'espère que cela ne vous contrarie pas, père.

Martial se rembrunit. Virgile était troublé. Ce visage lui était familier. Il n'aurait su dire où, ni à quelle occasion il avait croisé cette jeune femme aux manières distinguées. Elle se tenait droite, la tête légèrement penchée sur le côté. Son regard limpide révélait une douceur infinie, accentuée par un charmant sourire. Virgile reconnut enfin l'adolescente de Cap-Amiral.

— Soyez la bienvenue dans notre maison, lança Virgile, ravi de ces doubles retrouvailles.

— Je vous remercie, monsieur Bastide, répondit Tatiana, l'air embarrassé, les deux mains serrées sur l'anse de son unique bagage.

— Allons, allons. Je vous ai déjà dit de m'appeler Virgile.

En prononçant ces mots, il ne prêta pas attention à Martial qui, pourtant, le fusillait du regard.

Au fil du repas, la tragique histoire de Tatiana occupa la conversation. Virgile fit preuve d'un intérêt qui dépassait ses simples fonctions d'hôte. Il buvait les paroles de l'invitée tout en la dévorant des yeux. Martial fulminait.

— Pourquoi l'avoir ramenée chez nous ? reprocha-t-il à Apolline lorsqu'ils se retrouvèrent seuls.

— Tatiana est mon amie. Elle n'a plus aucune famille. Je n'allais pas la laisser. Père semble ravi de la revoir.

— Apolline, es-tu inconsciente ? Notre père est en train de tomber amoureux de cette fille !

— Comme tu y vas ! Ils s'apprécient, voilà tout. Et quand bien même, je ne vois pas ce qu'il y aurait de mal à ce que deux êtres aient l'un pour l'autre de nobles sentiments. Je crois qu'ils l'ont bien mérité après les souffrances qu'ils ont endurées.

— Je crains que, d'ici peu, ils n'en partagent de moins nobles.

— Martial ! Tu deviens grivois.

Durant les deux semaines qui suivirent, Virgile occupa ses journées à distraire Tatiana et Apolline. Par discrétion, la fille de maître Bastide s'arrangeait pour laisser son amie seule avec son père lors de leurs promenades. Ni l'un ni l'autre ne se formalisait de son absence, et tous deux profitaient de ces précieux instants de complicité. Tatiana découvrait la région, entraînant Virgile dans des escapades qu'il ne croyait plus possibles. La fraîcheur de la jeune femme réveillait le chef de famille, qui goûtait à nouveau au bonheur et sortait de l'isolement imposé par ses deuils. Virgile respirait. Tatiana riait. Au fil des jours, leurs nombreux points communs balayèrent leur différence d'âge.

Un matin, alors que maître Bastide conduisait une visite guidée de la manufacture, Martial comprit le danger. Il risquait de perdre le contrôle de l'entreprise.

— Quel dommage que vous n'utilisiez plus vos merveilleux jaunes, regretta Tatiana, nostalgique, en reposant la série limitée de Noël. Ils étaient si lumineux ! À Saint-Pétersbourg, on ne jurait que par eux…

Virgile la regarda avec tendresse.

— C'est vrai, reconnut-il en regardant Séverin et Martial. Pourquoi ces rouges et ces bleus ? Préparez-moi des planches à dominantes de jaunes pour la nouvelle collection. Les plus beaux que nous ayons en réserve. Je veux des couleurs éclatantes, à base de graine d'Avignon. Rien que des pigments naturels !

Maître Bastide retourna la toile qu'il tenait entre ses doigts, l'examina de plus près, puis s'indigna en constatant qu'on avait utilisé des colorants de synthèse pour l'édition commémorative.

— Qui a pris cette initiative ?

Martial, irrité que son père pose cette question en présence du personnel et de cette femme, préféra se taire.

— Qui ? insista Virgile.

— C'est moi, père, lâcha finalement le jeune homme avec aplomb. Il nous restait un stock important de rouge et d'indigo.

— Dans ce cas, tu es responsable d'une grosse bévue ! La manufacture Bastide travaille l'excellence depuis sa création. Nous devons notre réputation aux séries limitées que nous fabriquons. Nous avons fourni les plus grands de ce monde, ajouta Virgile à l'intention de Tatiana. Crois-tu que c'est en travaillant de la sorte que tu perpétueras notre savoir-faire ?

— Mais, père…

— Stoppez la production, ordonna-t-il, et reprenez-la dans les règles de l'art.

Tatiana, mal à l'aise, s'écarta. Virgile mit un terme à ses remontrances et entraîna la jeune femme dans le jardin planté d'essences tinctoriales. Ivre de rage, Martial attendit que la porte se referme.

— Vous avez entendu ? hurla-t-il en direction des ouvriers.

Séverin s'exécuta, sans prendre la peine de masquer sa satisfaction. L'arrogance et le manque d'expérience du jeune Bastide finiraient par le perdre.

Le lendemain, Tatiana croisa Martial dans le couloir. Elle tenait à lui présenter des excuses pour l'incident de la veille dont elle se sentait responsable. Le jeune homme vit là une opportunité pour s'attirer les faveurs de la « courtisane », comme il la surnommait.

— Vous n'y êtes pour rien, hélas. Père me déteste. Je sais qu'au fond de lui il aurait préféré que je sois mort à la place d'Antoine.

— Martial ! s'indigna-t-elle. Ne croyez pas ça. Virgile vous adore. Il ne cesse de me vanter vos mérites. Il est fier de vous.

Elle lui prit la main, et ajouta avec douceur :

— Il sait que vous avez encore beaucoup de choses à apprendre. Mais il croit en vous. Rassurez-vous, Martial, vous y parviendrez.

Surpris, Martial dévisagea la jeune femme. Tatiana l'attirait. Pour la première fois depuis sa rencontre avec la Grande Zoé, il renouait avec un vieux sentiment. Et c'est avec étonnement qu'il s'entendit l'inviter à dîner.

Ils se rendirent le soir même dans une charmante auberge, à deux pas du palais des Papes. Martial révéla une facette de sa personnalité que Tatiana n'aurait jamais soupçonnée. Elle fut touchée par ce drôle de petit bonhomme à qui le manque d'exercice avait fait prendre de l'embonpoint. Il révélait un esprit plein d'humour, parfois drôle, souvent cynique, et se libérait peu à peu de toute méfiance. Au retour, Martial osa déposer un baiser sur la joue de Tatiana. Elle ne parut pas s'en offusquer, mais le considéra avec étonnement.

— Je viens de passer une merveilleuse soirée, se justifia-t-il simplement.

Tatiana lui sourit. Tremblante de froid, elle se blottit contre Martial.

Apolline était en train de raconter à son père sa rencontre avec Terence Mac Allister lorsque Tatiana et Martial entrèrent dans le salon. Martial toisa son père, heureux de sa victoire. Tatiana les salua avant de s'éclipser. Apolline la rejoignit dans la chambre d'amis.

— As-tu passé une bonne soirée ?

— Délicieuse, lança l'invitée en prenant place à sa coiffeuse. Martial est surprenant. Je ne l'imaginais pas aussi charmant.

— Je vois..., conclut Apolline en saisissant une brosse pour lisser la chevelure soyeuse de son amie.

— Je ne sais plus où j'en suis, reconnut la jeune Oulianova.

Le regard des deux femmes se croisa dans le miroir. Tatiana semblait désemparée.

Apolline se tut. Elle préférait écouter son amie.

— Je crois ressentir un fort attachement pour Virgile. C'est indiscutable. Il est apaisant, rassurant, sensible aussi. Et, malgré son air bourru, je devine qu'il cache un cœur d'or. Et puis il y a Martial... Touchant lui aussi, mais pour d'autres raisons. Il me fait rire. Tu sais, il s'est beaucoup confié à moi, et je le crois sincère. Il n'est pas celui qu'on pense.

— Le mieux est de sonder ton cœur...

Tatiana parut surprise. Apolline ne portait aucun jugement sur la différence d'âge qui la séparait de

Virgile, ni sur la dualité entre le père et le fils. Tôt ou tard, l'un des deux souffrirait.

— Tout ce que je sais, reprit Apolline, c'est qu'après les horreurs de la guerre, il est temps de s'aimer. Les lois de l'amour sont parfois surprenantes. Dieu est seul juge. Tu es pure, Tatiana. Je te sais incapable de faire souffrir qui que ce soit.

— Comment peux-tu dire ça ?

— Parce que j'ai moi-même été confrontée à ce choix. J'ai quitté Dieu par attirance pour un homme. Mes hésitations m'ont détournée des deux…

Tatiana eut des difficultés à s'endormir. La situation la troublait. Elle décida de quitter Avignon dès le lendemain de Noël. Jusqu'à cette date, elle devrait se tenir plus en retrait de Virgile et Martial.

Tatiana conserva avec le père et le fils des rapports cordiaux, mais elle évita de se retrouver seule avec eux. Le soir du réveillon, lorsque Nathanaël Braunstein arriva, il s'aperçut très vite du malaise ambiant. Virgile et Martial s'adressaient à peine la parole, jusqu'à se murer dans un mutisme absolu sitôt Tatiana dans les parages.

— Que se passe-t-il ? demanda Nathanaël à son vieil ami.

— Pourquoi cette question ?

— Voyons, Virgile. Vous me mentiriez à présent ?

Maître Bastide se confia.

— Et alors ? lança le banquier, surpris. Vous êtes amoureux ! C'est formidable.

— Formidable ? Voyons, Nathanaël, c'est grotesque à mon âge. Je pourrais être son père. Et puis trouvez-vous convenable qu'un père et son fils se disputent les faveurs d'une jeune femme ?

Braunstein fixa Virgile.

— Pour vous, Tatiana n'est pas une jeune femme comme les autres.

— Non, hélas, reconnut-il à voix basse.

— Dans ce cas, vos sentiments sont profonds. Admettez-le. Quant à votre âge... Vous avez celui de votre cœur. Ce qui vous arrive est tout à fait banal et j'en suis très heureux pour vous. Vous redonnez espoir à tous les veufs de notre génération.

Nathanaël était fermement déterminé à s'entretenir avec Martial aussitôt les fêtes passées. Celui-ci l'évitait depuis son arrivée. Il choisit un moment où le jeune homme se trouvait seul dans son bureau, à la manufacture. Il allait lui rappeler certaines choses qu'il n'avait pas oubliées, comme le détournement des fonds Oulianov, six ans plus tôt.

— Je te trouve un peu cavalier de courtiser une femme que tu as détroussée.

— Je vous demande pardon ?

— Ne joue pas avec moi, Martial. Nous savons tous les deux que tu étais complice de la Grande Zoé. Ensemble, vous avez escroqué les Oulianov.

Martial demeura interdit. Que savait-il, au juste ? D'un air narquois, il défia le vieux banquier.

— Vous n'avez aucune preuve.

— C'est vrai. En revanche, je pense que Tatiana serait très intéressée de l'apprendre. Qu'en penses-tu ? C'est ta parole contre la mienne.

— Je vous hais ! s'écria Martial à bout d'arguments. Un jour, je me vengerai.

Il se détourna, amer, et aperçut Tatiana. Elle se tenait sur le pas de la porte et, manifestement, avait tout entendu de leur conversation. Il se glaça d'effroi.

— Tatiana ! cria-t-il en s'élançant vers elle.

La jeune femme interrompit sa course.

— Arrêtez, Martial, fit-elle d'une voix calme et déterminée. Cessez vos mensonges. J'ai cru en vous, cru à votre souffrance. Je sais à présent qui vous êtes. Vous vous êtes joué de moi, Martial. Il est préférable que nous en restions là. Par égard pour votre père, je vous promets de ne rien révéler de cette conversation.

Martial rumina sa double défaite.

Après le départ de Nathanaël, Tatiana alla voir Virgile dans le grand salon. Concentré sur une partie d'échecs en solitaire, il avait l'air triste. Il était temps pour elle de faire un choix.

— Le soleil est magnifique. Que diriez-vous d'une petite promenade ?

Maître Bastide lui saisit la main et l'invita à s'asseoir.

— Je crois que nous ferions mieux de parler, répondit-il d'un air grave.

Virgile rassembla tout son courage avant d'ouvrir son cœur.

— Je suis un vieux monsieur, Tatiana.

— Ne dites pas ça. Vous…

— Laissez-moi finir, s'il vous plaît. Je suis vieux, mais je n'en demeure pas moins un homme…

Il hésita quelques secondes, puis lâcha ce qui lui brûlait les lèvres depuis l'arrivée de Tatiana :

— Je crois que mon vieux cœur bat pour vous, douce Tatiana. Je vous aime.

Les larmes envahirent les yeux de la jeune femme.

— Je vous aime aussi, Virgile.

Leurs mains se rejoignirent.

— M'autoriseriez-vous à vous faire la cour ?

— Avec joie !

— Dans ce cas, commençons par cette promenade dont vous aviez envie. Il fait un temps magnifique.

Lorsque Martial rentra pour le déjeuner, il fut surpris de découvrir son père en compagnie de Tatiana, et consterné d'apprendre leur intention de convoler en justes noces. Il les détestait. Plus que jamais, son père était son rival. Mais la journée devait lui réserver une autre surprise. À l'heure du thé, Apolline ouvrit la porte à un inconnu, un grand blond à l'accent anglais. Intuitif, Martial devina qu'il s'agissait de Terence Mac Allister…

LIVRE DEUXIÈME

Les Années folles
1920-1938

12

La Riviera, 1920

À l'image de l'Europe, la Riviera s'était métamorphosée depuis l'armistice. La Première Guerre mondiale avait mis fin à une époque et à un certain art de vivre. Trois empires avaient disparu de l'échiquier politique et les grandes places financières londoniennes ou parisiennes étaient malmenées face à la concurrence venue d'outre-Atlantique. En homme d'affaires avisé, Nathanaël Braunstein visait maintenant la côte est des États-Unis. New York, Chicago et Philadelphie spéculaient avec succès sur de nouveaux marchés, les banques étaient en pleine expansion. Les familles modestes pouvaient désormais emprunter pour équiper leurs foyers, stimulant ainsi l'économie du pays. Nathanaël rêvait d'importer cette nouvelle philosophie sur le vieux continent.

Le vieux continent… Jamais l'Europe n'avait aussi bien porté son nom. Nathanaël l'avait constaté, l'élégante société d'antan, laminée par le conflit, avait déserté la place du Casino et les grands palaces de la Riviera. Les rares représentants de la *gentry* s'habillaient de noir et restaient prostrés dans leurs somptueuses villas au luxe suranné. La nécessité amenait parfois de curieux rapprochements entre les familles, comme celui de la redoutable Macha Oulianova avec Katia, la veuve du tsar

Alexandre II. Pourtant, jusqu'à la Révolution, la duchesse avait été l'une de ses plus farouches adversaires.

Nathanaël terminait son petit déjeuner à l'Hôtel de Paris. Désormais, il y prenait tous ses repas. Cet acte de solidarité envers l'établissement déserté lui permettait aussi de fuir sa villa, devenue trop oppressante depuis le départ de son fils.

Benjamin était toujours porté disparu. Quatre années sans nouvelles. Nathanaël avait fait appel aux meilleurs détectives privés. Ceux-ci avaient sillonné hôpitaux, dispensaires et autres communautés religieuses, mais leurs recherches étaient restées vaines. Le banquier gardait cependant bon espoir. Il avait la conviction qu'il reverrait son garçon en vie. Benjamin était retenu quelque part, blessé peut-être, mais vivant.

Comme chaque matin, il jeta un œil sur le courrier du jour. Son attention fut retenue par une enveloppe épaisse portant un cachet d'Avignon. Il l'ouvrit avec empressement, impatient de lire la lettre de Virgile. Depuis plus d'un an, le bonheur de son ami était sa seule satisfaction. Six mois auparavant, Nathanaël avait été témoin à son mariage. Il n'avait pas été très surpris par la décision du couple et s'en était réjoui. Malgré leur différence d'âge, Tatiana et Virgile brûlaient d'une même passion. Dans cette lettre, Nathanaël apprit que la jeune épouse attendait un heureux événement pour le début de l'été. Le banquier fut sincèrement ému par cette belle nouvelle. Virgile méritait son bonheur. Une autre joie venait aussi combler le chef de clan :

Apolline annonçait son mariage prochain avec Terence Mac Allister.

Le banquier termina son repas, ravi du bonheur retrouvé chez les Bastide. L'avenir lui réserverait peut-être de telles joies, même si une seule chose aujourd'hui suffirait à le rendre heureux, le retour de Benjamin. En traversant le hall, il surprit une conversation entre le concierge de l'hôtel et une jeune femme qui proposait ses services. L'homme en livrée l'écoutait avec étonnement.

— Et votre palais, princesse ?

— Les bolcheviks l'ont saisi, comme le reste.

— Non, je parle de celui que vous possédez ici.

— De quel palais me parlez-vous ? Ne vous moquez pas de moi, ce n'est pas très charitable.

Le concierge insista, lui rappelant dans quelles circonstances elle avait fait l'acquisition, entre deux flûtes de champagne, d'une propriété sur la Riviera quelques années avant la guerre. La princesse avait purement et simplement oublié ce détail d'importance. Elle remercia le concierge et le quitta. Interloqué, Nathanaël passa son chemin, déplorant la désinvolture de cette société d'avant-guerre où l'aristocratie ignorait tout de l'étendue de sa fortune. Braunstein avait toujours détesté ce mépris des valeurs matérielles. Lui-même se reprochait sa négligence à propos de Martial. Il aurait dû se montrer plus vigilant envers le fils de son ami. Et surtout le dénoncer lorsqu'il l'avait surpris en train de frauder.

En traversant la place du Casino, Nathanaël remarqua sur le trottoir opposé une silhouette qui lui sembla familière. Son courrier lui glissa des mains lorsqu'il crut reconnaître son fils. Bouleversé, incapable d'émettre le moindre son, il se demanda s'il ne rêvait pas.

— Benja... Benjamin, parvint-il à articuler, la voix étouffée par l'émotion.

Il descendit l'escalier et se dirigea vers l'inconnu en accélérant le pas. Nathanaël n'avait pas rêvé. Benjamin, son fils, était devant lui, et bien portant.

— Mon fils, murmura-t-il alors que celui-ci se rapprochait de lui.

Les deux hommes se dévisagèrent longuement et tombèrent dans les bras l'un de l'autre, les yeux brouillés de larmes, le cœur battant à l'unisson. Le miracle de la vie triomphait de l'angoisse. Benjamin avait beaucoup maigri. Ses joues creusées de fatigue formaient des ombres brunes sous ses pommettes saillantes. Il paraissait exténué.

— Viens, mon fils, rentrons à la maison. Je vais m'occuper de toi.

Nathanaël attendit que Benjamin se fût reposé avant de le questionner. Le jeune Braunstein dormit près de trente heures d'affilée. Quand il se leva, au milieu de l'après-midi, il raconta à son père son périple.

En septembre 1915, le croiseur sur lequel il se trouvait avait été torpillé au large du détroit de Gibraltar. Le jeune homme avait perdu connaissance pendant le naufrage. Secouru par un pêcheur marocain, il avait été ramené chez lui et soigné. La violence du choc avait provoqué un traumatisme crânien important, suivi d'une amnésie totale. Trois années avaient été nécessaires avant que Benjamin récupère de ses blessures et retrouve ses esprits. La fin du conflit approchait. Il avait voulu rentrer en France. Mais au cours de sa remontée vers le nord du Maroc, une troupe rebelle à la tutelle française l'avait enlevé puis séquestré dans la montagne. Il avait profité du ramadan pour s'enfuir et gagner la côte.

— Maintenant, tu es là, mon fils. Oublions cette douloureuse épreuve. Nous avons de grands défis à relever.

Quelques semaines plus tard, Benjamin reprit le chemin de la banque. Son père l'informa du cours des affaires. De nombreuses fortunes avaient disparu.

— Comment remédier à cela ?

— Nous devons réformer notre système bancaire.

— Qu'entendez-vous par là ?

— C'est très simple, nous allons nous porter acquéreurs de petites banques implantées sur le territoire et appliquer le système américain. Le crédit, Benjamin, le crédit nous enrichira. Certains spécialistes prévoient déjà que d'ici vingt ans, un foyer sur cinq possédera une automobile. Nous devons nous inspirer du modèle américain. L'Amérique est la puissance économique de demain. J'en ai la certitude. Notre belle Riviera a encore de beaux jours devant elle. Bientôt, les rois de l'industrie prendront le relais de notre aristocratie aujourd'hui ruinée. Les établissements bancaires qui sont prêts à les accueillir survivront. Les autres péricliteront.

Benjamin réfléchissait. Son père avait toujours fait preuve d'une grande clairvoyance en affaires. Le pari fou de Monte-Carlo, c'était lui, tout comme les spéculations boursières de l'immédiat après-guerre.

— La guerre, dans toute son horreur, reprit Nathanaël, nous a fait comprendre à quel point l'homme est vulnérable. Les gens vont vouloir s'amuser, se divertir.

— À quoi pensez-vous, au juste ?

— Au cinématographe… Sur la côte ouest des États-Unis, cet art est devenu une véritable industrie.

Le fils du banquier sourit en pensant à la réaction qu'avait eue son père lorsque la Grande Zoé avait sollicité un prêt, huit ans plus tôt, pour édifier le premier studio du littoral. Jadis, il n'y avait pas cru.

— Ce pari était démesuré pour la France. Il faut commencer plus petit que là-bas. De plus, les choses ont changé avec la guerre.

Benjamin s'assombrit au souvenir de ce sinistre épisode. À l'époque, Martial Bastide et la meneuse de revue avaient détourné l'argent des comptes Oulianov pour parvenir à leurs fins. La gestion de ce dossier avait été, pour le fils Braunstein, sa première affaire d'importance. Son père l'ignorait, mais Benjamin se sentait encore responsable de s'être laissé piéger par Martial Bastide.

— Y a-t-il des promoteurs intéressés ?

— Oui. Un studio hollywoodien.

— Et la villa La Cybiline ? Qu'est-elle devenue ?

— Propriété Oulianov.

— Y a-t-il d'autres emplacements sur le littoral ?

— Certainement. Mais La Cybiline est sans conteste le meilleur endroit.

— Je vois.

— Je voudrais que tu te charges de cette affaire, trancha Nathanaël.

Puis il ajouta, confiant :

— Je sais que cette perspective ne t'enchante guère. Mais rester sur un échec est le début du renoncement. Je connais tes talents de négociateur.

Benjamin accueillit le compliment avec plaisir. Il ne croyait pas à ce dossier, mais il faisait confiance à son père et accepta.

La première étape consista à prendre contact avec les promoteurs du projet. Rendez-vous fut fixé dans les salons feutrés du Carlton. Trois Américains, grands patrons de studios hollywoodiens, désiraient développer leurs activités sur la Riviera afin de s'emparer du marché européen. Ils apporteraient leur savoir-faire, leur puissance industrielle, et se disaient prêts à confier leur clientèle à la banque Braunstein. Restait à trouver l'emplacement idéal. Sur ce dernier point, ils n'en démordaient pas : ce serait La Cybiline et rien d'autre.

Non loin de là, à L'Amirauté, la duchesse Oulianova vivait dans les vestiges d'une époque révolue. Faute de moyens, la villa avait perdu son lustre d'antan. La vieille dame solitaire déversait son aigreur sur le personnel qui acceptait encore de travailler pour elle. Jusque-là, elle était parvenue à masquer sa gêne financière par d'habiles subterfuges. L'excuse de l'âge l'aidait.

Macha détestait qu'on lui parle d'argent. Être confrontée à des problèmes financiers pour maintenir son train de vie lui soulevait le cœur, tant elle trouvait cela vulgaire. Elle réprouvait les dispositions qu'avait prises son frère. Il avait bloqué une partie de sa fortune pour chacun de ses enfants. Sa fille, devenue son unique descendante après le massacre, hériterait de l'intégralité des biens de la famille à la naissance de son premier enfant. L'amiral avait tenu à ce que les fonds soient placés en emprunts russes, malgré l'avis très réservé de Braunstein sur ce point. En attendant, Tatiana pouvait prétendre à la pleine propriété de Cap-Amiral.

— Un bâtard comme héritier des Oulianov, quelle horreur ! se lamentait tante Macha.

Quelques mois plus tôt, la duchesse avait appris le mariage de Tatiana et Virgile, le roturier. La fortune des Oulianov reviendrait donc un jour aux enfants issus de cette mésalliance. Cette perspective l'avait clouée au lit pendant trois semaines. Jamais elle n'accepterait une telle humiliation. Jusqu'à présent, Tatiana n'avait pas réclamé son héritage. Elle se contentait de remplir son rôle d'épouse d'un bourgeois en âge d'être son père. Mais, bientôt, le notaire allait prendre contact avec Macha et tout reviendrait à sa nièce. Aussi, lorsque Benjamin Braunstein fit savoir à la duchesse que La Cybiline intéressait des investisseurs, elle n'hésita pas et le chargea de rédiger l'acte de vente. Cette transaction lui assurerait de confortables revenus pour les années à venir et elle ne tomberait pas dans l'escarcelle de Tatiana.

Les Braunstein se félicitèrent de cette bonne nouvelle. Au cours d'un échange de correspondance avec Virgile, Nathanaël informa son ami qu'il avait trouvé une opportunité de placement financier pour lui. L'indienneur cherchait en effet à faire fructifier ses actifs. Ce qu'ignorait le banquier, c'est que cette lettre, tombée dans d'autres mains, allait changer le cours du destin…

Dans le parc de L'Amirauté, la duchesse terminait son petit déjeuner au milieu des roses aux senteurs embaumantes, lorsqu'un domestique approcha. Il tenait un plateau d'argent sur lequel reposait une carte de visite.

— Martial Bastide, dit-elle avec dédain. Je ne m'abaisserai pas à recevoir ce commerçant.

L'homme voulut prendre congé, mais sa maîtresse le retint.

— Un instant, voulez-vous. Voyons ce qu'il écrit.

Elle saisit le bristol et le lut. Le jeune homme lui demandait un entretien. « Pour des raisons différentes, ni vous ni moi n'acceptons l'union de votre nièce avec mon père. Nous pouvons encore agir. » Cette dernière phrase piqua la curiosité de Macha.

— Faites entrer ce monsieur. Je vais le recevoir.

Martial suivit le majordome dans le parc. Une vieille dame, conforme en tout point à ses souvenirs d'avant-guerre, se tenait sous une tonnelle ombragée. Elle dévisagea son visiteur avec mépris puis l'invita à parler. Martial, sûr de lui, ne se laissa pas déstabiliser.

— J'ai appris qu'on vous avait proposé de vendre La Cybiline pour la transformer en studios de cinéma. En acceptant, vous commettriez une grave erreur.

La duchesse, surprise, se dit qu'il venait plaider la cause de sa belle-mère, Tatiana Bastide. Elle fut contrariée que sa nièce ait connaissance du projet.

Cependant, ce drôle de personnage l'amusait par son aplomb. Elle le laissa poursuivre.

— Comme je vous le disais, pour des raisons différentes, vous et moi ne cautionnons pas ce mariage. C'est là notre premier point commun.

Elle inclina la tête en signe d'assentiment. Ce Bastide semblait sincère et n'appréciait pas Tatiana.

— À notre manière, nous avons été humiliés par leurs agissements et nous risquons de perdre ce qui nous revient de droit. C'est là notre deuxième point commun.

La duchesse ne réagit pas. Martial était en guerre contre sa famille. Elle se détendit.

— Je sais que mon discours doit vous surprendre, poursuivit le jeune homme, car nous n'appartenons pas au même monde et tout semble nous opposer. Néanmoins, je pense que nous avons tout intérêt à unir nos forces.

— Pour quelle raison ? l'interrogea-t-elle, impatiente d'en savoir plus.

— La nécessité.

— La nécessité ?

— Oui. La nécessité de leur donner une bonne leçon.

Macha l'invita à s'asseoir par un ample geste de la main.

— Je vous écoute, monsieur Bastide.

Martial révéla ce qu'il savait sur les dispositions de l'héritage Oulianov. Un soir, il avait surpris une conversation entre Virgile et Tatiana à ce sujet. Maître Bastide souhaitait investir dans les affaires, mais il n'en avait pas les moyens. Son épouse s'était immédiatement proposée de réclamer sa part d'héritage dès la naissance de leur enfant. Virgile s'était insurgé. Jamais il ne permettrait à sa femme de priver sa tante du confort auquel elle avait toujours été habituée.

— Que croyez-vous qu'il arrivera quand vous ne serez plus là ? Elle et son bâtard dilapideront les biens de votre noble famille, poursuivit Martial, qui avait vite compris comment gagner la confiance de la vieille Russe.

Macha écoutait avec attention. Elle s'abstint de tout commentaire et invita son visiteur à boire une tasse de café.

— Que proposez-vous ?

— Afin de préserver vos droits, La Cybiline est une excellente opportunité. Les studios américains la convoitent. Gardez-la. Vous pourriez devenir partenaire et associer votre nom à l'une des plus prestigieuses aventures du XXe siècle.

— Vous déraisonnez, mon pauvre ami ! Une femme de mon rang, s'associer à des saltimbanques ? Cette idée me révulse. C'est hors de question.

Martial se durcit d'un coup.

— Que croyez-vous qu'il advienne de vous si votre nièce réclame ce qui lui revient de droit ? On dit en ville que certaines princesses du sang se voient contraintes de postuler à des places de soubrettes. Vous ne conserverez pas votre train de vie bien longtemps. Imaginez la honte, le scandale et l'infamie ! La Cybiline représente pour vous une occasion inespérée de maintenir votre statut tout en œuvrant pour la postérité. Le cinéma est un art. Vous prouverez votre modernisme. Vous deviendrez célèbre par-delà les frontières.

La duchesse ne laissa transparaître aucune réaction. La pauvreté la terrorisait. Elle demanda le temps de la réflexion. Pendant deux jours, elle perdit l'appétit et le sommeil. Bien que son éducation lui interdise la vulgarité, elle devait se rendre à l'évidence : le jeune Bastide l'avait convaincue. Cette solution la sauverait d'une déchéance qui aurait entaché la réputation des Oulianov. Benjamin, quant à lui, avait été particulièrement ennuyé par le manque d'enthousiasme de la duchesse lors de leur entrevue. Il avait eu la certitude qu'elle allait se rétracter. Mais contre toute attente, quelques jours plus tard, il apprit par l'administrateur en charge de ses affaires qu'elle s'apprêtait à signer avec les studios hollywoodiens et souhaitait louer sa propriété.

Le premier coup de pioche, sur la colline à l'ouest de Nice, fut donné le 23 août 1920 et marqua la naissance des studios de La Cybiline. Martial suivit l'événement avec satisfaction. Le rêve de la Grande Zoé se réalisait, mais sans elle. Elle avait voulu l'écarter, le destin le ramenait dans la course. Personne ne savait encore qu'il représentait les intérêts de Macha Oulianova. La première phase de son ascension se déroulait au mieux.

Le lendemain, Martial reprit le train pour Avignon. Il s'agissait pour lui de rester discret. L'heure de la vengeance n'était pas encore venue…

13

Avignon, 1921

— Regardez, fit remarquer Tatiana, penchée sur le berceau de son fils. La même détermination que son papa.

À son tour, Virgile s'inclina. Son cœur fondit devant ce petit être que lui avait envoyé la Providence six mois plus tôt. Au milieu du couffin, le bébé potelé tentait de se redresser pour attraper son hochet. Alexis était bien un Bastide. Ému, Virgile enlaça son épouse.

L'année précédente, maître Bastide avait épousé Tatiana Oulianova. Cette décision s'était imposée comme une évidence. Il aimait Tatiana. Les épreuves de son existence n'avaient pas tari son cœur, elles l'avaient simplement anesthésié. À soixante ans, Virgile retrouvait auprès de sa nouvelle femme des élans de jeune homme. Quelques mois après le mariage, Tatiana avait été fière d'annoncer qu'elle portait leur premier enfant. Elle donna vie à un petit garçon et le baptisa du prénom de son jeune frère abattu sous ses yeux à Saint-Pétersbourg.

La jeune mère était épanouie. Sa vie de femme correspondait en tout point à ce qu'elle attendait. Tatiana avait définitivement tourné la page de sa tragique histoire russe. À présent, elle était une Bastide. Son rôle de belle-mère n'avait pas toujours été facile à tenir, surtout avec Martial, mais les choses évoluaient et, petit à petit, la situation s'arrangeait. Virgile la comblait d'attentions, vouant à sa femme un amour sans limites qu'elle savourait jour et nuit. En peu de temps, la maison avait ôté son habit de deuil. La vie retrouvait ses droits. Afin de célébrer cet événement, le chef de clan avait laissé carte blanche à sa jeune épouse pour la décoration. Toutes les pièces, égayées par les étoffes lumineuses de la manufacture Bastide, avaient retrouvé leur éclat, et les invités conviés aux dîners fins dont Tatiana avait le secret pouvaient désormais lire sur le porche de l'hôtel particulier, en lettres d'or : *L'Amédoune* – l'amande, en provençal. Tatiana révéla également un don pour le dessin. Elle profitait des siestes d'Alexis pour glaner dans les allées ombragées du jardin de délicats motifs floraux. Virgile l'encourageait.

— Je vous ai réservé une surprise, lança-t-il un jour à son épouse.

La jeune femme, intriguée, piaffait d'impatience. Son mari glissa une main dans la poche de sa veste pour en dégager une feuille pliée en quatre.

— Vous souvenez-vous de ceci ? Je vous l'avais emprunté.

— Il s'agit de l'une de mes toutes dernières esquisses.

— Exact !

Maître Bastide se retira quelques instants dans le couloir puis revint, les bras derrière le dos.

— Que cachez-vous, mon chéri, montrez-moi vite, supplia sa jeune épouse.

Virgile prit plaisir à la faire languir. Elle trépignait sur place, agitant sa chevelure coupée au carré, à la toute dernière mode.

— J'ai pensé que votre dessin ferait un très beau motif pour une courtepointe d'enfant.

Il déplia une petite couverture aux couleurs pastel.

— Oh, Virgile ! s'écria-t-elle en lui sautant au cou.

Elle se détacha de son étreinte pour contempler l'étoffe. Touchée par cette délicate attention, elle se lova tendrement tout contre lui.

— Merci. Je comprends mieux pourquoi, ces dernières semaines, vous étiez moins présent. Moi qui croyais que vous me délaissiez…

— Comment le pourrais-je ? souffla-t-il, amusé. Vous êtes ma raison d'être. Je vous aime tant, mon doux soleil de l'Est… Je ne vous serai jamais assez reconnaissant du bonheur que vous m'apportez.

Elle releva le visage vers Virgile.

— Vos sentiments sont les miens. Depuis que je suis ici, j'ai l'impression de vivre un rêve. Je suis très fière de porter votre nom. Plus encore de partager votre vie.

Tandis que leurs lèvres s'effleuraient, Apolline se manifesta sur le pas de la porte.

— Je vous prie de bien vouloir m'excuser, mais Séverin vous demande, Père.

L'atelier… Virgile ne put refréner un soupir. Depuis l'arrivée de sa femme, il se dérobait le plus souvent possible à ses obligations professionnelles. Si, par le passé, il avait négligé les siens, aujourd'hui, il n'entendait pas commettre la même erreur. Il était temps pour lui de passer la main.

— Allez-y, l'incita Tatiana. Le devoir vous appelle.

— Promettez-moi d'abord que nous reprendrons cette conversation.

— Je vous le promets, murmura-t-elle en lui caressant la joue.

Terence Mac Allister cueillait avec soin les derniers hortensias du jardin. En bon Anglais qui se respecte, il vouait une véritable passion au jardinage. Aujourd'hui encore, il se ferait un devoir d'apporter un bouquet à Apolline, à cinq heures précises, pour le thé. Terence n'aurait dérogé à cette tradition pour rien au monde. C'était un homme de convenances. Une foule de rituels structuraient sa journée et lui permettaient de dissimuler ses émotions.

Cadet d'une riche famille de propriétaires terriens, Terence avait grandi à Rutherford Hall, le manoir des Mac Allister, dans le Yorkshire. Il y avait reçu une éducation stricte, dans la pure tradition victorienne. Jamais il ne s'était rebellé contre la rigidité de son précepteur ou l'austérité de sa gouvernante. Le petit Anglais avait subi, en silence. Cinq ans plus tôt, lors de son séjour à Sainte-Cécile-de-l'Espérance, il avait croisé le regard d'Apolline et en était tombé éperdument amoureux. Perturbé par cette déferlante d'émotions, et par respect pour la jeune novice, il avait préféré s'éloigner d'elle. Il avait rejoint le sinistre Rutherford Hall qui devait revenir un jour à son frère aîné. Son père avait veillé à ce que son cadet demeure dans la toute jeune Royal Air Force. Ses mérites lui valurent d'être élevé au rang d'officier. Sans grande conviction, il s'était préparé à prendre pour épouse l'héritière d'un de leurs voisins et à fonder sa propre famille… Mais Terence n'avait jamais oublié la jeune novice française.

En 1918, le suicide de son père avait ébranlé ses convictions. Il décida de partir le plus loin possible, de retrouver la lumière du Sud, et surtout Apolline. Le bel officier avait été accueilli par les Bastide comme l'homme de la Providence. Virgile, qui l'estimait, l'avait engagé au sein de la manufacture. Au grand désespoir de Martial, un an plus tard, ses fiançailles avec Apolline avaient été célébrées. Prétextant des affaires urgentes, Martial se débrouillait pour regagner le plus souvent possible la Riviera.

— Terence, je souhaiterais te parler, lui dit maître Bastide.

Le jeune homme suivit aussitôt le chef de famille sous la galerie voûtée qui reliait la maison de maître aux ateliers.

— Séverin a un problème d'approvisionnement en colorants. Je voudrais que tu règles ça avec lui.

Alors que Terence allait s'éloigner pour rejoindre Séverin, Virgile le retint par le bras et lui annonça qu'il souhaitait se retirer du métier et lui confier la direction de la manufacture.

— Pour cela, il te faut le titre de gendre avant l'été prochain.

— Je suis très touché par cette marque de confiance…

— Mais ?

— Votre fils… Martial ?

— Martial…, souffla Virgile. C'est la question que je me pose depuis des années. Je dois me rendre à l'évidence. Vois-tu, Terence, j'aime mon fils, mais je n'ai aucune confiance en lui. Il n'est jamais là et ne s'intéresse pas à la manufacture.

Terence se garda bien d'émettre la moindre critique. Il entretenait avec son futur beau-frère des rapports courtois, sans plus. Mac Allister le percevait comme un redoutable serpent venimeux, capable de louvoyer autour de sa proie avant de la mordre dès que l'attention de celle-ci se relâchait.

Les deux hommes arrivèrent à l'atelier et s'entretinrent avec Séverin à propos de la rupture de son stock de colorants.

— Je m'en occupe, annonça Terence avant de se retirer d'un pas énergique.

Désormais seul avec son homme de confiance, maître Bastide lui annonça qu'il allait confier à son futur gendre la direction de la manufacture.

— Vous avez fait l'bon choix. M. Allister possède les qualités d'un bon patron.

— Et vous, Séverin ? Vous resterez pour l'épauler ? Je compte sur vous.

— Oh, moi, maître Bastide… sauf si l'bon Dieu me rappelle, je reste.

Virgile posa une main affectueuse sur l'épaule de son fidèle ami.

Le lendemain, Apolline dressait la table pour le thé. À cinq heures moins dix, Terence ferait son apparition avec un bouquet. Il s'inclinerait, déposerait sur sa main un chaste baiser puis lui offrirait ses fleurs. Sur l'invitation de sa promise, le distingué fiancé passerait au grand salon, s'enquerrait des nouvelles avec attention. Ensuite, tous deux évoqueraient leurs dernières lectures, dresseraient un programme de jardinage ou bien aborderaient l'actualité, sans jamais rencontrer le moindre sujet de discorde. Une demi-heure plus tard, Tatiana et Virgile les rejoindraient. Et, comme d'habitude à L'Amédoune, on n'aborderait aucun problème d'ordre professionnel pendant la collation. Puis, lorsque le cartel retentirait, interrompant toutes ces discussions minutées et sans surprise, Terence se retirerait. Au sixième coup, la porte se refermerait derrière lui.

— Tu es songeuse, aujourd'hui, demanda Tatiana à Apolline. Que t'arrive-t-il ?

Son amie ne put retenir un triste sourire. Avant d'être sa belle-mère, l'épouse de son père restait sa confidente.

— Rien de grave.

— Sans doute, mais tu sembles préoccupée.

Apolline se laissa tomber sur un siège.

— C'est Terence…

Tatiana ne fut pas surprise, et elle incita la jeune femme à lui en dire davantage.

— Tout est toujours planifié, réglé. Je m'attends à chacun de ses gestes. Il est si prévisible…

— A-t-il changé selon toi ?

— Non. Enfin, peut-être. Depuis son arrivée à Avignon, il se montre taciturne. Au début, je mettais cela sur le compte d'une gêne ou de sa difficulté à parler français. Pourtant, pendant sa convalescence à Menton, nous avions de longues conversations où nous évoquions toutes sortes de sujets. Il me faisait rire. Aujourd'hui, il a perdu toute spontanéité.

Tatiana s'agenouilla près d'Apolline et lui saisit la main sans la quitter du regard.

— Que te dicte ton cœur ?

— Je ne sais pas, justement ! s'écria-t-elle, inquiète. Je ne sais plus. J'aimerais qu'il me surprenne. Voilà plus d'un an que nous sommes fiancés et il ne se décide toujours pas à me parler d'avenir.

En disant ces mots, Apolline ne put s'empêcher de penser à Benjamin. Lui était pétillant, inattendu. Tellement, du reste, qu'elle était tombée de haut en découvrant qu'il faisait la cour à une autre femme. Depuis, elle avait tiré un trait sur cette histoire, mais elle n'avait pas oublié comment son cœur battait à chacune de leurs rencontres. Terence aussi l'avait fait chanceler, au point qu'elle avait renoncé à sa vocation religieuse. À présent, elle rêvait de retrouver cette fougue qui lui avait fait perdre la raison.

— Je suis injuste avec lui.

— Cesse de te mortifier. Parle-lui. C'est un homme attentif et très amoureux. Explique-toi, je suis certaine qu'il fera un effort.

À cinq heures moins dix, comme prévu, Terence arriva, une gerbe de roses à la main. Après avoir salué Apolline, il la suivit dans le grand salon et prit place sur une bergère, près de la cheminée. Alors qu'ils évoquaient l'incendie qui avait ravagé le Printemps du boulevard Haussmann, le célèbre magasin parisien, Virgile et Tatiana firent leur apparition. La conversation se poursuivit sur *Le Kid*, le premier film d'un acteur-réalisateur prometteur, Charlie Chaplin. Apolline se retenait de bâiller. Par moments, Tatiana la soutenait du regard. Face à elle, Terence essayait désespérément de masquer sa nervosité. Soudain, il se leva et se dirigea vers la cadette des Bastide.

— Apolline, j'aimerais que vous me fassiez l'immense honneur de devenir ma femme.

Surprise par cette déclaration aussi directe qu'inattendue, mais au comble de la joie, elle se hâta d'accepter.

Terence Mac Allister se laissa retomber sur la bergère. Enfin détendu, il accepta les félicitations de Virgile et de Tatiana. Apolline, qui l'observait, le trouvait décidément très séduisant.

La date du 27 juillet 1922 fut retenue pour le mariage, et toute la famille eut à cœur de préparer l'événement le mieux possible. Un soir, alors que Virgile semblait préoccupé, Tatiana, qui venait d'endormir le petit Alexis, l'invita à se confier. Maître Bastide lui apprit sa décision de donner à son gendre les rênes de l'entreprise.

— Avez-vous averti Martial ? s'inquiéta-t-elle.

— Non, pas encore.

— Vous devriez le faire avant de l'annoncer officiellement.

— Pour cela, encore faudrait-il que je voie davantage mon fils ! s'exclama-t-il.

Virgile se radoucit, saisit la main de son épouse.

— Pardon. Vous ne méritez pas mon emportement. Mais force est de constater que les rares semaines où il se trouve en Avignon, il passe davantage de temps avec ses amis du Café de la Patrie qu'auprès des siens.

Maître Bastide s'en voulait d'avoir échoué dans l'éducation de Martial. Pour la première fois depuis six générations, la direction de la manufacture serait confiée à une autre personne qu'un Bastide.

— Je me console en me disant que les ateliers resteront dans la famille. Et j'espère bien qu'Alexis prendra la succession de son oncle.

Tatiana enroula un bras autour du cou de son mari.

— Vous faites ce qui est juste pour l'entreprise. Un jour, Martial comprendra et vous pardonnera. Parlez-lui…

— Je l'espère de tout mon cœur, avoua-t-il en l'embrassant.

Lorsqu'ils montèrent se coucher, Virgile avait retrouvé sa bonne humeur, et il annonça à Tatiana que les ouvriers des ateliers avaient aimé les motifs floraux de la courtepointe d'Alexis.

— Voulez-vous créer une collection ? demanda-t-il à son épouse.

— Une collection ? Mais je n'ai aucune compétence.

— Allons donc ! Vous avez décoré cette maison avec goût. Vos dessins sont très appréciés et vous ne manquez pas d'inspiration.

Virgile lui expliqua qu'il souhaitait orienter la manufacture vers des créations beaucoup plus modernes. Il envisageait de nouvelles lignes, dont une gamme pour enfants. Tatiana serait une excellente styliste. Elle demanda une nuit de réflexion, bien qu'elle connût déjà sa réponse.

Le dimanche suivant, Séverin Chabanel emménagea dans la maison qu'il venait d'acquérir, une bâtisse où, jadis, se trouvaient les premiers bureaux de la manufacture Bastide avant que celle-ci ne s'agrandisse. Quoique modeste, ce logis, situé sur les rives de la Sorgue, serait idéal pour lui et il allait réhabiliter l'endroit afin d'y vivre ses vieux jours. Le chef d'atelier souhaitait garder son emploi. Sa place était ici, auprès des Bastide. Certes, il n'était pas très riche, mais, qu'importe, il aimait son métier.

Muni d'un marteau et d'un burin, Séverin perçait un mur extérieur dans l'intention d'y ouvrir une fenêtre. Vers midi, il fit une pause à l'ombre des arbres et examina avec attention les proportions de la bâtisse. Vue de dehors, elle semblait plus longue de quelques mètres. La différence était flagrante. Était-ce une illusion d'optique ou un habile effet d'architecture ? Pour s'en assurer, il reprit ses outils et continua son travail. Les gravats tombèrent, dévoilant une pièce assez sombre. Chabanel s'engouffra dans le réduit et découvrit à sa grande surprise une multitude de vieilles caisses couvertes de poussière. Le cœur battant, il souleva le couvercle de la première. Elle renfermait de vieilles planches à dessin et leurs tampons.

— Mazette ! Ça alors, c'est incroyable ! lança-t-il, admiratif.

Séverin venait de retrouver les premières collections de la manufacture Bastide, datées du début du

XVIIe siècle. En 1686, devant la popularité des indiennes et sous la pression des soyeux lyonnais qui voyaient d'un mauvais œil cette concurrence, Colbert avait édicté un décret interdisant leur production ou leur importation dans le royaume. Quant aux moules utilisés pour l'impression, ils avaient dû être détruits. Les ancêtres de maître Bastide avaient eu l'intelligence de préserver leur patrimoine.

Séverin se précipita à L'Amédoune, surexcité par sa trouvaille. Mais Virgile était absent.

Le lendemain, le patriarche vint le trouver.

— J'ai une grande nouvelle, mon ami, déclara-t-il avec fierté. Tatiana accepte de travailler avec nous. Elle va lancer une collection pour enfants.

Puis il ajouta, confiant :

— Avec Terence et mon épouse, nous allons dépoussiérer l'image vieillissante de notre production. Terminées, les rééditions, place à la création.

Séverin prit la décision de taire sa découverte pour le moment.

Deux fois par semaine, Tatiana et Alexis accompagnaient Faustine au marché. La cuisinière appréciait la compagnie de la jeune femme.

— Oh ! *Fan !* Nous avons oublié de prendre des courgettes, se rappela Faustine alors qu'elles étaient sur le chemin du retour.

Le bébé, que cette sortie avait fatigué, criait famine. Tatiana confia le landau à Faustine et courut acheter les légumes qui manquaient. Devant le premier étal, la jeune femme croisa le regard d'un homme assez grand, à l'allure négligée, qui la dévisageait. Elle ne parvenait pas à détacher son attention de cet immense regard bleu. Cette personne lui rappelait étrangement quelqu'un. Tatiana régla ses achats et repartit aussitôt. L'étranger avait disparu.

Depuis la demande en mariage de Terence, Apolline était rassurée. Elle s'impliquait dans l'organisation de la célébration, la confection de sa robe et les différentes démarches administratives. En amoureux transi, Terence passait les après-midi avec elle à élaborer la liste des invités. Dans l'intimité, il lui saisissait la main. Parfois même, il poussait l'audace jusqu'à l'embrasser sur la joue. Apolline rougissait d'émoi. À présent, elle était convaincue de vouloir épouser Terence.

— Et votre frère ? lui demanda-t-elle un jour. Souhaitez-vous que nous l'invitions ?

Mac Allister lui répondit qu'ils étaient en froid. Douglas ne se déplacerait pas. Apolline n'insista pas. Mais la réalité était tout autre. Jusque-là, Terence avait réussi à taire son terrible secret. Combien de temps y arriverait-il encore ?

14

La Riviera, 1922

Benjamin Braunstein reposa le bristol. Apolline se mariait. Cette fois, tous ses espoirs s'évanouissaient. Depuis son retour sur la Riviera deux ans plus tôt, il s'était tellement investi dans le lancement des studios de La Cybiline qu'il en avait délaissé sa vie privée. Mais il n'avait jamais oublié Apolline. Enfant déjà, il s'entendait à merveille avec elle. Puis il y avait eu ce réveillon magique de 1911. Leur rapprochement sur la terrasse de L'Amirauté restait un souvenir ardent. Benjamin n'avait jamais oublié ce baiser sous le ciel étoilé de janvier. Aujourd'hui, à l'annonce de son mariage, il avait du mal à se résigner. Apolline était entrée au couvent du jour au lendemain. Sans lui donner la moindre explication. Elle ne s'était jamais plus manifestée, et par amour, il avait fini par respecter son choix. Sans nouvelles d'elle pendant toutes ces années, il ignorait qu'elle était revenue à la vie civile. Une fois de plus, Benjamin s'inclina, la mort dans l'âme. La douce Apolline l'avait définitivement oublié.

Il ne monterait pas à L'Amédoune en juillet. Il en était bien incapable. Apolline s'engageait pour la vie entière. La perspective d'assister à son union avec un autre homme lui était intolérable. L'aviateur anglais avait beaucoup de chance. Benjamin espérait qu'Allister en avait conscience. À trente ans, il était devenu un homme d'affaires très convoité. Mais au grand désespoir de son père, il refusait de fonder une famille. Il avait connu quelques aventures sans lendemain, refusé de beaux partis. Aucune femme ne parvenait à chasser le souvenir d'Apolline. Un jour, il s'était confié à son père.

« Je ne me doutais pas que tes sentiments pour Apolline étaient aussi forts.

— Voilà des années que je pense à elle.

— Un jour viendra, mon fils, où une femme te fera oublier Apolline, crois-moi. Sors un peu. Vois des jeunes gens de ton âge. Tu restes enfermé dans ton bureau seize heures par jour. »

Les studios de La Cybiline s'apprêtaient à tourner leur premier grand film. *L'Insoumise* retraçait les aventures d'une belle comtesse amoureuse d'un corsaire rebelle au pouvoir du roi de France, son ennemi juré. Cette fresque historique avait nécessité d'importants moyens pour sa réalisation, comme la construction d'un bassin de trente mètres pour le tournage des batailles navales. Le budget explosait de jour en jour. En tant que banquier de la production, Benjamin en avait des sueurs froides. Il suggéra à ses clients de trouver de nouveaux investisseurs dans les plus brefs délais, sans quoi ils couraient tous à la banqueroute. Les mois passaient. Personne ne se présentait. Alors que tout espoir semblait perdu, la Fairlane Limited se dit prête à investir. Benjamin prit des renseignements. Il s'agissait d'un consortium anglais doté de fonds importants. En échange de la moitié des parts, la transaction fut scellée, sans que le banquier parvienne à rencontrer Logan Fairlane, son nouvel associé. Un autre déboire reporta les premiers tours de manivelle. La veille de la première prise, l'actrice principale s'était suicidée après un chagrin d'amour. Les studios ne lui avaient pas encore trouvé de remplaçante, aucune ne correspondant aux critères requis. Benjamin, contrarié par tous ces contretemps, décida qu'il était temps pour lui de sortir pour se changer les idées.

Dans son courrier du jour, il avait reçu une invitation pour une soirée au cap d'Antibes. La *party* semblait prometteuse et il décida de s'y rendre. Cole Porter et l'orchestre de jazz de Sam Wooding enflammeraient la nuit. Lorsque le banquier franchit la porte d'entrée de la villa, il fut étourdi par l'ambiance. On lui avait souvent parlé de cette musique venue du Nouveau Monde. Et si les amis de son père s'offusquaient de ces rythmes saccadés, Benjamin, lui, était séduit. La maîtresse de maison et son époux l'accueillirent et le présentèrent à leurs amis. Parmi eux, Braunstein remarqua Gonzague du Plessis de la Tour, un dandy parisien, agent artistique. Un petit cercle d'intimes se pressait autour de cet homme distant, dont l'élégance autant que l'esprit vif fascinaient.

— Et vous, Benjamin, comment êtes-vous venu vous perdre dans cette soirée ?

— Nos hôtes sont des relations du Yacht Club.

— Dans ce cas, soyez le bienvenu dans le monde de la fête !

Avec désinvolture, du Plessis lui désigna les plus grands artistes du moment qui étaient réunis ici pour l'occasion.

— Picasso, Braque, Mistinguett, Rudolph Valentino ou Dorothy Parker… Ils sont tous là !

— Êtes-vous parent avec Nathanaël Braunstein ? demanda une petite blonde squelettique, accrochée au bras de Gonzague.

— Oui. C'est mon père.

Elle fit une moue dédaigneuse avant d'avouer qu'elle trouvait Monte-Carlo démodé. Agacé, du Plessis de la Tour leva les yeux au ciel. Benjamin regrettait d'être venu. Il détestait ce genre de femmes riches et stupides.

— Moi, je trouve la Principauté charmante, trancha le dandy.

— Vous me décevez, *dear*. Auriez-vous perdu votre bon sens ? Le Rocher n'a pas plus de grâce qu'une grosse danseuse. Cet endroit est une horreur, comparé à nos belles côtes sauvages.

— Vous savez ce que l'on dit, sourit Benjamin, la grâce est au corps ce que le bon sens est à l'esprit. Mais pour apprécier la première, il faut posséder la seconde.

Un long silence ponctua sa repartie. Braunstein ne regrettait pas sa réaction. S'attaquer à l'œuvre de son père le blessait au plus profond de sa chair. Il était temps pour lui de rencontrer des personnes plus intéressantes. Il but une dernière gorgée de champagne et s'éloigna. Près du bar, il aperçut la silhouette élancée d'une blonde magnifique. Elle avait toutes les qualités de l'Insoumise. Intrigué, il demanda à être présenté. Elle se nommait Verna Sterz, était actrice, mais ne tenait pour l'instant que des rôles de figurante. Verna irradiait par sa sensualité, sans dégager la moindre vulgarité. Benjamin fut troublé.

— Je constate que vous avez fait la connaissance de notre étoile montante, lança gaiement Gonzague, posant une main amicale sur l'épaule de Braunstein. Je suis son agent.

Le banquier voyait la partie mal engagée. Après son coup d'éclat, il risquait d'avoir des difficultés à négocier un bout d'essai.

— Au fait, reprit l'agent le sourire aux lèvres, bravo pour votre repartie de tout à l'heure. J'ai a-doré ! Cette peste la méritait. Je suis ravi que vous ayez eu le cran de la remettre en place.

Tous les trois s'installèrent à l'écart, près de la piscine dans laquelle s'ébattaient une bande de noctambules. Au cours de la soirée, Benjamin découvrit la personnalité de Gonzague. Il n'avait rien à voir avec le dandy qu'il jouait en public. C'était un homme sincère, passionné, qui ne ménageait pas ses efforts pour promouvoir les artistes en qui il croyait. Verna était au nombre de ceux-là. Benjamin ne parvenait pas à détacher son regard de ce visage aux traits réguliers qui absorbait la lumière de la lune. Mais le plus fascinant était ses yeux sombres. Que dissimulaient-ils ? Des blessures d'enfance ? La soif de vivre ? Cette part de mystère l'attirait.

— J'aimerais vous présenter à la production, Verna, lança-t-il tout de go.

— Nous en serions ravis, s'écria Gonzague. N'est-ce pas, *honey* ?

Verna fixait Benjamin avec une telle intensité que l'agent préféra s'éclipser.

Le tournage de *L'Insoumise* débuta avec un mois de retard. Verna Sterz tenait le haut de l'affiche et son talent n'allait pas tarder à la propulser en pleine lumière. Dès les premiers rushes, l'équipe de production fut conquise. Même les plus sceptiques se rendirent à l'évidence, Verna Sterz crevait l'écran. Les studios lui signèrent un contrat pour trois autres films. Afin de fêter l'événement, Benjamin emmena la jeune actrice dîner dans un restaurant de Juan-les-Pins. À la fin du repas, il s'agenouilla et la demanda en mariage. Verna lui sauta au cou, folle de joie.

Martial Bastide eut beaucoup de mal à accepter le fait que son père confie la direction des affaires à Terence. Pour lui, il s'agissait d'une trahison supplémentaire dont Virgile devrait répondre. Ces derniers temps, le fils rejeté remontait rarement en Avignon. Il se souvenait de la dernière explication orageuse qu'il avait eue avec son père à propos de ses absences répétées. Martial lui avait alors annoncé qu'il venait de racheter une entreprise d'import-export. Consterné par cette révélation, l'indienneur n'avait pas réagi. Le jeune homme lui avait lancé au visage son désintérêt vis-à-vis de la manufacture, et qu'il avait d'autres ambitions. Virgile en avait été profondément blessé, pour le plus grand plaisir de Martial.

Sans ses amis du Café de la Patrie, l'ambitieux Bastide ne serait plus jamais revenu dans la cité des Papes. Car Martial avait des idéaux, et il aimait les partager avec ses relations de comptoir. Les réformateurs de la société de demain, ce seraient eux. L'idée d'une nation puissante, fière de ses origines, lui semblait être le meilleur remède contre la misère. Ce pays allait à vau-l'eau. Il était inadmissible qu'un banquier comme Braunstein détienne tant de puissance à lui tout seul. Quelqu'un devait mettre fin à l'hégémonie des juifs.

Là-bas, au Café de la Patrie, les espoirs se tournaient vers l'Italie. Par-delà les Alpes, un homme se démarquait du reste de la frileuse Europe. Selon le patron de l'établissement, Mussolini préparait un coup d'État visant à en finir avec la grave crise économique qui secouait le pays. Martial était fasciné. Le pouvoir appartenait à ceux qui savaient l'arracher. Il serait de ceux-là.

Fuyant la canicule des ruelles niçoises, le jeune homme avait trouvé un peu de fraîcheur sous les dorures baroques de l'église Sainte-Réparate et méditait en silence. Si la justice divine existait, elle lui enverrait ses lumières. Un homme s'installa à ses côtés, sur un banc isolé.

— Alors ? lança Martial à mi-voix, sans détourner son regard de l'icône de la madone, dans le transept. Vous avez du nouveau ?

— Attendez-vous à du sensationnel !

— Allez-y, je vous écoute.

Un mois plus tôt, Bastide avait chargé cet homme d'enquêter sur le passé de Terence Mac Allister. Connaître les positions adverses avant de les attaquer était une belle assurance de victoire. Le détective qu'il avait engagé à grands frais lui avait promis des révélations. Martial ne le regretta pas.

Dès son retour à Rutherford Hall, en 1918, Terence avait découvert la liaison qu'entretenait sa mère avec son oncle. Sous l'emprise de l'alcool, il avait tenté de s'expliquer avec lui ce soir-là. Les deux hommes s'étaient emportés et en étaient venus aux mains. Dans le feu de l'action, Mac Allister avait repoussé violemment son agresseur qui avait heurté le manteau de la cheminée dans sa chute. La mort accidentelle avait été retenue, mais le scandale lié à cette affaire avait conduit le père de Terence au suicide.

— Avez-vous des preuves de tout cela ? s'enquit Martial, savourant déjà sa vengeance.

— Mieux. Des aveux écrits de la main de Mac Allister. Le seul témoin, une femme de chambre, l'a fait chanter. Curieusement, trois mois après le drame, elle déménageait à Londres, dans le quartier chic de Chelsea. Et qui réglait toutes les factures à votre avis ?

— Ce n'est pas suffisant. Allister prétendra qu'il entretenait une maîtresse. Peut-on avoir le témoignage de cette femme ?

— Elle est décédée elle aussi… Défenestrée.

— Alors il faut chercher ailleurs. Il nous faut une preuve.

— J'en ai une !

Martial retint son souffle, un rictus d'agacement au coin des lèvres. Le détective jubilait devant l'impatience de son interlocuteur.

— Sir Douglas Mac Allister, le frère de Terence, est morphinomane, héritage d'une vieille blessure de guerre. En échange de quelques doses, il m'a remis une lettre compromettante que votre futur beau-frère avait adressée à la femme de chambre, et dans laquelle il reconnaissait être l'auteur du drame. La domestique avait pris des dispositions pour que la vérité éclate au cas où elle viendrait à disparaître brutalement. Juste avant la guerre, elle avait eu une liaison avec Douglas et lui faisait entière confiance. C'était là son erreur... On ne peut pas compter sur un toxicomane.

Bastide jeta un œil plein de gratitude à la sainte Vierge. Il tenait Terence.

— Peut-être..., annonça le privé en plongeant une main dans sa poche, cela vous intéresserait-il de voir cette lettre ?

Les yeux du jeune homme brillaient de haine. S'il voulait la lettre ? Il aurait vendu sa mère pour cela !

— Je vous la laisse, ajouta l'homme, mais ça se paye, et très cher.

— Votre prix sera le mien.

Martial attendit d'être seul dans son automobile pour prendre connaissance du pli. Il ne tenait pas à partager cette découverte. Terence Mac Allister... Le gendre idéal, charmant, distingué, brillant directeur, obséquieux et si lisse. Un meurtrier, sans doute un double, voire un triple assassin.

Il resta quelques minutes sans bouger. Comment allait-il utiliser une telle information ? Renvoyer Terence ? Retrouver les bonnes grâces de Virgile ? Non, la leçon ne serait pas assez forte. Martial devait profiter au mieux de la situation pour assouvir sa soif de vengeance. Mac Allister ne serait qu'un marchepied qui l'aiderait à atteindre sa véritable cible. L'honorable maître Bastide avait toujours cantonné son fils indigne dans un rôle secondaire. L'ironie du sort voulait que ce soit lui qui mène la danse à présent.

De retour chez lui, Martial trouva un message l'invitant à se rendre de toute urgence à L'Amirauté. La duchesse venait d'être victime d'une crise cardiaque. Pour lui, ce fut la douche froide. Si la vieille Russe – avec sa fortune – venait à disparaître, ses projets pourraient être remis en cause.

— Entrez, jeune homme, dit-elle faiblement lorsqu'il fut introduit dans sa chambre. Il semblerait que mon heure approche.

Le teint de Macha Oulianova était aussi pâle que les draps de son lit. Une coiffe en fine dentelle encadrait son visage anguleux aux traits affaissés. Son élocution restait difficile. Cependant, son regard avait conservé son éclat.

— Venez, souffla-t-elle avec difficulté. Venez plus près. J'ai à vous parler.

Martial s'approcha, révulsé par l'odeur de mort que dégageait déjà la duchesse. Il prit place sur une chaise, à ses côtés. Depuis qu'il était venu la trouver dans le parc pour lui soumettre son idée d'investissement, Macha n'avait pas eu à se plaindre. Les revenus locatifs que lui rapportait La Cybiline dépassaient de très loin ce qu'elle aurait obtenu en vendant cette propriété. La vieille dame reconnaissait le talent de Martial. Et, à sa grande surprise, elle appréciait sa détermination sans faille. Mais elle savait qu'elle ne verrait pas la réalisation du premier film des studios.

— Je connais votre obstination, mon petit Martial. Je sais aussi que vous vous débrouillerez très bien dans le monde implacable dans lequel nous vivons. Je ne peux supporter de partir en me disant que le nom des Oulianov sera associé à la médiocrité. En cela, ma nièce est une championne.

Macha s'interrompit et tendit une main frêle en direction du verre d'eau que son visiteur s'empressa de lui tendre. Elle but péniblement deux gorgées, prit le temps de récupérer de l'effort qu'elle venait de fournir. Ses yeux se chargèrent de haine.

— Je ne laisserai rien à cette petite sotte, reprit-elle. Je veux que ce soit vous qui ayez la charge de maintenir le prestige du nom des Oulianov.

Martial se releva sur son siège. Avait-il bien entendu ?

— Je fais confiance à votre intuition. Vous avez l'étoffe d'un vainqueur. Je veux par testament que vous deveniez mon seul et unique héritier.

La vieille dame le fixait.

— Je ne sais quoi vous dire, madame, si ce n'est… merci.

— Alors ne dites rien. Agissez. Poursuivez mon combat et, surtout, respectez mes dernières volontés.

Nathanaël Braunstein accueillit froidement la nouvelle fiancée de son fils Benjamin. Verna Sterz ne lui disait rien qui vaille. Elle était belle et jouait bien. Sans doute trop bien, même. Il la suspectait de se servir de Benjamin pour lancer sa carrière.

— Pourquoi te presser de l'épouser ? Es-tu sûr de tes sentiments ?

— Je tiens à elle. N'est-ce pas une bonne raison ?

Son père s'abstint de répondre. Il savait que le prochain mariage d'Apolline était sans doute en partie responsable d'un tel empressement à convoler.

— Nous comptons nous marier à la fin du tournage. Ce sera une excellente publicité, n'est-ce pas ?

— Le mariage est une institution sérieuse. Je m'étonne que tu l'envisages comme une opération promotionnelle.

Benjamin lui sourit avec tendresse.

— Je connais vos craintes, tempéra-t-il en saisissant la main de son père. Mais j'aime Verna. Nul ne peut savoir si nous réussirons une aussi grande histoire que celle que vous avez connue avec Mère. Je veux essayer, voilà tout.

Nathanaël embrassa son fils.

— Sois heureux, mon fils. Tu as ma bénédiction.

À vingt-trois heures ce soir-là, Martial fut tiré de son premier sommeil par la sonnerie du téléphone. C'était L'Amirauté. La duchesse Oulianova avait eu une nouvelle attaque cardiaque. Bastide se rendit sur place à la hâte. Lorsqu'il entra dans la chambre, trois hommes entouraient le lit d'où provenait un râle significatif.

— Monsieur, dit le premier, je suis l'homme de loi de Madame. Voici son médecin et son prêtre. Elle vient de subir une grave crise, elle ne passera sûrement pas la nuit.

Le docteur acquiesça d'un signe de tête.

— Dans ses dernières volontés, la duchesse exige que vous héritiez de ses biens de son vivant afin que la succession ne puisse pas être contestée. Elle s'est montrée très ferme là-dessus.

— Oui, elle m'en a parlé, reconnut Bastide.

— L'enregistrement de son testament peut prendre encore quelques jours.

— Alors, comment faire ?

L'homme de loi parut embarrassé.

— Vous marier.

— Me marier ? Est-ce bien légal si l'on considère son état ?

Le médecin assura que sa patiente était au plus mal mais qu'elle avait encore toute sa tête.

— Très bien, conclut le jeune homme, j'accepte.

— Pressons-nous dans ce cas. Nous n'avons plus de temps à perdre.

La duchesse Macha Alexandrovna Oulianova s'éteignit dans les premières lueurs du jour. Avec elle se tournait une page de l'histoire. Une autre allait commencer. Martial s'inclina avec respect sur la dépouille de son épouse...

15

Avignon, 1922

À deux jours du mariage, L'Amédoune vivait dans l'effervescence des préparatifs. Chacun s'affairait dans cette course contre la montre afin qu'aucun détail ne soit négligé. Le temps s'annonçait clément. La cérémonie serait donc célébrée sous la gloriette couverte de roses blanches, au fond du jardin.

À l'étage, Apolline se prêtait aux derniers essayages de sa robe. Les persiennes mi-closes la préservaient de l'agitation extérieure comme des regards indiscrets. Elle délaissait ses habits de jeune fille pour se glisser dans la tenue symbolique d'épouse. Seraitelle à la hauteur ? Ses doigts fébriles ne parvenaient pas à agrafer les pressions de sa ceinture de satin. Tatiana lui vint en aide. Elle avait connu cette angoisse. Apolline, submergée par l'émotion, se sentait déplacée dans ce rôle qui l'attendait. Du reste, elle préférait éviter de penser à la suite… Anxieuse, elle contempla son reflet dans le miroir sur pied. Elle interrogea du regard Tatiana.

— Tu es… éblouissante !

Sa robe de shantung ivoire à la coupe droite et sobre lui seyait à merveille. Apolline avait récupéré la traîne de sa mère, un ouvrage de fine dentelle fixé à la base d'une coiffe qui couvrait ses oreilles.

— Alors ? murmura tendrement son amie. Comment te trouves-tu ?

La future mariée hésita à répondre. Plus l'échéance approchait, plus elle paniquait. Comment pouvait-on parler du mariage comme étant le plus beau jour de sa vie ? Apolline éprouvait tant d'appréhension. Épiée, traquée par la foule des invités, aurait-elle la force de remonter l'allée jusqu'à l'autel, de prononcer à haute voix les paroles d'engagement du sacrement de mariage. Et, surtout, de vivre sa nuit de noces. Cette perspective lui glaçait le sang. Elle allait décevoir Terence, il se détournerait d'elle. Il lui serait impossible de rivaliser avec ces femmes expérimentées qui s'étaient jetées dans son lit. Apolline ignorait tout de l'acte d'amour.

— Allons..., s'inquiéta Tatiana en la prenant dans ses bras. Que se passe-t-il ? Ta robe ne te plaît pas ?

Le visage entre ses mains, la jeune femme sanglotait. Lorsqu'elle confia ses craintes, Tatiana lui sourit avec tendresse en lui caressant la joue.

— Ma pauvre chérie. Rassure-toi, nous éprouvons toutes la même chose. C'est toi que Terence épouse, il a oublié son passé. Allons, cesse de te tracasser. Surtout, fais confiance à l'amour.

Martial se décida à rejoindre L'Amédoune. Revoir sa famille, affronter Virgile, était une vraie punition. En revanche, il n'aurait manqué pour rien au monde sa confrontation avec le futur marié. Mais il hésitait encore sur l'attitude à adopter avec lui. Il avait deux jours pour y réfléchir. Pour l'heure, il était impatient de retrouver ses amis du Café de la Patrie, où devait se tenir une réunion en fin d'après-midi. Dans le salon, à l'écart de l'agitation, il lisait un article de journal évoquant les ambitions de Mussolini et le danger qui menaçait. Répression, censure, menaces de guerre... Selon le journaliste, le chef des Chemises noires pouvait rallier d'autres pays à sa cause. Pour Martial, Mussolini était l'homme de la situation. Lui seul serait capable de mettre un terme à la crise sociale, de briser les grèves en lançant des milices armées contre les ouvriers. Il était apprécié des milieux industriels, prêts à le soutenir dans son accession au pouvoir.

Virgile rejoignit son fils dans le grand salon. Le chef de famille souhaitait renouer avec lui, après l'altercation qui les avait opposés lors de son dernier passage en Avignon.

— Comment vont tes affaires ?

— Très bien, merci, répondit son fils sans lever le nez de son journal.

— Le marché est favorable ces temps-ci.

— Absolument.

— Que vends-tu, au juste ?

Chaque fois que Virgile tentait d'en savoir davantage, Martial éludait la réponse. Excédé, il allait lui mentir pour avoir la paix.

— Du matériel d'hôtellerie.

— Très intéressant.

Pour la première fois, Virgile fut troublé par le regard glacé de son fils. Il baissa la tête et reprit, gêné :

— Tu sais, Martial, je tiens à revenir sur le sujet de notre querelle. Si j'ai choisi de nommer Terence à ma succession, c'est que j'ai la conviction qu'il gérera au mieux nos affaires. Tu es doué pour le commerce, moins pour la technique. Pour faire ce métier, il faut avoir le sens artistique, aimer et respecter le travail manuel, avoir la passion de la création. Tu comprends ?

S'il comprenait ? Imperturbable, il scrutait son père. Ce vieux fou tentait de justifier ses mensonges. Virgile l'avait toujours écarté. Il n'avait jamais cru en lui, ni compris son besoin de reconnaissance. Depuis sa plus tendre enfance, tous les efforts qu'il avait fournis étaient passés inaperçus. Virgile avait poussé la cruauté jusqu'à lui préférer un étranger. Il le haïssait. Et il n'en resterait pas là. Il allait se mesurer à son père sur son propre terrain. Il ne le sentait pas capable de diriger une entreprise comme la sienne ? Eh bien, c'est ce qu'il allait voir…

Le décès de Macha Oulianova laissa indifférente la famille Bastide. Officiellement, elle n'avait plus aucun bien, et Cap-Amiral devrait être vendu pour rembourser ses dettes. Bientôt, Martial surprendrait les siens. Grâce à la fortune de son épouse, il tenait sa vengeance. Il irait s'installer de l'autre côté de la frontière, en Italie, créerait une usine moderne et plagierait les créations de la manufacture Bastide. Puis il s'emparerait du marché en affichant des prix attrayants. Terence se retrouverait à la tête d'une entreprise sans avenir. Martial espérait que son père vivrait assez longtemps pour voir l'œuvre de sa vie réduite à néant. La banqueroute lui ferait prendre conscience de son erreur.

— Vous avez raison, reprit son fils, je n'ai ni la sensibilité artistique ni les épaules pour mener à bien vos affaires. Le matériel d'hôtellerie est plus facile à gérer.

— Je ne tiens pas à ce que tu sois lésé, poursuivit maître Bastide. J'ai demandé à notre notaire de me faire un état de mes biens. Je tiens à ce que ta part d'héritage te revienne de mon vivant.

Martial manqua de s'étrangler. Son père voulait donc définitivement l'évincer de la manufacture. Il le salua, puis partit pour le Café de la Patrie.

En toute fin d'après-midi, Tatiana courut à la mercerie la plus proche. Alors qu'elle sortait avec le ruban du bouquet de la mariée, dans sa précipitation, elle heurta un passant. Le sachet lui ayant échappé, celui-ci le ramassa et le lui tendit. Tatiana releva les yeux vers l'homme qui lui faisait face. Troublée, elle le remercia à peine. Il s'agissait de l'inconnu du marché. Courtois, il la salua d'un geste distingué et s'éloigna. Tatiana aurait souhaité échanger quelques mots avec lui, mais se ravisa. Ses manières élégantes contrastaient avec son apparence négligée. Elle passa son chemin, imaginant toutes sortes de scénarios.

De l'angle de la rue, Martial observait la scène, et il remarqua le trouble de sa belle-mère… Lorsqu'il rentra à L'Amédoune, il la surprit questionnant Faustine sur cet homme rencontré au marché. La cuisinière ne l'avait jamais vu. Martial se dissimula derrière la porte au moment où la jeune femme sortait de l'office. Il allait s'éclipser lorsqu'une conversation le retint.

— Hé, Faustine ! lança Séverin Chabanel par la fenêtre.

— Qu'est-ce que tu veux ? J'ai du travail.

— Je voulais te montrer ce que je compte offrir à Mademoiselle Apolline comme cadeau de mariage.

Martial colla son œil sur le trou de la serrure. Le chef d'atelier soulevait une couverture qui recouvrait un antique tampon de bois.

— J'ai découvert la fameuse collection des manufactures de 1680 !

— Oh, *Fan* ! s'exclama Faustine. Où as-tu trouvé ça ?

— Dans la vieille maison que je viens de retaper.

— Quelle merveille !

— Si tu veux, dit-il, hésitant, je te ferai un châle avec le même motif. Peut-être me feras-tu l'honneur de le mettre si… je t'invite à souper ?

— Séverin, rougit la cuisinière, oui, pourquoi pas…

Martial rêvait. Les fameuses planches qui avaient fait la renommée de la manufacture n'avaient pas été détruites. Elles étaient là, à sa portée. Il fallait qu'il s'en empare.

Terence Mac Allister but d'un trait un double scotch. Seul dans son appartement de la place des Trois-Pilats, il tentait de tromper son angoisse, mais l'effet de l'alcool ne faisait qu'amplifier son mal-être. Depuis quatre ans, il était hanté par son passé effroyable et ses répercussions, plus violentes les unes que les autres, qui l'avaient condamné à l'exil. Rongé par le regret, il aurait aimé partager son horrible secret avec quelqu'un. Demain, il allait épouser Apolline. Ce nouveau bonheur le comblait.

Terence voulait tout partager avec la femme de sa vie. Auprès d'elle, peut-être, il oublierait.

Rue des Teinturiers, L'Amédoune retrouvait un peu de quiétude avant l'agitation des noces. La chaleur avait épuisé tout le monde, Tatiana n'arrivait pas à endormir le jeune Alexis. Elle lui caressa la tête en lui murmurant des mots doux, puis, sans s'en rendre compte, entonna une berceuse que sa mère lui chantait lorsqu'elle était encore une enfant. La mélodie revenait par bribes. La jeune femme éprouva une vive émotion. Comment avait-elle pu ainsi effacer le passé ? Un jour, elle raconterait à son fils l'histoire de sa famille. Alexis se calma, comme s'il avait deviné les pensées de sa mère, et finit par s'endormir.

Tatiana rejoignit Virgile dans leur chambre et s'allongea à ses côtés sans dire un mot. L'atmosphère était lourde et étouffante. En quête de fraîcheur, elle rejeta les draps au pied du lit.

— Que se passe-t-il ? lui murmura son mari. Tu as l'air oppressée. Pourtant, ce n'est pas toi qui te maries demain. Viens contre moi.

Virgile ouvrit les bras. Ses lèvres effleurèrent la nuque humide de la jeune femme.

— Pas ce soir. J'ai trop chaud, répondit-elle.

Virgile n'insista pas. Il lui souhaita une bonne nuit et se retourna, contrarié qu'elle se refuse à lui. De son côté, Tatiana ne parvenait pas à oublier l'inconnu du marché. Elle ignorait ce qu'elle ressentait. Était-ce de la curiosité ? Du désir ? Dans ce cas, elle devait tout mettre en œuvre pour l'oublier. En serait-elle capable ?

À l'autre bout du couloir, Apolline pleurait. Sur un simple « oui », sa vie allait basculer. Le lendemain à la même heure, elle accomplirait son devoir conjugal, et son ignorance décevrait son mari. Apolline redoutait de le perdre. Lorsqu'elle s'était apprêtée à prononcer ses vœux, une force l'avait guidée dans ce choix et sa détermination avait été infaillible. Mais dès l'instant où elle avait croisé le regard de l'aviateur, Dieu s'était détourné. À présent, seule face à ses choix, elle n'osait plus s'adresser à Lui, comme si elle était coupable d'adultère. Terence lui témoignait une telle fougue dans l'intimité. Saurait-elle répondre à ses ardeurs ? Par crainte d'un échec, devrait-elle renoncer à ce mariage ?

Dans la chambre voisine, Martial ne dormait pas, lui non plus, réfléchissant au parti qu'il pourrait tirer de la situation. Les membres de la très respectable famille Bastide n'avaient pas la conscience tranquille, et le seul à connaître leurs faiblesses, c'était lui. Sa force serait de les confondre. Il s'y emploierait avec application et leur prouverait ainsi sa supériorité. Martial n'épargnerait personne, y compris les Braunstein. Au crépuscule de sa vie, Virgile comprendrait que son existence n'avait été qu'illusions. Jusque-là, Martial avait caché son jeu. Dans l'après-midi, son père lui avait même remis l'acte officiel de donation. Aux premières lueurs du jour, chacun des Bastide avait rendez-vous avec son destin…

Les ordres de Faustine dirigeant les extras tirèrent Martial du sommeil paisible dans lequel il avait fini par sombrer. Il surprit Tatiana, dans le hall. Sa belle-mère, se croyant isolée des regards indiscrets, déchiffrait un pli qu'on venait de lui remettre. Sa réaction, lorsque Virgile l'interpella, conforta les soupçons de Martial. La jeune femme sursauta, dissimulant à la hâte le billet derrière un bibelot.

— Je vous suis, lança-t-elle en rejoignant son mari.

Martial descendit l'escalier à pas de loup et prit connaissance du message. *Retrouvez-moi dans deux heures, promenade du Rocher des Doms. Il faut que je vous parle.* La journée s'annonçait intéressante.

Tatiana traversa la place du Palais. Elle avait mal dormi, hantée dans son sommeil par les images du massacre de sa famille. Ce cauchemar ne lui était pas revenu depuis longtemps. Arrivée sur le parvis de la cathédrale de Notre-Dame-des-Doms, elle gravit la volée de marches qui conduisait au jardin éponyme. La chaleur irradiait entre deux souffles d'air frais. Le cœur de la jeune femme battait à se rompre. Tu es folle de prendre ce risque, se répétait-elle, pressentant que le message venait de l'inconnu du marché. Que lui voulait-il ? Elle allait en avoir le cœur net. Elle tenait à percer ce mystère.

En entrant dans le parc, la jeune femme chercha du regard l'imposante silhouette, longea la pièce d'eau, contourna le rocher des Doms. Elle l'aperçut près de la balustrade surplombant le fleuve Roy. Tatiana inspira pour se donner courage et le rejoignit.

— Merci d'être venue, lança-t-il d'une voix pénétrante. Je m'appelle Michel Fendor.

Tatiana l'observa. Ses cheveux couraient sur sa nuque. Des mèches blondes encadraient ses mâchoires. Il la fixait avec intensité. La jeune femme regrettait d'avoir croisé son regard bleu. Un bleu si limpide, si clair et si profond, qui lui rappelait la Baltique. Elle était sous son charme. Deux hommes en complet gris approchaient. Paniqué, l'inconnu lui cria avant de s'enfuir :

— Je dois vous parler, Tatiana. C'est une question de vie ou de mort…

Tatiana… Vie… Mort… Qui était cet homme ? Et comment connaissait-il son prénom ?

De retour à L'Amédoune, elle rejoignit son mari et Nathanaël Braunstein qui venait d'arriver. Les deux hommes débattaient sur l'inquiétante montée des forces fascistes en Italie. Ils remarquèrent la singulière agitation de la maîtresse de maison. Elle s'éclipsa et monta se préparer. Mais en entrant dans sa chambre, elle découvrit Martial. Au premier coup d'œil, elle sentit que son beau-fils n'était pas là par hasard.

— Que faites-vous dans ma chambre ? l'interrogea-t-elle sèchement. Je dois m'habiller pour la cérémonie.

— Je crois que vous avez perdu quelque chose, répondit-il en découvrant le pli enfermé dans sa main. Mme Bastide, c'est bien vous ?

Tatiana blêmit.

— Que cherchez-vous, Martial ?

— Pour le moment, rien. Avec moi, votre secret sera bien gardé. Nous sommes amis… Un jour viendra où j'aurai besoin de vous. Ce jour-là, *chère belle-mère*, vous devrez vous en souvenir.

— Sinon ?

— Sinon je me verrai dans l'obligation de révéler à père que vous avez un amant.

— Martial ! hurla Virgile sur le pas de la porte. Sors d'ici immédiatement.

Surpris, le fils indigne s'exécuta et ajouta, avec son arrogance habituelle :

— Je vous laisse… entre amoureux.

— Tais-toi ! rugit son père qui perdait contenance.

Martial poursuivit :

— Votre vertueuse et très *jeune* épouse vous trompe. Je présume que vous l'ignoriez.

Virgile le gifla.

— Sors, ordonna-t-il d'une voix étonnamment sourde. Sitôt la cérémonie terminée, tu quitteras cette maison.

Martial, plus cynique que jamais, éclata de rire et se retira. Il les tenait, maintenant. Restait à régler le sort de son futur beau-frère. Sans attendre, il se rendit chez lui, place des Trois-Pilats. Terence souffrait d'une migraine atroce et ne parvenait pas à nouer sa lavallière.

— Cher beau-frère, je sais ce qui s'est passé à ton retour à Rutherford Hall en 1918. Voilà ce que je te propose…

Couverte de roses immaculées qui distillaient leur délicat parfum, la gloriette du jardin de L'Amédoune n'avait jamais été aussi éblouissante. À quinze heures, les invités, qui avaient pris place sur les bancs de l'église décorés de lys blancs, attendaient avec impatience le futur marié. Celui-ci tardait à venir et les murmures commencèrent à monter dans l'assistance.

Quand l'orchestre entama les premières mesures du *Chœur des fiançailles*, de Wagner, les têtes se tournèrent. Terence apparut enfin, le regard sombre, Tatiana à son bras. En qualité de future belle-mère et en l'absence de ses parents, c'est elle qui le conduisait à l'autel. Près d'eux, Martial, son témoin, arborait un sourire radieux. La mariée se faisait attendre elle aussi. Les commentaires allaient bon train. Que se passait-il donc chez les Bastide ? L'arrivée de la jeune fiancée remontant l'allée de gravier, agrippée au bras de son père, fit taire les bavardages. Tous deux avaient l'air grave.

— Seigneur, nous sommes ici pour unir deux de Tes enfants, lança le prêtre.

Martial suivait la scène avec grande attention. Son avenir se jouait maintenant. Après la cérémonie et les congratulations d'usage, le couple échangea quelques mots avec les invités autour d'un vin d'honneur. L'ambiance paraissait légère. Martial se tenait à l'écart. Son regard inquisiteur balayait l'assistance. Il cherchait Séverin Chabanel, mais ce fut Nathanaël Braunstein qui s'avança vers lui.

— Je présume que Virgile n'est pas au courant de ton mariage avec Macha Oulianova ?

— Non, je ne crois pas.

— Pas plus qu'il n'en connaît le motif ?

Le jeune homme ne répondit pas. Imperturbable, il conservait cet air narquois qui le caractérisait.

— Je sais de quoi tu es capable, Martial, et je n'ai aucune confiance en toi. Sache que si un jour tu avais le malheur de t'attaquer à ton père, tu me trouverais sur ta route.

— Je sais.

Les deux hommes se mesurèrent du regard. Nathanaël, excédé par l'arrogance de son interlocuteur, eut envie de le gifler.

— Allons, Braunstein. Nous savons tous les deux que vous êtes tenu par le secret bancaire. Alors inutile de parler pour ne rien dire…

À la fin du dîner, les mariés ouvrirent leurs présents. Séverin Chabanel abandonna Faustine avec laquelle il avait valsé pour se rendre chez lui. La nuit tombait. Le chef d'atelier traversa les communs, puis la cour de la manufacture plongée dans l'obscurité. Les graviers crissaient sous ses pas alertes. Il était heureux de révéler aux Bastide sa fabuleuse découverte, leur histoire retrouvée. Dans son excitation, il n'avait pas remarqué le mouvement des buissons à côté de sa maison, mais fut alerté par un bruit suspect provenant de la cuisine. Inquiet, il entra, et se trouva nez à nez avec Martial en train de fouiller dans ses affaires.

— Qu'est-ce que tu fiches là ? rugit Chabanel, qui n'avait jamais apprécié le jeune homme.

Martial s'était emparé des planches. Dans sa colère, l'employé les lui arracha des mains. Le jeune homme résista. Séverin lui agrippa la manche mais Martial réussit à se libérer de son emprise d'un geste vif. Le chef d'atelier, grisé par le champagne, perdit l'équilibre. Sa nuque heurta violemment une meule à aiguiser et il s'écroula. Martial s'approcha de lui.

— Séverin, ça va ? balbutia-t-il en le secouant par les épaules.

Mais Séverin ne réagissait plus. Le jeune homme, affolé, aperçut un filet de sang sur le sol. Il retourna le corps de Chabanel qui, dans sa chute, s'était ouvert la tempe. Pris de panique, Martial déroba toutes les planches, oublia les tampons, aspergea la pièce du contenu de la lampe à pétrole et mit le feu à la pièce. Dehors, une silhouette sortit des buissons. Alertée par les éclats de voix et la fuite soudaine de Martial, elle s'avança. Des flammes léchaient déjà les vitres de la petite maison.

À L'Amédoune, les mariés venaient de se retirer dans la chambre nuptiale. Apolline tremblait d'angoisse. Mais Terence aima sa nouvelle épouse avec tendresse et délicatesse. La jeune femme devint Mme Mac Allister avec le plus grand bonheur.

Alors que les invités s'apprêtaient à prendre congé, la cloche de la cour sonna le tocsin.

— Au feu ! Au feu ! criait-on. C'est la maison de Séverin.

Les secours s'organisèrent. Avec l'aide des pompiers, les invités parvinrent à maîtriser l'incendie qui avait déjà ravagé une bonne partie du bâtiment. Lorsque le capitaine réapparut, il leur apprit le décès du chef d'atelier.

— Nous avons arrêté l'agresseur, lança-t-il à son homologue de la gendarmerie qui venait d'arriver sur les lieux.

L'homme qu'il venait d'appréhender tenait encore à la main la lampe à pétrole.

Tatiana le reconnut. C'était l'inconnu du marché.

16

La Riviera, 1923

Très vite après son mariage, Benjamin Braunstein s'aperçut de son erreur. Verna était autoritaire, sans cœur, et dotée d'un ego démesuré. Le triomphe de *L'Insoumise* lui avait valu les faveurs d'un large public qui l'adulait. Sa carrière vampirisait le couple, il leur était difficile de s'isoler.

Pour Benjamin, la situation devenait intolérable. Afin de préserver leurs rares moments d'intimité, il prit la décision de déménager à Juan-les-Pins, dans une immense demeure au nom prédestiné de Villa California. En quittant la Principauté, il apaiserait également les tensions entre Nathanaël et sa belle-fille. Le vieux banquier reprochait à son fils de tolérer ce tapage autour de leur nom.

« La discrétion reste la première vertu d'un homme d'affaires, lui avait-il dit. Avec un oiseau comme le tien, ton avenir semble compromis. »

Le père de Benjamin était un homme d'expérience, mais sa vision de l'avenir trahissait son âge. On était dans les années vingt. L'industrie du cinéma bousculait l'archaïsme des entreprises traditionnelles. La réclame, venue d'Amérique, portait ses fruits. Pour vendre, il fallait parler haut et fort. Afin de mieux comprendre comment les jeunes mariés avaient effectué leur voyage de noces en Californie. Au cours de ce périple, ils avaient intégré l'idée de la démesure, à l'échelle de ce vaste pays. Benjamin avait persuadé son père d'investir massivement dans les studios de La Cybiline. La banque Braunstein devint l'un des deux actionnaires majoritaires, ce qui permit à l'entreprise d'agrandir considérablement la surface des locaux. Nathanaël s'y était d'abord opposé, mais l'opération fut un succès. Les tournages s'enchaînaient. Le vieil homme avait fini par se rendre à l'évidence.

Benjamin rentra chez lui dans l'espoir de passer la soirée seul avec son épouse. Elle se trouvait dans leur chambre, une pièce digne d'un décor de film. Alanguie sur un lit de repos devant la baie vitrée, elle s'abandonnait aux soins des manucures, esthéticiennes et secrétaires qui l'entouraient.

— Ah, *darling* ! s'exclama-t-elle, ravie du retour de son mari.

Avec précaution, Benjamin déposa un baiser sur ses lèvres pulpeuses, rare endroit épargné par les crèmes.

— Pourrais-tu vérifier le plan de table, *sweety* ?

Benjamin savait parfaitement que l'attitude de son épouse était calculée. Une fois de plus, celle-ci le sollicitait.

— Le plan de table ? Quel plan de table ? se rembrunit Benjamin, lassé de ses exigences.

Verna regretta que son mari ne soit pas plus attentif à son emploi du temps.

— Mais enfin, mon ami, as-tu oublié le dîner de ce soir ?

Braunstein leva les yeux au ciel. Il haïssait les réceptions qui s'enchaînaient depuis qu'ils habitaient La California. Le banquier pria les employés de se retirer. Verna le fusilla du regard.

— Je pensais que nous passerions cette soirée ensemble, lança Benjamin dès qu'ils furent seuls. Aurais-tu oublié notre anniversaire de mariage ?

— Bien sûr que non, assura-t-elle, la main tendue vers son porte-cigarette.

Benjamin, hors de lui, lui tendit l'étui à contrecœur.

— C'est bien pour cette raison que j'ai organisé une *party*.

Entre deux volutes de fumée, elle ajouta :

— Bien entendu, tu n'es au courant de rien. Tu devras feindre la surprise. À ce sujet, n'oublie pas de me remettre mon cadeau devant nos invités.

Sans lui laisser le temps de réagir, elle poursuivit :

— Que m'offriras-tu ? Pas des perles, c'est trop commun. Je préférerais des émeraudes. Une rivière d'émeraudes. J'en rêve. Va vite. Et rappelle mes gens. Je suis en retard.

Braunstein découvrait avec effroi à quel point son mariage était une illusion. Verna mettait en scène leur union, livrait en pâture leur intimité, se jouait des sentiments de son mari et passait commande de ses présents comme d'un vulgaire accessoire de scène. Pour lui, cette soirée allait porter un coup fatal à leur amour.

La *party* de Verna fut une réussite totale. Joséphine Baker, Diaghilev et Matisse figuraient au générique de cette vaste comédie. Benjamin endura la supercherie jusqu'à ce que les derniers invités se fussent retirés.

— Je monte me coucher, lança-t-il avec dureté.

Son épouse le questionna sur son brusque changement d'attitude.

— Je crois qu'il est important que nous ayons une conversation, Verna. Je ne veux plus de cette vie-là.

— Soit. Eh bien, parlons-en, lança-t-elle, provocante. Quelles sont tes revendications ?

Dès que le rideau tombait, celle qu'avait aimée Benjamin se révélait hautaine et cynique. Pourquoi n'avait-il pas été plus attentif aux mises en garde de son père ? Avant de s'engager, il aurait dû attendre de la découvrir.

— Pas ce soir, coupa-t-il. Je te propose que nous nous retrouvions demain soir au Negresco, à vingt heures. Si toutefois ton agenda te le permet.

Apolline s'ennuyait. Terence était concentré au volant de sa voiture, sur la route escarpée de la Moyenne Corniche. Il n'avait pas dit un mot depuis leur départ de Vintimille. Mme Mac Allister s'était habituée aux silences de son mari. Il était capable de s'enfermer dans un mutisme absolu des jours entiers. Elle avait espéré qu'il se détendrait durant ce voyage de noces en Italie. En vain. Terence ne changerait pas. Si elle tenait à leur union, elle devait l'accepter tel qu'il était. Et respecter son besoin de silence. Compte tenu des événements qui avaient suivi le banquet, et affectés par la mort de Séverin, ils avaient reporté leur départ pour la Toscane. L'assassin avait été arrêté. Un rôdeur déjà fiché pour de petits larcins. Puis, l'activité de la manufacture avait retenu Terence.

Au cours de leur périple, Apolline aurait aimé retrouver la trace de Martial. Mais depuis son mariage, aucun des Bastide n'avait reçu de ses nouvelles. La jeune fille savait qu'il avait eu une altercation avec leur père, mais personne, à L'Amédoune, ne lui avait donné d'explication. Le sujet était tabou.

— Dans combien de temps arriverons-nous à Cap-Martin ?

Mac Allister haussa les épaules, il n'en savait rien. Il demanda à son épouse si elle souhaitait faire une halte à Sainte-Cécile-de-l'Espérance, un lieu symbolique pour eux.

— Non, pas aujourd'hui.

Apolline n'avait aucune envie d'y retourner. C'est là qu'elle avait renoncé à Dieu pour l'amour de son bel aviateur. Avec le recul, elle réalisait que s'être mariée aussi rapidement avait été une erreur. C'était aussi pour fuir Benjamin qu'elle s'était réfugiée à Sainte-Cécile. Puis, elle avait appris son union avec Verna Sterz. Aujourd'hui, elle regrettait que leurs chemins se soient éloignés. Benjamin savait si bien la faire rire. Et Terence manquait tellement d'humour.

— Nous ne resterons qu'un jour ou deux à la Villa Rosa, déclara Terence. Je dois rentrer à Avignon. Virgile a besoin de moi.

Cette nouvelle déception blessa la jeune mariée. Elle rêvait de promenades à travers les pinèdes, de bains de mer et de rires. Retrouver l'attention de son mari, faire l'amour sur le sable.

Terence prit la direction de Roquebrune. Il culpabilisait d'être si peu disponible pour la femme de sa vie. Durant ce voyage en Italie, il avait eu la ferme intention de lui avouer son passé à Rutherford Hall.

Se libérer. Partager le poids des souffrances qu'il endurait. Mais le courage lui avait manqué. Et depuis leur départ, il s'était senti en danger. Pendant son absence, Martial aurait pu révéler à Virgile son passé. Et il ne voulait pas prendre le risque de perdre Apolline. Cette perspective le tétanisait, mais ses principes lui interdisaient de laisser paraître ses préoccupations.

Lorsqu'ils descendirent de voiture, sur le perron de la Villa Rosa, la jeune femme se précipita à l'intérieur de la maison pour ouvrir les persiennes et les fenêtres, closes depuis le départ de Martial. D'en bas, Terence la contemplait sous la lumière du crépuscule. Elle était si désirable…

— Habille-toi, je t'emmène dîner dans l'endroit le plus chic de la Riviera.

Apolline, surprise, n'en croyait pas ses oreilles. Terence reprenait goût à la vie, lui parlait, la sortait… Tous les espoirs étaient permis. La magie du Sud opérait.

L'appartement de Gonzague du Plessis de la Tour traduisait le raffinement de son occupant. Le dandy parisien s'était définitivement installé à Nice dès qu'avait été lancée, avec succès, la carrière de son illustre cliente. Afin de mieux gérer ses intérêts, il avait renoncé à d'autres poulains et se consacrait à Verna. Jusque-là, il n'avait pas eu à le regretter.

En tout début de matinée, une Bugatti s'immobilisa au pied de l'immeuble du boulevard Carabacel. Le chauffeur ouvrit la portière. Une silhouette élégante apparut, le visage caché par une large capeline. Verna Sterz leva les yeux vers les bow-windows du premier étage. Il n'était pas dans ses habitudes de se déplacer chez les gens qu'elle employait. Ce jour-là, les circonstances l'y contraignaient.

— Il est temps pour moi de traverser l'Atlantique, déclara-t-elle à son agent.

Contrarié, Ziggy resserra la ceinture satinée de sa robe de chambre. Il n'appréciait pas les visites matinales, surtout à l'improviste. À plus forte raison lorsqu'il se trouvait en galante compagnie.

— De quoi parles-tu ?

— D'Hollywood.

Verna s'adossa à l'une des fenêtres du salon. Elle porta son long fume-cigarette à ses lèvres et attendit. L'agent ne réagit pas. La diva inhala une profonde bouffée sans se soucier de l'asthme de ce pauvre du Plessis.

— Ma carrière doit décoller, reprit-elle. Je suis lasse de cette image populaire. Je dois convaincre les intellectuels. Ce n'est pas en tournant dans des navets comme ceux que tu me proposes que j'y parviendrai. Je veux tourner des films de qualité.

Ziggy l'écoutait avec attention. Bien que sa cliente fasse preuve de vanité, ses nouvelles exigences étaient intéressantes.

— Je veux devenir l'égérie du mouvement dada, dit-elle, arrogante. Voilà comment je pense procéder.

Du Plessis en eut le souffle coupé. La jeune fille effacée qu'il avait engagée cinq ans plus tôt avait vite appris à mener sa carrière. Verna le pria de la présenter à Man Ray. Le photographe avait le vent en poupe, et des relations. Par son intermédiaire, elle gagnerait ses lettres de noblesse. Ensuite, les États-Unis lui ouvriraient les bras.

— Je te charge des formalités. Man Ray est à Paris pour deux semaines. Je te donne deux jours pour organiser une rencontre.

Gonzague passa sa journée au téléphone. Lorsqu'il parvint à joindre le photographe, celui-ci éclata de rire. En dépit des solides arguments qu'avançait Ziggy, le même accueil lui fut réservé par Francis Picabia et Marcel Duchamp, l'auteur des *ready-mades,* qu'il réveilla en pleine nuit à New York sans se soucier du décalage horaire. Il fallait s'y résoudre, le mouvement dada n'avait que faire de Verna Sterz.

Le lendemain, à la première heure, Gonzague du Plessis de la Tour se rendit à La California. Madame terminait son petit déjeuner en compagnie de Benjamin. Heureux de lui rendre la pareille, Ziggy ne s'excusa pas de son intrusion matinale.

— Alors ? As-tu de bonnes nouvelles pour moi ?

— Oui et non…

— Comment ça, non ?

— Échec total, *pussy*.

— Pardon ? rugit Verna.

Elle tapa violemment sur la table, outrée que l'on puisse ainsi l'ignorer.

— Comment ose-t-il ? Man Ray n'est qu'un sinistre imbécile.

Ziggy pesa ses mots afin de lui annoncer qu'il avait contacté de nombreuses personnalités du milieu. Elle allait devoir s'y résoudre, personne ne voulait de Verna Sterz outre-Atlantique.

— Pauvres imbéciles, siffla-t-elle. Et la bonne nouvelle ?

— Rex Ingram. Il prépare un nouveau film et souhaiterait t'avoir dans l'un des rôles principaux.

— En effet, confirma Benjamin, il a réservé les studios pour l'an prochain.

— Je ne tournerai pas dans un navet ! hurla Verna. Je te demande de faire de moi l'égérie d'un mouvement artistique majeur du XXe siècle, et tout ce que tu me proposes, c'est ce minable de Rex Ingram.

Gonzague et Benjamin, stupéfaits, échangèrent un regard.

— Verna, reprit l'agent, Rex est le cinéaste le plus prometteur de sa génération. Le triomphe des *Quatre Cavaliers de l'apocalypse* a révélé Rudolph Valentino au monde entier. J'ai lu le script du film qu'il te propose. *Mare nostrum* est de la même veine. C'est la chance de ta vie. Tu souhaites conquérir les États-Unis, n'est-ce pas ?

— Les États-Unis ? coupa Braunstein, qui allait de découverte en découverte.

— Oh, la ferme, Benjy ! s'irrita son épouse, cassante.

— Je crois qu'il est temps pour nous de faire une mise au point, reprit Benjamin. Ce soir. Au Negresco. Vingt heures précises.

Avant de se retirer, Benjamin conseilla à Ziggy de trouver d'autres talents à représenter, car il ne tarderait pas à perdre son unique cliente. Verna, qui avait gardé son calme, réagit :

— Benjamin a raison, *dear*... Trouve-toi d'autres dindes à plumer. En ce qui me concerne, c'est fini. Tu es viré, Gonzague.

Les deux hommes se retrouvèrent dans le hall.

— Ça va ? interrogea Benjamin.

— Ce n'est pas la première vedette que je fabrique qui me licencie. J'en ai vu d'autres. L'ingratitude ne me touche plus. Je sais rebondir.

Benjamin aimait bien Ziggy. Il était loyal.

— Sache que si tu as besoin de quoi que ce soit, je suis là.

— Je le sais, Benjy, merci. Il en va de même pour toi. Compte tenu du caractère de Verna, je préfère ma place à la tienne. Je n'aimerais pas partager ma vie avec une femme comme elle.

Benjamin réprima un sourire.

— Confidence pour confidence, moi non plus. J'ai l'intention de le lui annoncer ce soir.

Les Mac Allister prirent place à leur table du Negresco pour la deuxième soirée consécutive. Mais Terence semblait rattrapé par ses habitudes d'Anglais taciturne. La veille, il était à nouveau tombé sous le charme d'Apolline. Ce soir, il n'ouvrait pas la bouche, se contentant de réponses évasives. La jeune femme s'ennuyait. En relevant le nez de la carte, une immense surprise lui rendit sa bonne humeur. Benjamin et son épouse venaient d'entrer.

Dès que Benjamin aperçut Apolline, un sourire radieux illumina son visage. Celle dont il rêvait depuis des années se trouvait là, à portée de lui.

— Bonsoir, Apolline, s'exclama-t-il, chaleureux.

— Bonsoir, Benjamin, répondit-elle, troublée.

Transportés dans leurs souvenirs de jeunesse, ils ne parvenaient pas à détacher leurs regards l'un de l'autre, brûlant toujours du même désir. Apolline se reprit et présenta Terence. Benjamin voulut faire de même, mais Verna s'était déjà attablée.

— Je suis contraint de rejoindre mon épouse, avoua-t-il à regret. Peut-être pourrions-nous nous rencontrer un jour prochain ?

— Avec joie, répondit Apolline.

Elle attendait une réaction de son époux. Indifférent, il lisait le menu.

— Demain après-midi, insista Benjamin.

— Parfait.

À la table des Mac Allister, le repas se déroulait dans un silence monacal. Terence était ailleurs. Apolline sentait Benjamin tout près d'elle, elle brûlait de le rejoindre. Derrière eux, les Braunstein négociaient leur séparation. Verna exigeait la médiatisation de leur divorce, alors que Benjamin le voulait discret.

À leur retour à la Villa Rosa, Terence s'excusa auprès d'Apolline de devoir rentrer à Avignon plus tôt que prévu, mais il suggéra à sa femme de rester quelque temps sur la Riviera.

De son côté, à La California, Benjamin peinait à s'endormir. Le lendemain après-midi, il allait retrouver la femme de sa vie.

Ce matin-là, le soleil de juillet rayonnait dans le ciel azur de Cap-Martin. Terence Mac Allister était sur le point de partir, culpabilisé d'abandonner sa jeune épouse. Apolline resta un long moment la main levée, en signe d'adieu, jusqu'à ce que l'automobile disparaisse au détour d'un lacet. En bonne épouse, elle aurait dû le suivre. Elle prenait un risque à rester ici, près de Benjamin. Allait-elle perdre la raison lorsqu'il passerait la chercher ?

« Ton âme est noire, ma fille », lui souffla sa conscience.

« Tu es amoureuse », lui répondit son cœur.

En proie à un trouble qu'elle n'avait jamais connu jusque-là, elle s'interrogeait sur ses sentiments. Qui aimait-elle, son mari ou Benjamin ?

Elle retrouva Benjamin Braunstein dans un lieu qu'ils avaient choisi très fréquenté. Aussi intimidés l'un que l'autre, ils échangèrent quelques banalités, mais, très vite, le banquier lui demanda pourquoi elle l'avait abandonné sans jamais lui avoir donné les raisons de sa décision.

— Tu me courtisais alors que tu séduisais une autre femme.

— Qui ? La Grande Zoé ? Mais c'est Martial qui m'avait demandé de lui porter des fleurs en son nom !

C'est alors qu'ils comprirent que le fils Bastide les avait abusés. Pour quelle raison avait-il cherché à les séparer ? Ils passèrent en revue leurs vies respectives. Leurs mariages, leurs désillusions, leurs erreurs. Ils parlèrent en toute confiance, mais évitèrent de s'avouer leur amour réciproque. L'après-midi passa à toute allure.

— Dînons ensemble, suggéra Benjamin. Je t'emmène dans le lieu le plus inconfortable de la Riviera que je connaisse.

— Charmant ! s'exclama-t-elle, amusée.

— C'est là aussi que l'on mange la meilleure soupe de poissons.

Apolline rentra assez tard à la Villa Rosa. Elle avait passé une délicieuse soirée. Benjamin lui manquait déjà. Avec lui, elle réapprenait à rire. Ils retrouvaient cette joie insouciante qu'ils avaient partagée dans leur enfance. À l'opposé de Terence, Benjamin savait la surprendre.

Deux jours plus tard, il l'enleva pour une sortie en mer. Apolline, qui ne savait pas nager, redoutait de monter à bord du bateau.

— Tu mettras un gilet de sauvetage, la rassura Benjamin en l'entraînant.

Il faisait une chaleur de plomb. Apolline, sur le pont du voilier, appréciait les sensations qu'offrait la mer. Elle n'avait jamais ressenti une telle impression de liberté. Elle se délesta de son encombrant gilet afin de respirer librement, puis trempa sa main dans l'eau limpide de la Méditerranée.

Benjamin tenait la barre, les yeux sur l'horizon.

— Regarde en face, c'est l'Italie, cria-t-il pour qu'elle l'entende.

N'obtenant pas de réponse, le jeune homme se retourna. Sur le pont arrière, il aperçut le gilet. Il prit peur. Surmontant la panique qui s'emparait de lui, il bondit.

— Apolline ! A-PO-LLINE ! hurla-t-il de toutes ses forces, joignant les mains en porte-voix.

Face à l'embarcation, il repéra un bras levé qui faisait de grands signes. Benjamin plongea, nagea aussi vite qu'il le pouvait. À cet endroit, les courants marins étaient parfois violents et pouvaient entraîner vers le fond des nageurs inexpérimentés.

— Apolline ! hurla-t-il alors qu'il atteignait la zone dangereuse. Ô, mon Dieu, faites qu'elle soit saine et sauve !

Comment avait-il pu être assez stupide pour naviguer dans ces lieux redoutés des marins ? Une main l'agrippa sous l'eau.

— Apolline, balbutia-t-il dès qu'elle réapparut.

De retour sur le bateau, la jeune femme reprit des couleurs. Braunstein s'agenouilla, les yeux envahis de larmes. Il la serra dans ses bras.

— J'ai eu si peur de te perdre, mon amour.

Cette fois, Benjamin était bien décidé à lui révéler ses sentiments.

— Je t'aime, Apolline. Je n'ai jamais cessé de t'aimer.

Elle le contempla. Ses cheveux ruisselaient. Ce qu'elle venait d'endurer lui faisait comprendre la fragilité d'une vie.

— Je t'aime, moi aussi.

Peu leur importaient ces dix années perdues. Une force incontrôlable les poussait l'un vers l'autre, comme si toute leur existence n'avait été jusque-là qu'un prélude à cet instant. Ils se retrouvaient, brûlant d'amour l'un pour l'autre. Ils s'aimèrent, en pleine mer, avec une passion telle qu'ils découvrirent ensemble l'intensité du véritable plaisir.

Lorsque leur bateau rentra au port, Verna Sterz se trouvait sur le quai. Elle comprit, à les voir, ce qui s'était passé. Folle de rage, elle toisa le couple.

— Je vois que tu as trouvé une nouvelle dinde. Elle te va à ravir. Ta place est donc dans les basses-cours.

Le dédain de Verna n'atteignit en rien Apolline.

— Quant à vous, misérable paysanne, je présume que vous avez obtenu ce que vous cherchiez.

Benjamin s'avança, prêt à riposter. Apolline le retint. Elle fixa Verna et lui lança calmement :

— La méchanceté est à votre personne ce que les œufs sont à la mayonnaise. Indissociables !

— Je me moque bien de vos considérations de ménagère.

— C'est bien là votre erreur, chère madame. La cuisine est une excellente école de savoir-vivre.

La diva haussa les épaules, écrasa son mégot tout en fusillant son mari du regard.

— Mon avocat vient de m'apprendre que tu m'attaques pour rupture de contrat si je ne fais pas le film d'Ingram.

— C'est exact.

— Tu mens.

— C'est ce que nous verrons...

— Je te hais !

Verna Sterz tourna les talons. Elle sauta à bord de sa Bugatti et démarra en trombe.

— Le petit fumier ! hurlait-elle en martelant le volant.

Elle voulut prendre une nouvelle cigarette, mais son étui tomba sur le plancher. Elle se pencha pour le ramasser. Lorsqu'elle se redressa, elle perdit le contrôle de son véhicule qui sortit de la route et s'écrasa en contrebas de la Corniche.

17

Avignon, 1923

— Je ne vous comprends pas, se lamenta Virgile. Cet homme est suspecté de meurtre.

Navrée, Tatiana pencha la tête sur le côté. Elle ne demandait pas à son mari de comprendre, mais d'accepter, par amour pour elle. La jeune femme n'avait pas à justifier son choix. Elle devait se rendre à la maison d'arrêt, voilà tout. Depuis un an, chaque semaine, elle rendait visite à Michel Fandor, l'homme interpellé à la suite de l'incendie.

— Dois-je vous rappeler, s'indigna maître Bastide, que la victime était Séverin, *notre* Séverin ! Voir ma femme côtoyer son assassin m'est intolérable !

— Je sais, mais j'y suis contrainte.

— Pourquoi ?

Tatiana haussa les épaules en signe d'impuissance. Le savait-elle elle-même ? Une force obscure la poussait à rendre visite à cet homme. Elle se sentait redevable, en ignorant pourquoi. Elle embrassa tendrement Virgile sur la joue puis sortit sans se retourner. Tatiana avait le cœur lourd. Elle détestait blesser l'homme qu'elle aimait.

Michal Fedorovski, de son vrai nom, avait été transféré à Marseille dans la prison des Baumettes. L'exilé politique russe attendait son procès. La nomination de Poincaré à la présidence du Conseil l'année précédente ne laissait rien présager de favorable sur son sort. L'homme d'État appliquait « une politique de sécurité par la force », visant à rétablir l'ordre par tous les moyens. Pour les autorités françaises, tout individu venant d'Europe de l'Est pouvait s'avérer subversif. Quand on parvenait à en attraper un, on retardait son jugement dans l'attente de son extradition.

Le cas de Fandor était délicat. Depuis 1919, il possédait la double nationalité. Le crime étant commis en France, il relevait de la justice nationale. Néanmoins, ses amitiés avec des factions contre-révolutionnaires russes posaient un problème à l'administration. Les charges retenues contre lui n'étaient pas suffisantes. L'issue d'un procès pouvait les contraindre à le relâcher. Fandor entamait son quatorzième mois de détention. Il n'avait jamais été appelé au parloir. Heureusement, Mme Bastide venait le saluer chaque mercredi, sous la lucarne de sa cellule.

Dans le train qui l'emportait vers Marseille, Tatiana reconnut la stupidité de sa démarche. Un aussi long voyage pour quelques signes de la main du bas d'un mur d'enceinte… Pourtant, chaque semaine, la jeune femme se présentait. Elle était convaincue de l'innocence de ce malheureux. L'injustice la révoltait. Comment oublier ce qu'elle avait enduré dans son enfance ? Il s'agissait d'une erreur judiciaire ou, pire, d'un complot. Cet homme avait cherché à la rencontrer, lui avait parlé, l'avait mise en garde. « C'est une question de vie ou de mort », lui avait-il dit le matin du drame. Était-ce la façon de procéder d'un assassin ? Pour Tatiana, il ne faisait aucun doute qu'il détenait des informations pour elle. Il n'était pas venu par hasard sur la place du marché.

Leur rencontre était préméditée. Il avait cherché à lui révéler quelque chose, Tatiana en était convaincue. Ne s'apprêtait-il pas à lui parler le soir des noces ? Cette nuit-là, la malchance avait voulu qu'il soit témoin du crime de Chabanel. Il avait dû croiser le véritable assassin.

La cité phocéenne apparut enfin. Par la fenêtre de son wagon, la jeune femme aperçut Notre-Dame-de-la-Garde, au sommet de sa colline. La Bonne Mère lui insufflerait le courage nécessaire pour aller jusqu'au bout de sa démarche. Tatiana, consciente que sa quête de justice risquait de mettre son couple en danger, avait le cœur lourd. Avec Virgile, ils s'étaient longuement entretenus du motif de sa conduite. Néanmoins, ses explications étaient restées floues. Son mari était un homme noble. Il acceptait ce que d'autres n'auraient même pas envisagé. Tatiana avait conscience d'être responsable de l'ambiance tendue qui régnait, depuis, à L'Amédoune. Les rires et les conversations se faisaient rares. Même Faustine ne l'accompagnait plus au marché. Leur lune de miel avait pris fin la nuit de l'incendie.

Dans le compartiment, elle échangea des sourires avec sa voisine de droite, une jeune fille d'une vingtaine d'années. Celle-ci paraissait très inquiète.

— Arrivons-nous bientôt à Marseille, s'enquit-elle, le feu aux joues.

— Nous y sommes.

Cette réponse la fit fondre en larmes. Tatiana s'empressa de sortir son mouchoir.

— Voyons, mademoiselle… Que se passe-t-il ?

— Rien, madame. Je suis si heureuse d'arriver. Paniquée aussi, je dois le reconnaître.

Tatiana écouta la passagère lui raconter ses mésaventures. Elle s'appelait Angèle, était la fille d'un pâtre des Alpilles, amoureuse du fils d'un marquis. Ensemble, ils avaient décidé de s'enfuir vers l'Afrique du Nord pour se marier, contre la volonté de leurs parents. Mais les deux jeunes gens avaient été séparés en Arles et s'étaient donné rendez-vous gare Saint-Charles.

— Je suis certaine que tout va s'arranger.

Lorsque le train s'immobilisa, Tatiana resta avec la jeune bergère le temps que celle-ci retrouve son fiancé. Mais celui-ci ne se présenta jamais sur le quai. Malgré son emploi du temps chargé, Mme Bastide se voyait mal laisser Angèle seule. Durant deux heures, elle tenta de la convaincre de rentrer auprès des siens. Tatiana s'acquitta du prix de son billet et s'assura de son départ.

Bien qu'il l'ait retardée considérablement, cet épisode lui prouvait qu'il était important de suivre le chemin de sa conscience. Sans elle, Angèle aurait sans doute attendu, perdue, innocente et sans argent, dans cette ville à la réputation redoutable où elle aurait pu se faire enlever par un individu qui aurait abusé d'elle. Tatiana était fière de son geste. Tout comme elle l'était de venir soutenir Michel. Aussitôt rentrée, elle remercierait Virgile de la confiance qu'il lui témoignait.

Terence Mac Allister vivait en sursis. Martial avait disparu depuis un an, emportant avec lui leur secret. L'ancien aviateur n'était pas dupe. Il savait que, tôt ou tard, les fantômes du passé le surprendraient. Chaque jour rapprochait l'échéance. Alors Terence s'enfermait dans son bureau et travaillait sans relâche. Ainsi pouvait-il mieux fuir le regard d'Apolline, la réalité, et les questions d'avenir.

À la manufacture, il mettait un point d'honneur à ce que son travail soit irréprochable. Intransigeant envers lui-même, il l'était aussi envers les employés. Ses contrôles, à chaque étape du processus de fabrication, viraient à l'obsession. Virgile avait cru à un excès de zèle de son gendre. Mais bien vite il comprit qu'il était compulsivement attaché à ses responsabilités. Depuis le décès de Séverin Chabanel, maître Bastide avait repris les fonctions de son chef d'atelier, en attendant de former quelqu'un de compétent. Ce poste le libérait des problèmes de gestion qu'il confiait volontiers à Terence.

Ce matin-là, il fut surpris par une scène dans l'atelier d'impression. Son gendre, d'ordinaire flegmatique, longeait en courant les longues tables sur lesquelles reposaient les toiles de coton écru. Un employé avait en charge d'appliquer une première couleur à l'aide d'une lourde planche de bois gravé. Lors d'un deuxième passage, puis d'un troisième, il appliquerait d'autres pigments. La toile revêtirait ainsi la lumière polychrome souhaitée. Le visage de Terence était aussi pourpre que la garance.

— Pouvez-vous m'expliquer ce que cela signifie ?

Il tendit une pièce d'étoffe à l'employé responsable de la première teinte.

— C'est de l'indigo.

— De l'indigo ? Vous appelez ça de l'indigo ? Faites vérifier votre vue. Pour moi, c'est un bleu délavé, mal imprimé.

Terence, fou de rage, pointa un doigt accusateur sur le motif représentant une cigale, une réédition des vénérables *chaffarcanis*, les premières toiles importées d'Inde ou d'Alep.

— Vous trouvez ça propre, vous ?

L'employé jeta un œil désinvolte sur l'ouvrage.

— Ben, c'est du premier prix. On ne peut pas y accorder le même soin, monsieur Mac Allister.

Virgile intervint juste avant que son gendre n'explose.

— C'est vrai que ce travail n'est pas très fin, Bastien.

— Pourtant, je fais comme d'habitude, moi.

— Je te crois.

Maître Bastide entraîna Terence à l'écart.

— Allons, ce n'est pas si grave. Bastien est un brave garçon. Il sait ce qu'il fait. Il faut simplement vérifier les mélanges. Le mordant ne fixe peut-être pas assez la couleur.

— Vous avez sans doute raison.

— Si je puis me permettre, tu travailles beaucoup trop depuis quelque temps. Tu te surmènes. Tu as une femme, et en ce moment, tu la négliges. Trouves-tu normal d'être rentré seul de ton voyage de noces le mois dernier ? Pour être franc, je pense que tu devrais lever le pied.

Terence se contenta d'acquiescer du chef. Il promit à son beau-père de s'occuper de son épouse dès son travail terminé.

Apolline, quant à elle, n'avait pas encore trouvé l'instant propice pour parler à son mari. Il n'était jamais là, ne rentrait que pour les dîners familiaux avant de repartir au bureau s'occuper du règlement des fournisseurs. Et c'est sur la pointe des pieds qu'il rentrait se coucher. Elle finissait par se demander s'il n'avait pas quelque chose à se reprocher. Peut-être avait-il une maîtresse ? Elle se désespérait aussi de ne pas lui avouer son aventure avec Benjamin. Elle aimait Braunstein au-delà de ce qu'elle avait pu imaginer. Elle avait refoulé si longtemps ses sentiments pour lui. À présent, elle s'embrasait comme un volcan.

Tatiana rentra satisfaite de Marseille.

— J'ai le sentiment d'avoir accompli une bonne action, dit-elle à son époux. C'est parfois difficile de faire un choix, plus délicat encore de s'y tenir.

Elle embrassa son fils qui jouait sur le tapis du grand salon et salua Apolline.

— Mon grand garçon, reprit-elle, radieuse, comme tu m'as manqué. Je m'en veux de te laisser tous les mercredis.

— Il a été adorable.

Le jeune Alexis sourit de toutes ses petites dents de lait. Tatiana le serra contre elle et lui murmura à l'oreille quelques mots en russe. Lorsqu'elle releva la tête, elle surprit le visage contrarié de sa belle-fille.

— Que se passe-t-il, Apolline ?

Elle réfléchit, puis reprit :

— Tu ne serais pas… enceinte ?

— Enceinte ? Pour cela, il faudrait que mon mari soit présent. Terence est un vrai courant d'air.

Tatiana s'approcha d'elle. Depuis son arrivée ici, elles se soutenaient réciproquement.

— Dis-moi ce qui ne va pas.

Apolline tourna la tête vers le jardin. Elle aurait aimé partager son secret. C'était impossible. Elle préféra dévier la conversation.

— Le mensonge, c'est quoi, pour toi ?

— Le mensonge ? répéta Tatiana, surprise. C'est un peu comme l'aspirine.

— L'aspirine ?

— Oui, l'aspirine. Dans certains cas, cela évite la douleur. Dans d'autres, ça peut causer des dégâts irréversibles. Nous ne sommes que de misérables apothicaires. Nous ne connaissons pas toujours la bonne posologie. Dire la vérité est parfois une lâcheté bien plus vile que de la taire. Quand on accomplit un acte, il faut pouvoir en assumer seul les conséquences. Partager ce fardeau avec quelqu'un, c'est lui faire endosser une part de responsabilité, l'impliquer dans son choix. Je crois que chaque situation est différente et qu'il n'y a, hélas, aucune méthode infaillible.

Apolline médita cette réponse. Sa belle-mère n'avait pas tort. Cependant, elle vivait mal le fait de ne rien dire à Terence. Apolline ne se sentait pas la force de le quitter.

— L'être humain cache parfois des ressources qu'il ne soupçonne pas, conclut Tatiana en se levant, comme si elle avait deviné ce qui perturbait son amie.

Elle rejoignit Virgile dès qu'elle eut couché Alexis. Elle voulait l'entretenir de ses réflexions de la journée. Maître Bastide écouta, heureux de voir sa femme si lumineuse.

— Je vous aime, Virgile. Je n'aime que vous, soyez-en certain. Ce qui me conduit à Marseille toutes les semaines n'a rien à voir avec une attirance physique. J'ai l'impression d'accomplir mon devoir de citoyenne. Vous savez à quel point l'injustice me révolte.

Virgile acquiesça d'un signe de tête.

— J'ai l'intime conviction que cet homme est innocent. Vous comprenez ? Cette affaire est mon combat. Je souhaiterais atteindre mon but. Mais je ne prendrai pas le risque de vous perdre. Je préférerais y renoncer.

Virgile saisit la main de sa femme. Ces mots étaient exactement ceux qu'il souhaitait entendre.

— Tu es un sacré bout de femme, Tatiana Bastide !

— J'ai beaucoup de chance de t'avoir pour époux, maître Bastide, répondit-elle en l'enlaçant.

Pour la première fois depuis leur mariage, Terence ne rentra pas se coucher cette nuit-là. De L'Amédoune, Apolline voyait la fenêtre allumée au premier étage de la manufacture. Elle mourait d'envie de traverser le jardin pour révéler à son mari qu'elle était amoureuse de Benjamin. Elle répétait inlassablement les phrases qu'elle brûlait de lui dire. Mais Tatiana avait raison. On ne se décharge pas du fardeau de ses actes simplement pour se soulager. Apolline devait choisir celui des deux hommes avec lequel elle souhaitait partager sa vie. D'un côté Terence, son mari devant Dieu. De l'autre Benjamin, son amant.

Depuis son bureau, Mac Allister avait remarqué lui aussi la lumière dans la chambre conjugale. Sa femme ne dormait pas et devait l'attendre. Il s'en voulait de ne pas lui livrer son secret. Ce poison l'éloignait d'elle. Tôt ou tard, il la perdrait. Il avait délaissé les livres de comptes, embué par le scotch qu'il avait absorbé. Cette histoire le poursuivrait toute sa vie. Il fallait qu'il paye pour son crime. Son regard abattu se porta sur le tiroir de sa table de travail. Il l'ouvrit. Mac Allister saisit la crosse nacrée et appuya le revolver contre sa tempe au moment où Apolline entrait dans son bureau. Le coup de feu fit trembler les solides murs de L'Amédoune…

Alerté, le médecin de famille, conclut que Terence souffrait de dépression. Sans l'arrivée de sa femme, il se serait sans doute donné la mort. La balle était allée se perdre dans un carreau. Mac Allister dut se reposer de longues semaines, sur les conseils du praticien. Apolline, qui était bien incapable de l'abandonner, allait devoir patienter un peu. Compréhensif, Benjamin ne la brusquait pas. Par respect, il évitait d'entrer en contact avec elle.

Un mois après l'incident, la jeune femme fit une terrible découverte. Elle était enceinte. Le diagnostic, confirmé par le médecin, ne laissait aucun doute. Elle allait avoir un bébé dont la conception remontait à son passage sur la Riviera. À l'annonce de cette maternité, elle caressa tendrement son ventre. Désormais, elle serait mère avant tout. Le bonheur de son enfant serait sa priorité absolue, et Terence en serait le père.

L'année s'écoula sans incident. Chacun reprit ses habitudes, assumant ses choix. Après un procès expéditif et à huis clos, Michal Fedorovski, alias Michel Fandor, fut reconnu coupable d'homicide involontaire. Malgré l'absence de preuves irréfutables, il fut condamné à dix-huit ans de réclusion criminelle. Un verdict très lourd, mais qui lui évitait l'échafaud.

Pour Tatiana, ce fut le drame. Virgile l'accompagna dans les couloirs du tribunal. À l'issue du procès, elle ne put approcher Fandor. Celui-ci eut juste le temps de lui glisser quelques mots en russe avant d'être emmené :

— Je t'aime, Tatiana. Prends soin de toi.

18

Calabre, 1924

Avec ses maisons en vieilles pierres, Pazzano apparaissait au sommet d'une colline rocailleuse. À cette époque de l'année, le village oublié endurait le soleil brûlant d'août. L'eau était précieuse, l'air rare. Les modestes revenus de la commune provenaient des champs en contrebas, plantés d'oliviers séculaires, larges et tortueux.

Âgée de sept ans, seule Bianca Cavaldi avait le courage d'affronter la chaleur. Elle avait pour mission de surveiller trois chèvres efflanquées, unique richesse de sa famille. Autour d'elle, la campagne desséchée s'assourdissait du chant des cigales. Bianca fredonnait un Ave Maria, couchée dans l'herbe grillée, à l'ombre d'un figuier. Elle répétait en boucle ce chant religieux qu'elle connaissait par cœur. Son rêve, c'était de pouvoir l'interpréter à la *confrunta*, une procession qui avait lieu chaque année au mois d'août. Dans deux semaines, tous les habitants se mobiliseraient pour célébrer la Transfiguration du Christ. Les statues de Jésus, de la Sainte Vierge et de Joseph seraient portées à bout de bras jusqu'au sanctuaire Santa Maria di Monte Stella, une grotte perchée dans la montagne. Cet événement marquerait les esprits. La ferveur du peuple et cette fête religieuse ponctuaient l'année.

Malgré la canicule, la fillette reprenait inlassablement son chant. Elle voulait atteindre la perfection. Soudain, une fourmi la piqua alors qu'elle butait sur la note la plus haute. En se redressant, elle parvint à libérer un son d'une pureté et d'une justesse absolues. Ivre de joie, elle se leva, prit une profonde inspiration et entonna à nouveau le cantique. Les notes coulaient sans effort, flattant son oreille intransigeante. Bientôt, sa voix s'assura et elle enchaîna les variations avec une aisance remarquable.

À Noël précédent, Bianca avait découvert la voix divine d'Adelina Patti dans un extrait de *Lucia di Lammermoor.*

C'était la plus prodigieuse soprano de tous les temps, lui avait confié Don Batista en éteignant son phonographe.

Si l'homme le plus puissant de leur communauté le disait, c'est qu'il ne se trompait pas. Bianca avait été surprise. Il était donc possible de chanter comme un rossignol. Don Batista lui avait raconté qu'il se rendait souvent à la Scala de Milan.

— Qu'est-ce que la Scala ? avait demandé la fillette.

Don Bastista avait souri, amusé par l'ignorance de la jeune paysanne qui ne devait même pas savoir situer Milan. Il lui avait vanté la magie des lieux, les ors des sculptures, le vermillon du rideau de scène. Pour Bianca, ce merveilleux palais était plus beau que tout ce qu'elle avait pu imaginer jusque-là. La femme qui s'y produisait devait en être la reine incontestée.

Pour la première fois de sa vie, Bianca se sentait belle. Elle n'était plus la grosse mollassonne que raillaient ses cousins et tous les enfants des environs. Si elle chantait pour la *confrunta*, ils la regarderaient différemment.

Un vrombissement s'éleva de la vallée. Bianca tendit le cou en direction de la seule route ralliant le village. Au détour d'une courbe, elle reconnut la longue auto noire de Don Batista. Sans plus attendre, elle s'élança en courant à travers champs et se dirigea vers les ruelles désertées de Pazzano.

— Don Batista ! s'écria-t-elle à perdre haleine. Don Batista est de retour !

Elle arriva devant chez elle, folle de joie, et poussa la vieille porte de sa maison. La lumière aveuglante s'engouffra dans l'obscurité de l'unique pièce. Agenouillée au pied du lit, une dévote, vêtue d'une robe de drap noir, priait, devant le crucifix.

— Que fais-tu là ? lança-t-elle sèchement à la fillette en se retournant.

— Mamma ! C'est Don Batista ! Il est de retour.

Aucune expression ne troubla le visage émacié de Rina Cavaldi.

— Et les chèvres ? Qui garde les chèvres ? gronda-t-elle, hargneuse. Petite sotte, tu crois que l'on peut se permettre de les perdre ?

— Bien, Mamma, répondit Bianca, déçue. J'y retourne.

Rina Cavaldi appartenait à cette catégorie de femmes durcies par les épreuves de l'existence. Petite-fille d'un riche industriel, sa famille s'était exilée dans le Nord, lorsque la Maison de Savoie avait décidé de rapatrier l'industrie du tissu dans ces contrées. Son père, le fils cadet, n'ayant rien obtenu en héritage, était rentré au pays et avait sombré dans la misère. À vingt et un ans, Rina s'était mariée à un homme dont elle était follement éprise. Mais celui-ci était mort tragiquement pendant la guerre alors que Rina était enceinte. La jeune veuve s'était vue obligée d'arracher sa maigre subsistance à une terre ingrate. Avec courage, elle avait tenu jusqu'au terme de cette pénible grossesse. Le bon Dieu, dans Son infinie miséricorde, lui enverrait un fils aussi beau que son défunt mari. Mais Rina Cavaldi fut déçue. Par une nuit glaciale de 1917, elle souffrit le martyre pour donner naissance à un énorme bébé, une fille de surcroît. Elle avait refusé de la voir les premiers jours, l'abandonnant aux soins d'une voisine. C'est seulement au bout d'une semaine qu'elle s'était approchée du couffin. Et elle avait haï son enfant dès le premier regard.

Bianca était sur le point de repartir aux champs quand la grosse berline de Don Batista entra dans le village. L'auto, dans un nuage de poussière, interrompit sa course devant la maison Cavaldi. Bianca se dirigea vers le véhicule. En vérité, elle brûlait d'envie de montrer ses progrès en chant au mélomane. La vitre arrière se baissa.

— Bonjour, Don Batista. Écoutez un peu.

Elle entonna quelques mesures qui impressionnèrent d'emblée le riche notable. Il s'avança vers elle.

— C'est très bien, Bianca. Dis à ta maman que je vous attends ce soir à dîner.

La berline démarra au signal de… Martial Bastide.

À son départ de L'Amédoune, Martial avait joint en catastrophe le patron du Café de la Patrie. Il lui avait fait comprendre qu'il devait s'exiler au plus vite dans un endroit où il ne risquerait pas d'être inquiété. Le cafetier lui avait indiqué la Calabre, où régnait la loi du silence. Il lui avait obtenu des papiers et indiqué des contacts sur place. En moins de deux ans, Martial Bastide était devenu le riche entrepreneur Marcello Batista, accueilli comme le messie à Pazzano où il avait implanté sa fabrique de tissus imprimés.

Il lui fallut un certain temps avant que les affaires se développent, mais le résultat fut à la hauteur de ses attentes. Depuis le lancement de sa première collection, les commandes affluaient, grâce, notamment, à la qualité des indiennes et leur prix, bien inférieur à ceux du marché. Sous son pseudonyme, Martial s'appliquait à récupérer en priorité les clients de son père. Le village vivait grâce à lui et au travail qu'il fournissait. Chaque jour, des camions partaient pour des destinations lointaines. Dès son arrivée, Martial avait eu l'intelligence de se lier avec la mafia locale. Néanmoins, les rumeurs les plus invraisemblables circulaient sur son compte.

Rina avait observé sa fille d'un très mauvais œil.

— Je t'avais demandé de surveiller les chèvres.

— Mais Don Batista me parlait.

— Je ne veux pas le savoir. On ne parle pas avec des étrangers.

— Mais Don Batista n'est pas un étranger, Mamma. C'est notre ami !

— Tais-toi, petite sotte. Il n'est pas des nôtres.

— Il nous invite à dîner ce soir.

— Tu insistes, fille maudite.

Rina empoigna Bianca par les cheveux et la tira jusqu'à la porte d'entrée. De sa main disponible, elle saisit la longue trique d'osier et lui en assena de violents coups sur les cuisses.

— Non, Mamma. Arrête, je t'en supplie. Pardon, Mamma. Je ne voulais pas mal faire.

Après une bonne vingtaine de coups, Rina se redressa. Elle lissa une mèche de ses cheveux sous le foulard qui recouvrait sa tête.

— Va, maintenant. J'espère que tu retiendras la leçon.

— Oui, Mamma, répondit Bianca les yeux larmoyants.

— Baisse la tête, jeune effrontée. Tu as le regard du diable !

Le lendemain, Martial reprocha à Rina de ne pas être venue, comme il l'avait demandé à la fillette.

— Je sais très bien ce que vous voulez, Don Batista.

— Dans ce cas, nous gagnerons du temps. J'obtiens toujours ce que je convoite.

Rina le toisa de sa fierté calabraise.

— Moi, vous ne m'aurez jamais !

— Eh bien, nous verrons…

Martial s'approcha d'elle et murmura, menaçant :

— Sache que la nécessité est sœur de tous les vices. Tu seras à moi. De gré ou de force.

Humiliée et meurtrie, Rina le regarda s'éloigner. Elle haïssait sa condition, sa fille, et cet homme.

Bianca était heureuse. Le père Fiorelli venait de lui donner son accord : elle interpréterait son Ave Maria au cours de la procession.

— Mamma, s'écria-t-elle en entrant chez elle. Je vais chanter dimanche prochain ! Je vais chanter !

Rina, qui tenait sa fille pour responsable de sa discussion du matin avec Don Batista, prit plaisir à couper son entrain.

— Et les bêtes ? Qui gardera les bêtes ? Et ne crois-tu pas que la Sainte Vierge ne sera pas effrayée en voyant une petite fille aussi grosse que toi ?

À cet instant, Bianca comprit que sa mère ne l'aimait pas.

Le dimanche suivant, alors qu'elle tenait compagnie à ses trois chèvres, ses seules amies à Pazzano, la fillette entendit dans le lointain les clameurs de la *confrunta*. Elle ne résista pas longtemps et, malgré l'interdiction de sa mère, rejoignit le cortège à hauteur de la grotte, puis entonna l'Ave Maria. Le village découvrit un ange à la voix d'une pureté incomparable. Et cet ange divin se nommait Bianca Cavaldi. Mais la fillette paya très chèrement sa désobéissance. Outre la solide correction que lui administra sa mère à son retour à la maison, celle-ci lui interdit de suivre les cours de chant du Père Fiorelli.

Martial se rendait souvent à Rome, fier de participer activement à la marche de son temps. Une ère de progrès s'ouvrait derrière les Chemises noires conduites par Benito Mussolini. Ses amitiés, tout comme son habileté à louvoyer, lui permirent de se faire remarquer au sein du parti. À la victoire des fascistes en avril 1924, il devint leur représentant pour la Calabre.

Don Batista prit un pied-à-terre à Rome et délaissa Pazzano où il ne revint que quelques jours au cours de l'année 1925, davantage en 1926. Martial était chargé de veiller à l'application des lois fascistes. Censure de la presse locale, suppression des libertés civiques, abolition des conseils municipaux et arrestation des opposants au régime formaient l'essentiel de son activité. Martial était craint et respecté. Il avait tous les pouvoirs, même celui de faire plier les plus grands. Seule Rina Cavaldi osait lui résister. Pour traquer sa proie, ce chasseur impitoyable lui tendit un piège. Il fit confisquer tous ses biens et la menaça de l'inscrire sur la liste des suspects si elle ne lui cédait pas.

Le 31 mai 1927, Rina Cavaldi se présenta à la grille de la propriété de Don Batista, une petite valise à la main, sa fille en retrait. Martial venait de gagner son pari. Rina était resplendissante. Elle avait passé sa plus belle robe, libéré ses magnifiques cheveux et rosi ses joues. Le redoutable notable ne se lassait pas de contempler cette chevelure de jais épaisse et ondulée.

— Prends mon corps puisque tu m'y contrains, siffla-t-elle, méprisante. Prends-le. Mais sache que tu n'auras jamais mon cœur.

Martial abusa d'elle. Rina n'osa plus se montrer dans le village, et Bianca eut bientôt à souffrir des quolibets. Elle était la fille d'une catin, fasciste, de surcroît…

En cette fin d'année 1931, Martial Bastide s'ennuyait. La France lui manquait. Depuis son arrivée à Pazzano, il avait dépêché un homme de main fiable pour veiller à ses intérêts dans les studios. Le cinéma lui rapportait beaucoup d'argent. Restait à régler sa vengeance contre son père. Deux jours avant Noël, il rappela sa dette à Terence et exigea qu'il lui expédie les esquisses de chaque nouvelle collection de la manufacture Bastide…

À bientôt quinze ans, Bianca Cavaldi avait perdu un peu de ses rondeurs. Son corps révélait des formes aussi généreuses que le timbre de sa voix. Grâce à l'intervention de Don Batista, elle suivait des cours de chant. Les leçons lui étaient prodiguées à domicile, tout comme sa scolarité. La jeune fille aimait son « beau-père » comme s'il avait été son père. Lui gâtait sa petite protégée alors que sa mère la jalousait en permanence. Rina lui enviait son insolence, sa jeunesse insouciante, et surtout sa voix.

En février 1932, Martial annonça son intention de rejoindre la Côte d'Azur où ses affaires l'attendaient. Il emmènerait avec lui Bianca afin qu'elle goûte aux charmes de la vie française et rencontre un maître de chant digne de son talent. Excitée, l'adolescente passa la journée à Stilo, la ville voisine, pour choisir les nouvelles robes qu'elle emporterait pour son premier grand périple. Quand sa mère apprit qu'elle ne ferait pas partie du voyage, elle entra dans une violente colère et se précipita dans le bureau de Martial.

— Et moi ? s'insurgea-t-elle, le teint aussi rouge que ses ongles.

— Je ne tiens pas à m'afficher avec une traînée.

— Salaud ! hurla-t-elle. C'est toi qui as fait de moi ce que je suis devenue.

— Peut-être, mais il semblerait que ton temps soit révolu. Tu devrais envisager de retourner aux champs.

Martial attrapa au vol la main qui s'apprêtait à le gifler. Il serra le poignet si fort que Rina fut contrainte de s'agenouiller.

— Regarde-toi ! Qui voudrait d'une roulure comme toi ? Tu me donnes envie de vomir.

Il la roua de coups de pied, l'empoigna par les cheveux et chuchota à son oreille :

— À mon retour de France, j'exige que tu aies vidé les lieux.

Bianca rentra après le dîner et montra aussitôt à Don Batista les robes qu'elle venait d'acheter.

— Elles seront encore plus belles sur toi.

— Voulez-vous que je les essaye ?

— Avec grand plaisir.

Bianca disparut derrière un paravent. Martial se servit un double bourbon et se laissa tomber dans un fauteuil. La jeune fille défilait devant lui, folle de bonheur.

— Qu'en pensez-vous ? l'interrogea-t-elle, inquiète.

Don Batista appréciait les formes généreuses de cette femme-enfant. Il s'approcha du paravent. Bianca était nue, la tête perdue dans l'encolure d'une robe de cocktail. La courbe de ses seins l'excitait, la chute de ses reins l'affolait. Bastide, impatient de prendre possession de ce corps juvénile, se plaqua contre elle. Bianca le repoussa.

— Voyons, Don Batista, que faites-vous ? s'écria-t-elle.

Sa résistance redoubla les ardeurs de Martial. Il se rua sur elle. Leurs corps basculèrent, entraînant le paravent dans leur chute. Bianca hurlait. Les mains puissantes de son agresseur glissèrent entre ses cuisses, les ouvrirent.

— Non, je vous en supplie. Par pitié, pas ça !

— Il est temps pour toi de découvrir le plaisir, petite fille.

Bianca s'agrippa au napperon du guéridon. Elle le tira vers elle, renversant la pile de journaux et de courrier qui se trouvait dessus. Un bruit métallique la fit sursauter. Martial était sur elle, mais la jeune fille réussit malgré tout à s'emparer du coupe-papier providentiel qui était tombé avec la correspondance. À l'instant même où il allait la pénétrer, Martial s'effondra. Bianca, le corps maculé de sang, se dégagea avec difficulté de l'emprise de son beau-père. Lorsqu'elle atteignit la porte, sa mère se dressait dans l'embrasure, lui barrant la route. Elle brandissait les billets pour la France.

— Je t'ai toujours dit que tu avais le regard du diable. Mais tu es le diable.

La jeune fille saisit les tickets et s'enfuit à toute vitesse, très loin de Pazzano.

19

La Riviera, 1932

Le krach de 1929 avait ruiné en quelques secondes de nombreuses dynasties fortunées, et ses répercussions avaient touché le reste du monde. L'Amérique fut particulièrement atteinte. En Europe, Hitler s'apprêtait à imiter son homologue italien, tandis que les affaires Marthe Hanau et Stavisky éclaboussaient les institutions françaises. Dans ce siècle en complète mutation, la Riviera aurait dû sombrer dès la naissance de « l'ordre nouveau ». Mais bien au contraire, elle devint le symbole de la nouvelle jeunesse. D'Antibes à Monte-Carlo, l'esprit de la fête régnait. On venait s'étourdir.

À quarante ans, Benjamin Braunstein incarnait bien sa génération. Riche, élégant et mondain, il avait succédé à son père à la direction de la banque. Ses journées se partageaient entre l'établissement de la place du Casino, à Monaco, et les studios de La Cybiline, à Nice. Le soir, lorsqu'il rentrait chez lui, la maison était toujours remplie d'invités qui l'attendaient pour faire la fête. Benjamin cherchait à fuir la réalité. Sa vie aurait été bien différente s'il avait épousé Apolline, mais aucun des deux n'avait su saisir sa chance. Cependant, Benjamin protégeait cette histoire dans un coin de son cœur.

Il était toujours marié à Verna Sterz. Celle-ci s'était remise de l'accident qui avait failli lui coûter la vie neuf ans plus tôt. Éjectée de sa voiture juste avant que celle-ci ne s'écrase sur les falaises en contrebas, elle en était sortie vivante, par miracle. Il lui avait fallu deux longues années pour réapprendre à marcher et quelques mois pour recouvrer la mémoire. Désormais, ses problèmes de hanche étaient résolus. Cependant, sa convalescence l'avait éloignée de son public qui avait fini par l'oublier. Verna utilisa ce coup du sort pour culpabiliser Benjamin. Le banquier ne reparla jamais plus de divorce.

Verna Braunstein avait réussi sa reconversion avec talent. Après avoir échoué dans sa courte carrière d'actrice, elle s'était distinguée dans le mécénat, exploitant sa sensibilité artistique pour propulser son couple à la pointe de l'avant-gardisme. À Hyères, elle fit construire par son complice Le Corbusier une de ces villas aux lignes futuristes dont il avait le secret. Le soir de l'inauguration, Coco Chanel baptisa la propriété « Château Braun ». De nombreux artistes y furent accueillis afin d'écrire leurs livres, dessiner, sculpter, composer de la musique, des chansons, ou tout simplement se ressourcer sur la Côte. Tous avaient en commun cette excentricité qui séduisait tant leur hôtesse. À chacun de leurs passages, ils laissaient un témoignage. À l'intérieur, les toiles de Dalí côtoyaient celles de Picasso ou les montages de Breton. La maison respirait la création, mot sacré et véritable âme de cette résidence d'artistes. À l'extérieur, les murs du jardin, créé par Guevrekian, étaient décorés de fresques signées Cocteau et commentées par Buñuel. Mais la plus belle revanche de Verna se trouvait dans le vaste salon de réception : une collection complète de portraits d'elle et de Benjamin réalisés par Man Ray.

Ce matin-là, Benjamin s'entretenait avec son père en qui il avait gardé toute sa confiance. Malgré ses soixante-dix-sept ans, Nathanaël gardait l'esprit alerte. Les conséquences du jeudi noir boursier se faisaient toujours sentir, d'autant que les productions de La Cybiline enregistraient des pertes importantes.

— Afin de relancer la machine, nous comptons promouvoir de nouvelles vedettes maison.

— Fais vite, mais ne te trompe pas.

De son côté, Nathanaël croyait en l'ingéniosité de son fils. À chacun son domaine.

— Je viens de signer avec une jeune actrice remarquable. Elle se nomme Tessa Lavigne. Je lui prédis un grand avenir.

— Vouloir la lancer comme tu l'as fait pour Verna, c'est bien. J'espère seulement que tu ne commettras pas les mêmes erreurs.

— Sois tranquille. Je m'y appliquerai.

Puis ils abordèrent les problèmes de la banque. Le père devinait ce que son fils taisait afin de le protéger. La situation financière de l'établissement était inquiétante. Ils essuyaient les méfaits de la grande dépression américaine. À peine remise de la guerre de 1914-1918, l'Europe sombrait dans la misère. Les fascistes menaient leur propagande en promettant une solution au marasme. Braunstein redoutait leur montée en puissance.

— Je pense ouvrir le capital, avoua Benjamin.

Son père s'assombrit. La situation était plus grave qu'il ne le soupçonnait.

— C'est notre seule chance de rester dans la course.

— Tout dépend de l'actionnaire que tu choisiras.

Benjamin avait déjà une idée sur la question. Depuis plus de dix ans, sa collaboration avec la Fairlane Limited s'avérait fructueuse. À deux reprises, la compagnie anglaise avait racheté des actions de La Cybiline. La Fairlane détenait quarante-cinq pour cent des parts. Ils proposaient d'investir davantage dans la banque. Cette perspective inquiétait Nathanaël.

— As-tu des nouvelles de Logan Fairlane ? demanda-t-il à brûle-pourpoint.

— Je dois le rencontrer à la fin de la semaine. Verna l'a invité à une soirée.

— S'il vient…

Le vieil homme concevait difficilement que l'on puisse traiter avec un interlocuteur inconnu. Logan Fairlane restait dans l'ombre, personne ne l'avait rencontré, un mystère pour le monde de la finance. Certaines indiscrétions le disaient vieux et irascible. On prétendait qu'il vivait dans un manoir à une heure de Londres, d'où il ne sortait jamais et où il ne recevait pas davantage. En revanche, on ne tarissait pas d'éloges sur ses qualités de gestionnaire.

— Sois vigilant, Benjamin, se contenta d'ajouter Nathanaël.

— Rassurez-vous, père. Nos intérêts communs sont notre meilleure garantie.

Dès que Benjamin prit congé, son père se précipita sur le téléphone. Cette nouvelle association ne lui disait rien qui vaille. Nathanaël était déterminé à percer le secret de cet associé providentiel.

Neuf ans après avoir été remercié par Verna Sterz, Ziggy, avec le soutien de Benjamin, était devenu un agent en vogue dans le milieu artistique. En 1930, il avait fondé sa propre agence, France Talents. Désormais, il partageait sa vie entre Paris et la Côte d'Azur.

Le Train bleu s'immobilisa en gare de Nice. Gonzague descendit du wagon-restaurant, heureux de retrouver le soleil et la mer. À cette époque de l'année, il préférait les charmes de la capitale à l'ennui du littoral, mais Benjamin l'avait convoqué. Au nom de leur amitié, il ne pouvait pas lui refuser. Le banquier l'accueillit sur le quai. Il était accompagné d'une ravissante jeune femme.

— Je te présente Tessa Lavigne, la future étoile de La Cybiline, lança gaiement Benjamin.

Gonzague l'examina avec attention. Il faisait confiance à son intuition. Immédiatement, il pressentit la détermination de Tessa. Son regard franc et direct traduisait une ambition démesurée, sa poignée de main une énergie débordante. Et elle était très belle. Ziggy nota l'architecture de son visage qui accrochait bien la lumière. Il était conquis. Benjamin ne s'était pas trompé. Restait à vérifier si elle avait des talents de comédienne. Puis il la confierait à Giovanni, un styliste en qui il avait toute confiance.

Tessa suivit avec attention les conseils de ses deux Pygmalion. Benjamin et Ziggy préparaient pour elle une campagne de lancement digne des stars américaines. Ils envisageaient même de faire courir la rumeur d'une idylle avec Rudolph Valentino. Ainsi, la presse à scandale découvrirait les indéniables atouts de la jeune Française.

Tessa se prêtait facilement au jeu. En réalité, peu lui importait de faire carrière. Elle n'avait qu'un seul but : devenir l'intime de la famille Braunstein. Pour l'heure, personne n'avait remarqué sa ressemblance avec une ancienne grande figure de la Riviera, mais, bientôt, les Braunstein seraient rattrapés par le passé. Et il prendrait le visage délicat de Tessa Lavigne...

En milieu de semaine, Gonzague du Plessis de la Tour eut envie de faire la fête. Il appela Benjamin et l'entraîna au Palm Beach, à Cannes. L'endroit en vogue donnait régulièrement des spectacles de qualité. Ce soir-là, la tête d'affiche, souffrante, avait été remplacée au pied levé par une jeune inconnue. Ziggy et son ami prirent place au premier rang.

En coulisses, Bianca Cavaldi maîtrisait mal le trac qui la tenaillait. Par miracle, elle avait fui sa Calabre natale sans difficulté et avait décroché cet engagement trois jours à peine après son arrivée. Elle allait devoir monter sur scène et chanter le mieux possible un répertoire qu'elle maîtrisait mal. Ce soir-là, Bianca jouait son destin. Avec sa voix pour seule richesse, elle se devait d'exceller. Tremblante, elle monta les quelques marches qui la séparaient de la scène, s'immobilisa derrière le rideau et se signa. L'animateur l'annonça. Le mur de tissu rouge s'éleva dans les airs, la propulsant dans la lumière. Bianca était tétanisée. L'orchestre attaqua la partition de *La Petite Tonkinoise*. Elle devait absolument se ressaisir. Après tout, elle était parvenue à se défendre contre son violeur, elle pouvait bien chanter en public. La jeune fille reprit confiance en elle et se lança. N'était-elle pas en train de réaliser son rêve de petite fille, quand elle gardait les chèvres au milieu d'un pré ?

Son interprétation de *La Petite Tonkinoise* ne souleva pas l'enthousiasme. Seuls quelques applaudissements retentirent dans la salle. Bianca s'apprêtait à interpréter la deuxième chanson du programme mais elle comprit soudain que, si elle poursuivait dans ce registre, elle n'aurait aucune chance de séduire le public. Elle avertit le chef d'orchestre qu'elle chanterait a cappella. Dès les premières notes de son Ave Maria, un silence religieux envahit la salle. Le public, ébahi, découvrait la pureté de sa voix.

Dès la fin de son tour de chant, Ziggy se présenta dans sa loge.

— Voici ma carte, dit-il. Déjeunons ensemble au plus vite. J'aimerais m'occuper de votre carrière.

Chaque printemps, Château Braun accueillait les plus grands noms du surréalisme. Verna attachait un soin particulier au choix de ses invités afin que l'élite artistique se retrouve entre elle. Mais cette année, Benjamin avait insisté pour que Tessa

Lavigne soit conviée. La maîtresse de maison vit cette intrusion d'un très mauvais œil. Elle se donnait tant de mal depuis de nombreuses saisons dans la sélection de ses convives. Château Braun ne pouvait se permettre d'ouvrir ses portes aux starlettes en quête de notoriété.

Verna dut céder à son mari et assista, à son grand désespoir, à l'entrée remarquée de Tessa dans le salon d'apparat. La protégée de son mari conquit au premier regard les grands noms du mouvement artistique. Verna s'isola, un scotch à la main, tandis que Nathanaël rejoignait son fils sur la terrasse.

— Fairlane n'est pas venu, n'est-ce pas ? lui demanda-t-il, comme s'il avait deviné les préoccupations de Benjamin.

— On le dit très âgé, ce n'est certainement pas facile pour lui de voyager.

Le vieil homme approuva sans grande conviction. Il posa une main réconfortante sur l'épaule de son fils.

— Sois prudent. Cette idée d'ouverture de capital ne me dit rien qui vaille.

Son regard était éloquent. Dès le lendemain, il s'entretiendrait avec Benjamin. Il venait de prendre des renseignements sur Fairlane. Le vieux banquier flairait une supercherie.

Cachée derrière une fenêtre, une bouteille de bourbon à la main, Verna pestait de jalousie. Elle ne supportait pas d'assister au succès de cette jeune actrice à la beauté insolente qui venait de réussir là où, dix ans plus tôt, elle avait échoué. Tessa était une conquérante.

— Alors, cher Pablo, interrogea Verna, que pensez-vous de la nouvelle maîtresse de mon mari ?

Benjamin, qui passait par là, la tira par le bras sans ménagement avant même que Picasso ait eu le temps de répondre.

— Qu'est-ce qui te prend ? Es-tu devenue folle ?

— Aurais-tu honte de ta nouvelle roulure ?

Verna empestait l'alcool. Par égard pour son père, Benjamin n'admettrait pas qu'elle fasse un scandale.

— Je te conseille de te tenir, sans quoi…

— Sans quoi ?

— Sans quoi, tu pourrais le regretter.

— Des menaces ? Tu me menaces ?

Verna explosa de colère. Si Château Braun existait, c'était grâce à elle. Elle ne laisserait personne briser son œuvre. Elle prit à partie Tessa.

Coco Chanel et Jean Cocteau rejoignirent Nathanaël sur la terrasse. La créatrice de mode relatait comment, sur un simple pari gagné aux courses équestres, l'aîné des frères Wertheimer lui avait permis de distribuer son *N° 5* dans le monde entier. Le banquier, qui venait d'apercevoir Tessa Lavigne, fut soudain troublé. Cette silhouette ressemblait à quelqu'un qu'il avait bien connu et il voulut en avoir le cœur net.

— Je suis désolée de vous décevoir, lui répondit poliment Tessa, je n'ai aucun lien avec cette personne.

Sans le savoir, il venait de percer son secret.

Benjamin avait détesté cette soirée. Trop d'incidents regrettables étaient survenus. Peu après minuit,

Nathanaël était rentré se reposer. Il avait embrassé son fils et regagné le parking en coupant par le parc obscur.

Au petit matin, deux femmes de ménage s'activaient à effacer les traces de la fête. Une heure plus tard, l'une d'elles poussa un cri strident en découvrant à la surface de la piscine le corps inerte de Verna Sterz-Braunstein. Personne ne savait où joindre Benjamin. À la fin de soirée, il s'était querellé avec son épouse et avait quitté précipitamment Château Braun. Les enquêteurs, qui venaient d'arriver sur place, souhaitaient lui parler au plus vite. Ziggy savait où était allé se réfugier son ami, comme il le faisait après chaque dispute avec Verna. Il se rendit à la pointe de Cap-Amiral et trouva Benjamin assis face à la mer, abattu, le regard fixe.

— Benjy… Que se passe-t-il ? Tout le monde te cherche.

Le banquier tourna la tête. Ses yeux étaient brouillés de larmes. Étranglé par les sanglots, il parvint à lui dire :

— C'est papa… Il est mort cette nuit.

20

Avignon, 1932

Quand la nouvelle du décès de Nathanaël parvint à L'Amédoune, Tatiana eut la lourde tâche de l'annoncer à Virgile. La famille épargnait maître Bastide, très affaibli depuis quelques semaines à la suite d'une mauvaise bronchite. Il soignait ses orchidées dans la serre lorsque son épouse entra, le visage pâle. Le vieil homme, pressentant une mauvaise nouvelle, prit la précaution de s'asseoir. Avec l'âge, il avait apprivoisé la crainte de la mort. La plupart des gens de sa génération avaient déjà tiré leur révérence. À soixante et onze ans, Virgile faisait preuve d'une solide résistance. Hormis quelques petits soucis respiratoires, il survivait. Mais cette fois, c'était son meilleur ami qui l'abandonnait.

— Sait-on quand auront lieu les obsèques ?

— Jeudi prochain.

Virgile annonça à son épouse qu'il s'y rendrait.

Tatiana prit ses dispositions pour accompagner son mari. Ils s'absenteraient peu de temps. La manufacture avait besoin de Virgile car les affaires périclitaient. En huit ans, la société avait licencié la moitié du personnel. Ils rejoignirent la Riviera le 17 avril. À l'exception de Terence, tous les Bastide accompagnaient le chef de clan afin de mieux l'aider à affronter cette pénible épreuve. Dans le compartiment du train qui les emmenait sur la Côte, Virgile s'enfonçait dans le silence. Son fils Alexis s'empara de sa main et la serra bien fort. Face à eux, Tatiana les enveloppait d'un regard plein d'amour. Ils étaient si beaux et si touchants tous les deux.

Toute de noire vêtue, Apolline contemplait Louise. Neuf ans avaient passé depuis son voyage de noces. Elle n'avait pas vu sa fille grandir. Bien qu'elle se soit toujours refusée à l'admettre, Apolline savait que Benjamin en était le père.

Les Bastide débarquèrent en gare de Nice en fin de matinée. Virgile n'y était pas revenu depuis 1911. À cette époque, la Côte d'Azur se nommait encore Riviera et les riches familles venant de toute l'Europe s'y réfugiaient l'hiver. Mais ce jour-là, une foule bigarrée, la peau tannée par le soleil, y déferlait sans élégance.

Virgile refusa d'approcher la Villa Rosa. Il y avait de trop mauvais souvenirs. Un an plus tôt, les difficultés financières de la manufacture avaient contraint la famille à se séparer de certains de ses biens, dont la villa. C'est donc à Château Braun qu'ils logeraient, à l'invitation de Benjamin Braunstein. Louise et Alexis brûlaient d'impatience de découvrir ce lieu si souvent évoqué dans les magazines de mode. Virgile, tête baissée, appréhendait de fouler le chemin qu'avait emprunté pour la dernière fois son ami Nathanaël. Apolline, elle, allait découvrir la demeure de l'homme qu'elle avait tant aimé. Au pied du wagon, elle rajustait le chapeau de sa fille lorsqu'elle remarqua une silhouette familière se dirigeant vers elles. Son cœur se mit à battre à tout rompre. Fous de désirs, les amants se retrouvaient, résistant avec peine à l'envie de s'étreindre. Benjamin Braunstein regarda la jeune Louise avec attention. Dans sa robe d'organdi, la petite serrait la main de sa mère et fixait ce monsieur inconnu de ses yeux candides.

« Ma fille. C'est notre fille, Apolline », affirma du regard Benjamin.

Apolline savait qu'il la reconnaîtrait. Elle lui ressemblait tant. Pour le bien de Louise, elle pria afin qu'il garde le secret.

— Bonjour, Benjamin, souffla-t-elle d'une voix blanche.

— Bonjour, Apolline. Merci d'être venue avec ta fille.

— Je te présente Louise…

La mort dans l'âme, la jeune mère ajouta :

— Tout le portrait de Terence.

Benjamin ne réagit pas. Apolline venait d'imposer la conduite à suivre. Elle lui faisait mal.

Virgile s'approcha. Le patriarche n'avait pas changé, hormis quelques sillons creusés çà et là sur le visage. Il paraissait très ému de retrouver Nice en de telles circonstances. Ce voyage le déchirait. Maître Bastide venait de perdre un véritable frère.

— Et toi, tu dois être Alexis, paria Benjamin en saluant le jeune homme.

— Bonjour, monsieur Braunstein. Je vous présente toutes mes condoléances.

— Je te remercie, petit.

Benjamin ébouriffa les cheveux d'Alexis. Il regrettait de ne pas avoir connu le bonheur d'être père. Surtout en ce jour particulier où il allait enterrer sa femme. Cet après-midi-là, une concentration de personnalités se rendit sur les hauteurs de Nice, au cimetière du château, afin de rendre un dernier hommage à deux figures emblématiques de la Côte d'Azur. Ironie du sort, alors qu'ils s'étaient détestés de leur vivant, Nathanaël Braunstein et Verna Sterz rejoignaient ensemble leur dernière résidence. Ils se seraient réjouis d'attirer autant de monde.

Dans les allées encombrées, les illustres habitués de Château Braun se mêlaient aux anonymes. Parmi les proches, Gonzague du Plessis de la Tour, venu en compagnie de Tessa Lavigne, l'actrice montante, et Bianca Cavaldi, la soprano à la voix d'ange, fut le premier à saluer Virgile, Tatiana et les enfants, puis Apolline qui sanglotait. Benjamin comprit qu'elle pleurait leur histoire d'amour davantage que la disparition de son père. Virgile se recueillait sur le cercueil de son plus cher ami. Le vieil homme vacillait sous le poids du chagrin. Tatiana le soutenait. Ce décès réveillait en elle le traumatisme douloureux de la mort de sa famille.

Personne n'avait remarqué sur les hauteurs la présence d'un homme qui suivait la scène avec grande attention et qui ne tarderait pas à surgir…

Alexis Bastide veillait sur Louise comme un grand frère. Le garçonnet prenait très à cœur son rôle d'aîné et se sentait déjà responsable de la nouvelle génération Bastide. Tour à tour complice et protecteur, c'est lui qui recevait en priorité les confidences de sa nièce. Depuis quelque temps, Louise doutait. La relation de ses parents lui semblait singulière.

— Ils ne sont jamais ensemble et ne se font aucun bisou. Je suis sûre que c'est à cause de moi.

— Tu ne peux pas dire une chose pareille, Louise, s'insurgea Alexis. Tes parents t'aiment. Ils ne t'expriment pas leur amour comme le font les miens, voilà tout.

— Non, je te dis. Ce n'est pas normal.

La fillette fondit en larmes.

— Je crois que je ne suis pas leur fille. Ils ont dû m'adopter.

Son jeune oncle l'enlaça.

— Tu dis n'importe quoi ! Je t'ai vue naître.

Il ajouta qu'il l'aimait de tout son cœur.

— Je sais, mon Lanou. Mais nous, ce n'est pas pareil. On s'aimera toute la vie.

Apolline avait suivi la conversation des enfants. Adossée contre le mur, elle souffrait de ce qu'elle faisait endurer à sa fille. Lorsqu'elle avait appris qu'elle était enceinte, elle s'était juré de renoncer à sa vie de femme pour le bonheur de son enfant. En lui mentant sur ses origines, Apolline trahissait Louise. Elle n'était pas digne d'être sa mère.

La veille de leur départ, Benjamin retrouva Virgile dans la salle de séjour. Le silence du vieil homme l'inquiétait.

— Père vous appréciait beaucoup, maître Bastide, assura-t-il en s'asseyant près de lui. Comme lui, je vous soutiendrai. Sachez que vous pourrez toujours compter sur les Braunstein.

Virgile le gratifia d'une tape amicale en signe de reconnaissance.

— Ton père était un homme de bon sens, il avait raison de te faire confiance. Tu es loyal, Benjamin. Une qualité rare de nos jours. Sache que si tu souhaites venir en Avignon, L'Amédoune te sera toujours ouverte.

Virgile ignorait l'histoire d'amour qui liait Benjamin à sa fille. Le banquier sourit, gêné. Apolline venait de traverser le hall en direction du jardin. Benjamin s'excusa. La tentation était trop forte. Sa bien-aimée longeait l'allée de buis qui menait sur une terrasse dominant la mer. Tout était si calme par cette nuit claire.

— On se croirait le soir du réveillon de 1911, tu te souviens ? dit-il, nostalgique.

Apolline lui répondit d'un signe de tête. Elle n'allait tout de même pas fuir, ce serait reconnaître son trouble.

— C'est curieux, reprit-il. Je viens d'enterrer mon père aujourd'hui, pourtant, à cet instant précis, je suis heureux.

Benjamin fit volte-face et enlaça Apolline.

— Parce que tu es là. Je t'aime. Je n'ai jamais cessé de t'aimer, tu le sais.

— Tais-toi ! s'écria-t-elle dans un sursaut de raison.

Puis elle se radoucit.

— Je t'en prie. Nous devons cesser de nous voir. Tu comprends ?

— Non, je ne comprends pas. Nous nous aimons, c'est si simple.

Elle sentit son doigt parcourir le creux de son cou, s'abandonna un bref instant à cette délicate caresse qui enflammait son corps. Elle ferma les yeux, incapable de reprendre ses esprits ou de rester fidèle à sa volonté d'en finir. Benjamin posa sa main chaude et puissante à la base de sa nuque.

— Arrête, lança-t-elle dans un mouvement de recul. Les convenances, Benjamin, qu'en fais-tu ?

— Ose me dire que tu ne ressens rien pour moi.

— Rien, mentit-elle avec aplomb.

— Regarde-moi dans les yeux et dis-moi que tu ne m'aimes pas.

Apolline, qui vivait dans le mensonge, n'eut aucun mal à en commettre un de plus.

— Je ne suis pas amoureuse de toi, Benjamin.

Le banquier accueillit cette réponse comme un coup de poignard. Son rêve se brisait.

Apolline reprit :

— C'est mieux ainsi, je t'assure. Pour Terence comme pour Louise.

— Louise est ma fille, je le sais. Ton souci des convenances te coûtera cher.

Apolline se cramponna à la balustrade, s'efforçant de ne pas réagir.

Benjamin s'indigna.

— Mais, à moi, pourquoi ne m'avoir rien dit ? As-tu seulement pensé à elle ? Si elle le découvre, elle nous haïra.

Apolline ne répondit pas.

— Tu ne m'as jamais aimé, conclut Benjamin.

Apolline s'insurgea.

— Comment peux-tu douter ? Je t'ai aimé plus que tout au monde, mais je suis mariée et heureuse en ménage. Louise est la fille de Terence. J'étais déjà enceinte lorsque…

— Lorsque nous avons fait l'amour ! s'écria-t-il. Eh bien, dis-le ! Assume ! Tu t'es donnée à moi alors que tu portais l'enfant d'un autre.

— Tais-toi, Benjamin. Disparais, je ne veux plus jamais te revoir.

De la fenêtre de sa chambre, Alexis Bastide venait de découvrir un secret bien trop lourd à porter pour ses frêles épaules.

À L'Amédoune, Terence s'affolait. Les comptes de la société se révélaient catastrophiques. Il allait devoir annoncer à son beau-père leur prochain dépôt de bilan. Mac Allister était le seul responsable. Par manque de confiance, il avait trahi ceux qu'il aimait. Il aurait dû refuser l'odieux chantage de Martial, qui consistait à lui livrer les croquis des nouvelles collections avant leur sortie en Avignon. À plusieurs reprises, son beau-père s'en était étonné. Mais les couleurs des plagiats provenant de l'étranger différaient d'un ton ou deux. Une légère modification d'un motif épargnait au faussaire d'être traîné en justice. Alors que la famille s'apprêtait à rentrer, Terence apprit par téléphone le décès de son frère Douglas. Il héritait donc de la fortune des Mac Allister.

Les mois qui suivirent, il s'attacha à renflouer les caisses de la manufacture en achetant d'importantes quantités d'indiennes. Virgile crut que les affaires repartaient grâce à ce nouveau client anglais. En fait, son gendre revendait le stock à perte à des négociants londoniens, trop heureux de faire d'aussi bonnes affaires. Mais à ce rythme-là, Terence ne pourrait pas tenir longtemps. Mieux valait qu'il parle.

À l'approche des fêtes de fin d'année, Tatiana, qui effectuait ses achats de Noël, n'en crut pas ses yeux en apercevant dans la boutique d'un antiquaire l'un des œufs Fabergé de ses parents. Les images de cette effroyable journée de 1917 se succédaient, les bolcheviks à l'assaut du palais, et elle qui avait utilisé cet œuf pour se défendre et échapper au massacre. L'avait-elle emporté, perdu dans sa course ? Comment avait-il atterri ici ?

— Vous avez très bon goût, lui dit une voix à son oreille.

Tatiana se retourna. Michel Fandor se tenait devant elle.

— Vous ici, comment est-ce possible ? Vous êtes donc sorti de prison ? Ne me dites pas que…

À son regard, elle comprit qu'elle avait vu juste. Michel lui avoua que durant son arrestation, puis son incarcération en région parisienne, on ne lui avait pas donné le droit de répondre aux lettres que lui expédiait Tatiana. Ne supportant plus l'injustice carcérale, il avait profité d'un transfert de prisonniers pour s'évader.

— Je dois vous parler, lança-t-il en l'empoignant et l'entraînant à l'écart.

Tatiana se débattait. Cet homme lui faisait peur. Pourtant, la dernière fois qu'elle l'avait vu, il lui avait dit qu'il l'aimait. À l'époque, Tatiana avait compris qu'il l'aimait comme compatriote. Peut-être s'étaient-ils déjà croisés, enfants, dans les palais de Saint-Pétersbourg ?

— Je ne m'appelle pas Michel Fandor, lança-t-il, sur ses gardes.

— Je sais, vous êtes Michal Fedorovski.

— Non, Tatiana. J'ai choisi ce nom afin de te protéger. Je suis recherché activement par toutes les polices de France car je suis fiché comme contre-révolutionnaire. Les forces de l'ordre sont sur les charbons ardents depuis l'assassinat du président Doumer, éliminé par l'un des nôtres pour ses amitiés avec les Soviets. La Russie nous réclame. Nous revoir serait de la folie. Mais je devais te le dire moi-même. Je sais que tu garderas le secret.

— Que me voulez-vous ? Qui êtes-vous à la fin ?

— Tu te souviens de ton évasion de Saint-Pétersbourg ? C'était il y a quinze ans. La fuite à cheval, ton embarcation, la nuit glaciale, les coups de feu ? Souviens-toi, sœurette.

— Anton !

21

La Riviera, 1933

— De l'aventure, insista Benjamin. Les gens ont besoin de rêver. Offrez-nous de l'évasion. Regardez les Américains, la Metro-Goldwyn-Mayer prépare *Tarzan.*

Face à lui, les directeurs opinaient du chef. Ils étaient prêts à tout pour enrayer l'hémorragie qui ruinait les studios. Après l'énorme succès de *L'Insoumise* dix ans plus tôt, La Cybiline n'avait jamais plus été bénéficiaire. L'arrivée du cinéma parlant avait rempli les salles, créé ses propres vedettes et imposé de nouvelles techniques. La concurrence hollywoodienne devenait féroce. Benjamin s'impliquait dans cette aventure. Depuis la mort de son père, le banquier passait le plus clair de son temps dans les studios, redoutant de pénétrer au siège de la banque à Monte-Carlo. La vision du bureau vide de Nathanaël lui était insupportable.

— Tentez aussi l'humour. Le public a besoin de rire. Voyez les gros succès théâtraux de ces dernières années. Dénichez de jeunes auteurs prometteurs comme Pagnol ou Cocteau. Vous verrez, je suis certain qu'ils feront recette.

Ses interlocuteurs prirent note de ses demandes avant de se retirer. Obsédé par Apolline, Benjamin revivait inlassablement leur histoire. Le soir du réveillon, la journée sur le bateau, leur dernière rencontre dans le jardin de Château Braun, sa fille… Benjamin avait une fille. Apolline avait beau le nier, le banquier était certain que Louise était son enfant. Devait-il faire valoir ses droits ou préserver l'équilibre de la fillette ? Benjamin hésitait, perdu.

Un autre sujet l'inquiétait, Fairlane Limited. La situation économique exigeait que la banque Braunstein trouve un partenaire. Les investisseurs anglais montraient de sérieuses garanties. La fusion profiterait aux deux parties. Cinquante pour cent de quelque chose valent mieux que rien du tout, se répétait-il. Son père ne lui avait-il pas appris à suivre son instinct ? Son grand-père avait acquis le patrimoine actuel, son père l'avait développé, il se devait de le sauver. Benjamin se rendit compte à quel point Nathanaël lui manquait.

Ziggy ne chômait pas. En plus des nombreux artistes dont il gérait les intérêts, il s'occupait personnellement de ses deux dernières recrues. Tessa brillait par sa forte personnalité. Bianca touchait par sa douceur. Gonzague ne cachait pas son faible pour la seconde. Pendant trois ans, il les fit travailler d'arrache-pied ; les deux jeunes filles enchaînaient cours de théâtre, de diction, de chant, de maintien et d'expression scénique. Selon lui, un artiste devait posséder des rudiments de toutes ces disciplines. Leur formation fut assurée par les meilleurs professeurs de la capitale, et Ziggy guettait le moment où elles seraient prêtes à être lancées.

Tessa Lavigne parvint au but la première. L'actrice habitait les personnages qu'elle campait avec un naturel surprenant. Elle travaillait ses rôles et jouait juste. Tessa n'appréciait pas Bianca. Elle reprochait à la jeune Calabraise d'être trop gentille et trop spontanée. Tessa Lavigne était ambitieuse. Pour parvenir à son but, rien ne l'arrêterait.

Les protégées de Ziggy partageaient un appartement à Paris, au cœur du quartier Latin. Bianca se démenait pour faire plaisir à sa colocataire.

— Pourquoi joues-tu les Cendrillon avec moi ? lui demanda un jour Tessa, agacée par tant d'attentions.

— C'est la moindre des choses. Ta carrière décolle, tu n'as pas le temps de laver tes sous-vêtements. Je suis certaine que tu ferais la même chose pour moi.

L'actrice préféra se taire devant une telle naïveté.

Une nuit, Tessa se réveilla, haletante, en hurlant de terreur. Bianca vola au secours de son amie. Un cauchemar récurrent la hantait depuis des années. Sa mère rendait l'âme dans ses bras. La douce Calabraise l'enlaça.

— Je suis dure parfois avec toi, s'excusa Tessa. J'ai si peur de la faiblesse.

— Chut. C'est fini maintenant, répondit Bianca en la berçant.

Tessa préféra taire les atroces conditions dans lesquelles était morte sa mère. Le froid et la faim l'avaient rongée, durant les dernières années de sa vie. Lorsqu'elle avait été jetée à la fosse commune, Tessa, encore fillette, s'était juré de se venger des responsables de la mort de sa maman. Dès le réveil, elle exigea de Bianca qu'elle oublie cet incident. La Calabraise respecta sa volonté et concentra ses efforts pour perfectionner sa voix. Bianca n'oubliait pas d'où elle venait. La chance qui lui était proposée ne se présenterait pas une nouvelle fois. Au fil des mois, elle avait exploré le bel canto avec délices, dévoilant une prédisposition pour les rôles de soprano dramatique. *Vissi d'arte,* de Puccini, devint son hymne favori. Mais son interprétation poignante de *Tosca* se limitait aux répétitions. Face au public, Bianca perdait ses moyens et ne contrôlait pas son émotion. Elle n'avait ni l'aisance ni la grâce de Tessa. N'était-elle pas qu'une pauvre paysanne de Calabre ? Afin de compenser ses frayeurs, elle devint boulimique. Vingt-sept kilos alourdirent sa silhouette.

À l'automne 1936, les directeurs de La Cybiline apportèrent à Benjamin un projet audacieux. Il s'agissait du script de *Dolorès*, l'histoire d'une belle Gitane en rébellion contre sa famille. L'intrigue, bien menée, l'écriture, finement ciselée et poétique, conquirent Benjamin dès la première lecture. Dolorès devait interpréter trois chansons qui avaient toutes les chances de devenir populaires. Benjamin comprit qu'il avait entre les mains un succès commercial. Seulement, le contexte politique incertain n'engageait pas à se lancer dans un projet à gros budget. La guerre civile déchirait l'Espagne et les partisans du Caudillo n'apprécieraient pas un film antifranquiste. Braunstein donna tout de même son accord. Le tournage, si tout se passait bien, pourrait débuter l'été suivant. Les studios engagèrent l'équipe technique et lancèrent la distribution.

— Fais passer un bout d'essai à Bianca Cavaldi, insista Ziggy lorsque Benjamin lui annonça la nouvelle. Elle est faite pour ce rôle.

La voix de la jeune Calabraise enchanta le réalisateur. Il émit, en revanche, un avis réservé sur son physique. L'agent artistique proposa Tessa Lavigne. Elle crevait l'écran, les avis étaient unanimes, mais elle était loin d'égaler la voix de la petite Italienne.

— Pourquoi ne pas les engager toutes les deux, suggéra le directeur de distribution. Cavaldi doublerait Tessa pour les chansons.

— C'est hors de question, réagit avec colère Gonzague. Bianca est une immense artiste. Je suis certain qu'avec quelques kilos en moins, elle sera une Dolorès parfaite.

— Nous voulons miss Lavigne. Physiquement, elle est parfaite pour le rôle.

— Dans ce cas, il faudra vous satisfaire de sa voix.

— Nous tenons compte de votre refus. Nous allons donc poursuivre nos investigations.

Lorsque Tessa apprit la position de son agent, elle explosa de colère. Cette chance était inespérée pour elle. Elle se chargea de convaincre Bianca d'accepter de doubler sa voix. Trop gentille, l'Italienne accepta.

— Ziggy, nous sommes toutes les deux d'accord, annonça Tessa. Décroche-nous ce contrat, sinon je te vire, ajouta-t-elle fermement.

L'agent, stupéfait, guettait la réaction de Bianca. La Calabraise, blême, désapprouvait Tessa mais s'appliquait à ne rien laisser paraître.

— Dois-je te rappeler qui t'a tout appris, Tessa ? reprit Gonzague. Par contrat, tu me dois dix ans de ta future carrière. Mais si vous êtes toutes les deux d'accord, je m'incline. Nous signerons. Cependant vous ne tarderez pas à comprendre votre erreur. L'une de vous sera perdante. Pour l'heure, c'est Bianca… À la sortie, ça pourrait être toi, Tessa.

De son côté, face à une situation inextricable, Benjamin accepta la fusion avec Fairlane Limited. L'entrée des investisseurs anglais dans le capital de la banque Braunstein fut signée le 27 avril 1937. Un premier sujet de discorde entre les nouveaux partenaires surgit un mois plus tard. Logan Fairlane s'opposait fermement au tournage de *Dolorès*. Il le signifia à Benjamin dans un télégramme personnel. Contrarié, le banquier fut contraint d'exiger une totale réécriture du scénario, où la belle Gitane vanterait les idéaux franquistes.

Partis à l'aube de Paris dans son cabriolet Delage, Gonzague du Plessis de la Tour et ses protégées firent une halte à Vienne, au sud de Lyon. Pour rien au monde, il n'aurait manqué cette étape gastronomique à La Pyramide. Tessa détailla l'établissement dont l'agent ne cessait de vanter les mérites. Les luxueuses automobiles garées sur le parking témoignaient de la réputation de l'établissement. Tessa ne supportait plus la présence encombrante de Bianca qui, malgré l'aide de Ziggy, ne parvenait pas à s'extirper de la banquette arrière. L'agent et les deux jeunes filles entrèrent dans la salle du restaurant et s'installèrent à leur table. Gonzague leur remit les dernières modifications de texte. Les jeunes femmes s'empressèrent de lire.

— Je ne chanterai pas ça, coupa Bianca en lançant le script à la tête de l'imprésario.

Ses interlocuteurs restèrent sans voix. Elle ne les avait pas habitués à une telle contestation.

— Vous ne pouvez pas me faire dire que « ma seule volonté est de satisfaire les désirs de mon maître ».

— C'est mon personnage qui parle, rectifia Tessa. Pas toi.

Bianca n'en démordit pas. Elle refusait de chanter ce texte. Elle n'avait pas oublié la tentative de viol de Don Batista. Jamais elle ne cautionnerait la soumission par la violence.

— S'ils veulent ma voix, ils changeront ces paroles. Sans quoi, ce sera sans moi.

C'était la première fois que Bianca se montrait aussi vindicative. Tessa mit tout en œuvre pour la convaincre. Mais la chanteuse était formelle, elle ne reviendrait pas sur sa décision. Ziggy approuvait la soprano qui ne trahissait pas ses convictions. Si la chance lui souriait, elle irait loin.

Après le déjeuner, Fernand Point, le patron de l'établissement, les raccompagna à leur véhicule. Un garçon turbulent surgit dans le hall et heurta Tessa. Il sortait des cuisines, des restes de pâtisseries à la main.

— Pardon, m'dame, lança le petit, près de détaler.

L'irascible Tessa le fusilla du regard.

— Lolo ! s'écria une femme, confuse de la maladresse du gamin. Veuillez l'excuser, madame.

— Soyez indulgente, Malou, intervint le restaurateur. Votre petit neveu a la fougue de son âge et vos melons sont si délicieux que je ne vous en tiens pas rigueur.

Trois fois par semaine, elle fournissait le restaurant en fruits et légumes. La commerçante présenta une nouvelle fois ses excuses avant de rabrouer l'enfant avec sévérité.

Tessa monta en voiture.

— Hé, petit, murmura Bianca, tu aimes les bonbons ?

Elle lui remit un sachet de confiseries. Elle savait ce que signifiait souffrir de la faim. Irritée, Tessa ne décrocha pas un mot pendant toute la durée du trajet. Il était temps pour elle de sortir de l'ombre, de séduire Braunstein, ainsi qu'elle se l'était promis.

En août 1937, comme prévu, le tournage débuta. À la fin de la première semaine, Benjamin invita l'équipe à déjeuner. Le vœu de Tessa se réalisait. Sa tenue de Gitane mettait en valeur ses formes. Elle ne tarda pas à séduire le banquier-producteur. Benjamin se lança dans une cour pressante, conquis par la sensualité de l'actrice. Tessa voyait une formidable carrière s'offrir à elle, même si sa motivation première était de venger la mort de sa mère. Mais elle avait besoin de preuves pour faire justice elle-même. Alors, elle n'aurait aucune pitié.

Au début de 1938, le destin allait lui fournir lesdites preuves par l'intermédiaire de Logan Fairlane. L'Anglais téléphona en effet à la jeune actrice pour lui révéler qu'il détenait des informations explosives qui pourraient l'intéresser. Pourquoi ce mystérieux homme d'affaires s'intéressait-il à Tessa ? Que connaissait-il de son histoire ? Intriguée, elle alla au rendez-vous qu'il lui avait fixé. Arrivée devant la luxueuse villa, elle s'étonnait encore de la chance providentielle qui s'offrait à elle de rencontrer Logan Fairlane, le puissant financier.

L'actrice fut introduite dans un bureau sombre et aperçut la silhouette d'un homme dans la pénombre.

— Je sais ce que vous cherchez, déclara-t-il, mystérieux. Ces documents vous y aideront.

Il lança un dossier sur le plateau de la table, invitant la jeune femme à le consulter. Tessa s'en empara aussitôt.

— Il est à vous. Faites-en ce qu'il vous plaira, lui annonça Logan Fairlane.

Dès qu'elle fut seule dans sa chambre d'hôtel, la jeune femme prit connaissance du contenu de la chemise. Les preuves qu'elle attendait étaient entre ses mains. Une heure plus tard, elle franchissait le seuil du grand salon de Château Braun, le visage impassible.

— Que désirez-vous boire ? s'empressa de proposer Benjamin.

Tessa le priva de toute réponse. Surpris par son silence, il lui demanda ce qui la préoccupait.

— Je viens régler de vieilles dettes.

— Je vous demande pardon ? l'interrogea-t-il.

Tessa glissa lentement sa main dans son sac et en retira un revolver, avant de le pointer sur Benjamin.

— À quoi jouez-vous ? Rangez immédiatement cette arme.

L'œil de la jeune femme était menaçant. Benjamin s'avança lentement et réitéra sa demande.

— Un pas de plus et vous êtes mort.

Tessa se décida à parler.

— Ma mère est morte de froid dans une masure. Le givre voilait les vitres, et l'humidité gonflait les murs. Pourtant, elle avait connu le succès et la gloire que vous me promettez aujourd'hui. Vous, et votre père avant vous, l'avez ruinée, déshonorée.

Benjamin ne comprenait rien aux propos de Tessa. Il crut qu'elle avait perdu la raison.

— Je suis la fille de la Grande Zoé.

Braunstein, interloqué, s'effondra.

— Mais votre mère est morte dans le naufrage du *Titanic.*

— Vous vérifiez mal vos informations. Elle est arrivée en retard et n'a pu embarquer. C'est ce qui lui a sauvé la vie. Elle a rejoint Londres et c'est là qu'elle a découvert qu'elle était enceinte. Vous, Benjamin Braunstein, vous avez tout mis en œuvre pour l'empêcher de monter son studio. Et j'ai les preuves de ce que j'affirme. Vous vouliez récupérer La Cybiline à votre compte pour une bouchée de pain. Je me suis juré de venger ma mère sur son lit de mort. Vous allez payer pour votre faute.

Tessa débloqua le cran de sécurité et tira.

Dans l'allée de Château Braun, la limousine de Logan Fairlane patientait. La glace arrière du véhicule s'abaissa. Une main se posa sur l'épaule du chauffeur, lui signifiant qu'il était temps de quitter les lieux…

LIVRE TROISIÈME

Les années obscures
(1938-1945)

22

Avignon, 1938

Sous l'œil intrigué de son père, Alexis terminait sa démonstration, le feu aux joues. Un calme inhabituel régnait dans l'atelier. Les ouvriers s'étaient regroupés autour de lui, leur attention concentrée sur les gestes du jeune homme. Malgré son apparente sérénité, Alexis dissimulait tant bien que mal son manque d'assurance. Si l'expérience s'avérait concluante, il gagnerait en crédibilité, mais, dans le cas contraire, il traînerait cet échec derrière lui auprès de ses futurs employés.

À force d'observer le travail d'impression, l'héritier des Bastide s'était étonné qu'aucune solution n'ait été envisagée pour faciliter le maniement des lourdes planches. Selon un procédé empirique, des tampons pochoirs coloraient les motifs de manière fragmentée. En secret, Alexis avait mis au point un système de « cadre à plat » tendu d'un voile sur toute la pièce du tissu à imprimer. La teinture se déposait suivant les perforations du dessin à reproduire et s'appliquait en une seule couche. Restait à pratiquer un passage par couleur, ce qui nécessitait un calage au dixième de millimètre près.

Alexis espérait beaucoup de ce projet. Non par orgueil, car il était dénué de vanité. En revanche, inscrire la manufacture dans la modernité, préserver la qualité et, surtout, poursuivre l'œuvre familiale demeuraient ses ambitions secrètes. Dès son plus jeune âge, il avait été émerveillé par la beauté des indiennes lorsque son père l'emmenait dans l'atelier. Aujourd'hui, cela représentait bien plus qu'une source de revenus pour les siens. Sa passion pour les étoffes enflammait son âme. À dix-huit ans, Alexis prenait ses responsabilités d'héritier à cœur. C'est à lui que reviendrait la charge de diriger la manufacture. Il allait devenir un maillon de la grande chaîne Bastide, il lui fallait prouver son talent, comme son père en son temps.

Le jeune homme releva le cadre. Chacun retenait son souffle tandis qu'il dévoilait la pièce d'étoffe. Quelques murmures rompirent le silence, les regards se fixèrent sur le motif. Par endroits, des coulures maladroites ne correspondaient pas au résultat escompté. L'apprenti indienneur baissa la tête.

— Très ingénieux, ton processus, trancha Virgile, mettant fin au malaise.

Alexis leva vers lui un regard reconnaissant.

— Oui, très ingénieux, reprit maître Bastide. Les petites traces que l'on observe par endroits sont dues à la matière utilisée pour le voile de ton cadre. Il faut sans doute ajouter davantage de mordant.

Mains derrière le dos, le vieil homme contourna la table et examina le matériel rudimentaire élaboré par son fils.

— Nous allons apporter quelques modifications sur les charnières, les marges et le support.

Alexis, prêt à toutes les concessions, buvait les paroles de son père. Il ne nota aucune émotion dans la voix de Virgile, mais lut dans son regard une certaine fierté.

Lors du dîner, la famille fêta dignement l'événement. Pour l'occasion, Virgile déboucha une bouteille de château-montauban 1928, le cru du siècle selon lui, afin de rendre hommage à Alexis. Au crépuscule de sa vie, la Providence lui donnait le fils modèle dont il avait toujours rêvé.

Apolline aida Faustine à desservir. Elle avait besoin de respirer. Demeurer à cette table lui était intolérable. Depuis des années, elle donnait l'illusion d'être une épouse heureuse et se persuadait d'avoir fait le bon choix en restant auprès de Terence pour préserver avant tout l'équilibre de sa famille. Mais les caresses de Benjamin lui manquaient. « Je ne suis pas amoureuse de toi. » Depuis six ans, ce mensonge lancé à son amant la hantait. Le soir, elle trouvait difficilement le sommeil. Seule dans sa chambre, le désir prenait alors possession de son cœur entre les draps glacés, rendant plus cruelle sa solitude. Dieu la punissait. À plusieurs reprises, elle aurait souhaité se confier à son père ou à Tatiana. Mais elle y avait renoncé, de crainte de blesser Virgile. La faute est un poison qui ronge.

Ce soir-là, Terence choisit de lui parler. Il aimait Apolline depuis qu'elle lui était apparue et se reprochait de ne pas avoir su lui faire confiance.

— Je te dérange ?

Son épouse ne répondit pas. Elle triait des papiers posés sur le secrétaire en loupe d'orme. Il entra, sans prendre le soin de refermer la porte.

— Je ne te rends pas heureuse, Apolline.

Surprise, Apolline s'interrompit pour écouter son mari.

— Nous devons faire le point sur notre couple. Partons quelque temps. Rien que toi et moi, loin des affaires, de la famille. J'ai besoin de te parler.

Impassible, Apolline baissa la tête. Terence comprit qu'elle refusait sa proposition. Il s'apprêta à sortir.

— Attends ! s'écria-t-elle soudain.

Il revint sur ses pas, avec le fol espoir que tout restait possible.

— Moi aussi, j'ai à te parler. Nous ne sommes pas heureux ensemble, tu as raison.

Louise, qui passait dans le couloir, surprit la conversation de ses parents. Plaquée contre la cloison, elle en fut mortifiée. Ainsi donc, elle était la cause de leur désamour. Ses parents ne l'avaient pas désirée et sa naissance avait perturbé le fragile équilibre de leur couple. Pour leur bonheur, elle devait se faire oublier et fuir. La jeune fille regagna sa chambre, mit quelques affaires dans une valise et griffonna une lettre à l'intention d'Alexis…

— Je suis un homme comblé, avoua Virgile à son épouse lorsqu'ils se retrouvèrent seuls dans leur chambre. Je peux partir serein.

— Virgile, tempêta Tatiana. Je déteste que vous parliez ainsi. Vous le savez bien.

— Voyons, ma chérie ! Ne te voile pas la face. J'ai soixante-dix-sept ans. Je suis un vieillard. Un jour prochain, mon heure viendra où j'irai retrouver mes enfants défunts et mon fidèle ami Nathanaël Braunstein.

Avec tendresse, il saisit la main de sa femme. Il fallait bien qu'elle s'y prépare. Il lui rappela combien il s'estimait heureux de vivre auprès d'elle. Leur amour avait surmonté les épreuves et les doutes. Le secret qu'ils partageaient avait renforcé leur complicité. Six ans plus tôt en effet, quand Tatiana avait découvert que Michel Fandor était Anton, son frère, incarcéré pour un crime qu'il n'avait pas commis, elle s'en était ouverte à Virgile. Ensemble, ils avaient décidé de secourir l'homme, traqué depuis son évasion. Ils l'avaient caché un temps dans leur modeste bergerie, au pied du mont Ventoux, avant de l'aider à s'échapper vers l'Algérie. Anton soutenait avoir vu s'échapper le meurtrier de Séverin Chabanel, il pouvait le confondre. Après les grèves de 1936 et l'arrivée d'Édouard Daladier au pouvoir, la France s'attendait à une guerre prochaine. Les représailles contre les contre-révolutionnaires russes n'étaient plus la priorité du gouvernement. Anton retrouva la discrète bergerie dès l'été. Depuis, le couple s'acharnait à prouver son innocence.

— Avant de mourir, reprit Virgile, je veux disculper ton frère. Il veillera sur toi.

— Cessez de vous tourmenter. Je ne vous laisserai pas me quitter aussi vite.

Le lendemain matin, Alexis fut intrigué de ne pas voir Louise à l'heure du petit déjeuner. Sa chaise était vide, et son bol jaune intact. Elle avait dû oublier leur promenade à cheval… Le jeune homme frappa à la porte de sa chambre. Elle n'avait pas dormi dans son lit non plus. Une enveloppe déposée sur un oreiller lui confirma ses craintes. Louise avait fugué.

— Je suis fautive, se lamentait Apolline. Tout est de ma faute.

— Tu n'y es pour rien, s'insurgea Terence. Les adolescents ont parfois besoin d'attirer l'attention sur eux. C'est le message que nous envoie Louise.

— S'il lui arrive quelque chose, jamais je ne me le pardonnerai.

— Sois tranquille.

Terence l'enlaça avec tendresse. Pour la première fois, Apolline se sentit protégée dans ses bras.

Alexis avait une petite idée de l'endroit où pouvait se trouver sa nièce. Sans avertir qui que ce soit, le jeune homme se rendit à la ferme équestre voisine.

— Je savais bien que tu serais là, murmura-t-il en entrant dans un box inoccupé.

Recroquevillée dans un coin sur un tapis de paille fraîche, Louise sanglotait.

— Si tu m'expliquais pourquoi tu as agi de la sorte ?

Elle releva vers Alexis un visage bouleversé puis se jeta dans ses bras.

— C'est à cause de moi si mes parents ne s'aiment pas. En naissant, j'ai gâché leur vie.

— Allons, Louise, rétorqua Alexis d'un ton ferme. Comment peux-tu dire des choses aussi horribles ? Tu nous manquerais à tous. À moi, en particulier. Je ne veux plus jamais lire de lettre comme celle de ce matin. Tu entends ?

Louise acquiesça et parvint à lui sourire. Alexis était son héros. Elle consentit à retourner à L'Amédoune. Terence la couvrit de baisers. Apolline s'approcha de sa fille, les bras grands ouverts pour l'accueillir. Mais Louise se détourna et préféra monter dans sa chambre avec son père.

Au pied de l'escalier, Apolline les regarda, la mort dans l'âme. Sa fille la rejetait.

— Laisse-lui un peu de temps, souffla Alexis qui se tenait derrière elle. Tu es sa mère. En revanche, il lui sera plus difficile d'admettre que Terence n'est pas son père lorsqu'elle l'apprendra.

— Pardon ? s'insurgea-t-elle, interloquée.

— Louise adore Terence. Mais Benjamin est son père, n'est-ce pas ?

— Depuis quand le sais-tu ?

— Il y a six ans, je vous ai entendus parler dans le jardin de Château Braun.

— Pourquoi n'as-tu rien dit ?

— Pourquoi faire souffrir les gens que j'aime ?

— Et qu'as-tu l'intention de faire, maintenant ?

— Je pense que notre devoir est de préserver la famille. Louise va avoir besoin de toi. Mais un jour, il faudra lui dire la vérité.

Apolline, impressionnée par la discrétion d'Alexis, le regarda s'éloigner. Elle avait un allié. Par ailleurs, cet épisode lui rappela sa promesse. Elle était mère avant d'être épouse. Pour le bonheur de sa fille, elle renoncerait à Benjamin.

Cette première gorgée de châteauneuf-du-pape était divine. Au cœur du vignoble, elle l'était bien davantage. Martial s'avança sur la terrasse ouverte sur les vignes, amusé d'être reçu en Avignon dans de telles conditions. La propriété mise à sa disposition rivalisait avec les plus luxueux palaces. Des gardes armés, chiens aux pieds, patrouillaient en permanence autour de la maison, surveillant le personnel en charge du confort de cet hôte de marque.

Le poids des années avait alourdi sa silhouette. Son ventre était sanglé dans l'uniforme fasciste. Son visage, difforme, aux traits boursouflés et aux paupières tombantes, offrait un profil disgracieux. Martial ouvrit le col de sa chemise qui enserrait son double menton. De son index boudiné, il soulagea la démangeaison qui lui irritait le cou. Le passé se rappelait à lui. La cicatrice. Son regard se durcit. Bientôt, il se vengerait.

Comment pouvait-il oublier le geste de Bianca ? Cette petite ingrate, qu'il avait élevée comme sa propre fille, n'avait pas hésité à tenter de le tuer. Elle lui avait ouvert la gorge avec ce maudit coupe-papier, manquant de justesse la carotide. Secouru par un domestique, Martial avait conservé une autre trace de cet épisode : une voix éraillée. Malgré ses recherches, la petite sauvageonne demeurait introuvable, mais elle ne perdait rien pour attendre. Il la retrouverait… Il reposa son verre, un éclat de haine dans les yeux. Personne ne s'opposerait à lui. Il cultivait la vengeance depuis de nombreuses années et la maîtrisait parfaitement. « Patience, rancune, ruse », telle était sa devise. Il réserverait le même sort à Braunstein et Virgile. Bientôt viendrait le moment où il éprouverait une immense jouissance à les piétiner, à les souiller, comme ils avaient pu le faire avec lui.

Sa visite en Avignon visait à soutenir ses anciens amis du Café de la Patrie, désireux d'asseoir leur parti aux prochaines élections. L'Italie et l'Allemagne souhaitaient rallier la France à leur cause. Lors des accords de Munich, la récente soumission de Daladier aux ambitions d'Hitler avait révélé la frilosité du gouvernement en place. Une véritable aubaine pour l'opposition, et pour Martial qu'on envoyait régulièrement en mission.

La réunion du parti, qui avait lieu dans la salle d'apparat du domaine, n'avait aucun intérêt et agaçait Martial. Las, il manifesta le désir de sortir prendre l'air. Son attitude surprit l'assistance. Cependant, les désirs du chef étaient des ordres. Le fils Bastide monta à bord d'un des véhicules garés devant le perron et quitta la propriété, suivi du cortège de voitures de ses amis partisans. Deux tractions se tenaient en retrait…

— Qui sont ces gens ? demanda Martial en arrivant aux abords des vignes.

— Des agents des services secrets, je présume. Aucun incident diplomatique ne doit se produire pendant votre séjour.

En retrait du groupe, les six hommes au feutre noir ne passaient guère inaperçus, mais Martial n'y prêta aucune attention. Il n'avait qu'une hâte : revoir la bergerie de son enfance et éprouver le plaisir d'épier son père. Un jour ou l'autre, la sanction s'abattrait sur lui.

La bergerie se dressait sur ses solides murs de pierres sèches au milieu d'un pré jauni par le soleil. Seuls de robustes arbousiers protégeaient la bâtisse des assauts du mistral. Un individu se trouvait devant la porte d'entrée, fixant intensément Martial qui avançait à découvert. Soudain, il fit volte-face et détala vers le figuier.

— C'est lui ! C'est lui ! cria-t-il au vieil homme assis à l'ombre de l'arbre centenaire.

Paniqué, Martial comprit qu'on venait de le démasquer et il s'écria, en direction des agents de sécurité en civil :

— Attrapez cet homme, attrapez-le. Il s'agit d'un criminel en cavale.

Horrifié, Virgile se releva péniblement du transat installé à l'ombre des feuillages. Anton venait d'identifier l'assassin de Séverin Chabanel ! Ses veines étaient enflées de stupeur et de rage. Son cœur saignait… Le cœur d'un père qui vient de découvrir que son propre fils est un monstre.

— Fuis ! hurla-t-il à Anton.

— Et vous, Virgile ?

— Pars, je te dis. Et laisse-moi agir selon ma conscience. Je veux seulement que tu me promettes de veiller sur Tatiana.

— Vous avez ma parole.

Anton courut à travers le pré. Un coup de feu résonna dans le vallon. Le fugitif s'écroula. Virgile se tourna en direction du tireur et eut juste le temps d'apercevoir le bras tendu de Martial en train d'abaisser son arme. Un sourire démoniaque déformait son visage. Maître Bastide ressentit une violente douleur. Puis tout devint noir.

23

Paris, 1939

— Et si j'oublie mon texte ? s'angoissa Bianca Cavaldi. Je risque le trou de mémoire.

Ziggy lui saisit la main en signe de réconfort.

— Tu maîtrises ton rôle à merveille. Elle sera épatée, crois-moi. Stella Tribeca est le meilleur professeur de chant de sa génération. Elle va juger tes capacités vocales, pas ton jeu scénique.

Bianca avait les traits tirés. La nuit précédente, elle n'avait pas fermé l'œil. De cette audition dépendait la suite de sa carrière. Son ventre la torturait autant que ses souliers vernis lui blessaient les pieds. Pour tromper sa fébrilité, elle contempla les quais de la Seine par la fenêtre de l'auto. La tour Eiffel se détachait dans le ciel limpide de juin. La jeune fille ne se lassait pas de contempler Paris, la ville Lumière. Quel chemin parcouru depuis les champs brûlés de Calabre. Il lui arrivait parfois de se demander ce qu'étaient devenus Rina, sa mère, ou Don Batista. Bianca les avait relégués dans le tréfonds de sa mémoire. Pazzano appartenait au passé.

La traction s'immobilisa devant un immeuble cossu de l'avenue de Wagram. Ziggy ouvrit la portière à sa passagère. Impressionnée par le luxe, Bianca observa les lieux avant d'emboîter le pas à son agent qui se dirigeait vers l'ascenseur.

— Tu es resplendissante, assura Ziggy.

— Arrête. Je suis affreuse et trop grosse.

— Tu es très belle. Et ton talent te sublime.

— C'est vrai ? Tu me trouves belle ? demanda-t-elle, incrédule.

Ziggy n'avait pas conscience de la portée de ses mots. La jeune fille n'en demandait pas davantage. Un an plus tôt, le retrait subit de Tessa de la vie artistique avait placé Bianca sur la liste des priorités de leur agent. Elle ne s'en plaignait pas, bien au contraire, et profitait pleinement du temps passé en sa compagnie. Ils furent introduits dans un appartement luxueux, au premier étage. L'ambiance feutrée de la décoration Art déco respirait le confort. Bianca ne tenait pas en place. Elle avait les mains moites et la gorge serrée.

— Il vaut mieux abandonner, articula-t-elle péniblement. Je n'y arriverai jamais.

Ziggy l'intercepta tandis qu'elle faisait les cent pas, la prit par les épaules et la fixa droit dans les yeux.

— Tu y arriveras. Parce que c'est ton rêve depuis toujours. Parce que tu ne veux plus jamais retourner à Pazzano. Parce que vivre de ton art et t'y consacrer entièrement sont les choses les plus importantes pour toi.

Bianca dodelina de la tête en signe d'acquiescement. Ziggy avait raison. Ziggy avait toujours raison, du reste. Personne d'autre que lui ne la comprenait aussi bien. Leurs rapports dépassaient le cadre professionnel. Il se comportait en ami, il était l'épaule sur laquelle elle pouvait s'épancher et l'être le plus charmant qu'il lui ait été donné de rencontrer.

La porte s'ouvrit. La jeune fille tressaillit. Une petite femme aux cheveux gris serrés en chignon sur la nuque s'approcha d'elle. Elle la scruta avec attention puis, sans plus de formalités, lui demanda de passer dans la pièce voisine. D'un geste encourageant, Ziggy invita sa protégée à la suivre. Bianca repéra le piano, un imposant Steinway, le seul meuble du vaste salon. Sans un mot, la femme en noir s'installa derrière le clavier et fixa la jeune fille. Immédiatement, Bianca perdit ses moyens. Le souffle court, elle n'osait détacher son regard du parquet. Un rai de lumière traçait une ligne verticale, les particules de poussière virevoltaient, comme sur la route de Pazzano. Bianca se souvint de l'époque où elle chantait devant ses trois chèvres pour seul public. Elle ferma les yeux. Peu à peu, une vague de chaleur l'envahit, remonta le long de ses jambes, irradia jusqu'à son ventre tandis que les premières notes de l'Ave Maria montaient du plus profond de ses entrailles. Dès qu'elle s'entendit, elle retourna à son rêve de fillette, à la *confrunta* interdite par sa mère. Sa voix, d'une tessiture chaleureuse, gagna en puissance au souvenir de la brutalité de Don Batista.

Une main en l'air, Stella retint son geste. Ce qu'elle entendait ne nécessitait aucun accompagnement instrumental. Elle était sous le charme de cette voix exceptionnelle. Certes, les intonations restaient abruptes, les ruptures trop nettes. Mais le professeur devinait l'immense talent de la jeune fille. Avec un travail acharné, Bianca serait incomparable. Stella souhaita débuter les cours dès le lundi suivant.

— N'est-ce pas merveilleux ? exulta Ziggy sur le trottoir devant l'immeuble. Le plus fameux professeur de Paris va s'occuper de toi. Te rends-tu compte ?

Bianca ressentait une joie immense. La petite paysanne d'autrefois vivait un conte de fées. Elle ignorait si cette euphorie provenait de la décision de Mlle Tribeca… ou du plaisir de voir Ziggy heureux.

— Pour fêter ça, je t'invite.

— Où m'emmènes-tu ?

— Surprise, répondit Ziggy, mystérieux. Allons nous préparer.

Bianca ne releva pas. Elle connaissait les mœurs de son ami et ne s'en offusquait pas. Il avait été honnête avec elle dès le départ. Gonzague avait la force d'un homme et la qualité d'écoute d'une femme. Depuis, Bianca rêvait, séduite. En des circonstances comme celles d'aujourd'hui, elle aurait aimé passer la soirée en tête-à-tête avec lui, un dîner romantique sur la Seine ou une promenade sur les Champs-Élysées. Au lieu du clair de lune, il lui proposait une nuit survoltée dans un club fréquenté par des êtres étranges. Elle l'avait souvent entendu raconter ses folles soirées et en avait beaucoup ri. Ziggy avait toujours su l'amuser. Lui seul la séduisait. Peut-être attendait-il son premier triomphe sur scène pour la considérer comme une femme ?

Ils regagnèrent l'appartement qu'ils partageaient depuis un an, avenue de Suffren. Avec le départ de Tessa, Bianca n'avait pu garder son logement et avait été soulagée de s'installer chez Ziggy. Vivre dans les beaux quartiers, à deux cloisons de l'homme idéal. En se laissant choir sur son lit, la jeune fille réalisait à quel point la situation pouvait devenir embarrassante. Elle finit par s'assoupir.

Lorsque Ziggy fit irruption dans sa chambre, le jour déclinait déjà. Bianca se dressa d'un bond, comme prise en faute. Depuis combien de temps dormait-elle ? Quelle heure était-il ? Elle frotta ses paupières lourdes de sommeil, puis écarquilla les yeux, incrédule. Ziggy, grimé en meneuse de revue, portait une robe de plumes vaporeuses et une coiffe en strass surmontée d'une aigrette.

— Tu n'es pas encore prête ? lui reprocha-t-il. On va être en retard. Ce soir, il paraît que Mistinguett va remettre le prix du meilleur costume.

Bianca ne tenait pas à sortir. Elle appréhendait de découvrir la face cachée de Gonzague. Plus il insistait, moins elle avait envie de connaître les « *follitudes* » du gai Paris. Elle serait certainement dévisagée, raillée. Comment réagirait-elle ?

— Accompagne-moi. S'il te plaît, implora-t-il.

Avant même qu'elle n'émette une objection, Ziggy enchaîna, perspicace :

— Retire tes lunettes. Tu te sentiras plus à l'aise. Le flou a parfois quelque chose de rassurant, tu verras. Et puis, je ne lâcherai pas de la soirée la plus grande diva du XXe siècle.

La jeune femme céda à ce dernier argument. Elle se laissa maquiller, passa une robe coupée à l'antique. Ainsi vêtue, elle ressemblait à Médée. Quand Ziggy jugea leur apparence honorable, ils s'engouffrèrent à l'arrière de la traction et s'élancèrent sur les grands boulevards. Inquiète, Bianca pencha la tête par la fenêtre. Les ampoules rouges de l'enseigne dessinaient le nom de l'établissement, le Magic City.

— Au bagne les lopes ! hurla un badaud.

— Sales tantes, vociféra son voisin.

Gonzague protégea la jeune fille des injures. Bianca franchit les portes du dancing. À l'intérieur, tout n'était qu'extravagance. Strass, paillettes, plumes, corps dénudés, une foule joyeuse se dandinait au son d'une musette entraînante. Contre toute attente, la jeune cantatrice ne se sentit ni mal à l'aise ni indésirable. Elle rit de bon cœur et partagea les plaisanteries de la bande de Ziggy, appréciant particulièrement le spectacle d'O'dett, un travesti qui singeait Adolf Hitler, houspillant les clients avant de se pâmer devant le regard envoûtant de Bianca. Vers minuit, le grand concours de costumes consacra Ziggy reine de la nuit.

Ils rentrèrent aux premières lueurs du jour, grisés de champagne, épuisés par la fête. Bianca ne s'était jamais autant amusée. Elle sombra instantanément dans un profond sommeil.

Lorsqu'elle s'éveilla, il était midi. Dans le salon, Ziggy terminait de boire son thé, avachi sur un fauteuil. Son saut-de-lit en soie contrastait avec l'uniforme impeccable du grand blond assis près de lui. Le cœur de Bianca se serra. Elle devait avoir l'air d'une hystérique avec ses cheveux en bataille et son visage bouffi. Sur le seuil de la pièce, elle s'apprêtait à rebrousser chemin.

— Entre, je t'en prie, s'écria Gonzague. Viens, je voudrais te présenter Franz Kurlinger, un ami.

La jeune femme salua l'élégant militaire qui s'éclipsa bien vite.

— Alors ? s'enquit Ziggy dès qu'ils furent seuls. Comment le trouves-tu ?

— Charmant. Distingué. Où l'as-tu rencontré ?

— Au Magic City !

— Que fait-il dans la vie ?

— Il est officier. Ça peut être utile par les temps qui courent.

Stella Tribeca haïssait les nazis, ils avaient exterminé sa famille restée en Allemagne. C'était l'année précédente, pendant la Nuit de cristal. Depuis, elle vivait dans la crainte des pas qui résonnent. En arrivant en France il y avait cinq ans, elle avait habilement maquillé son patronyme, Léna Trebinski, à forte consonance hébraïque. Sa parfaite connaissance de l'italien lui avait permis de justifier son léger accent et de cultiver son image d'illustrissime maîtresse de chant lyrique. Bianca Cavaldi avait été une révélation pour elle, un ange descendu du ciel et capable d'émouvoir une assemblée de marbre. Jusque-là, Stella n'avait jamais ressenti un tel choc. Bianca possédait un registre de voix d'une incroyable ampleur. N'importe quel professeur aurait rêvé de croiser un tel talent une fois dans sa carrière. Stella s'en réjouissait. Certes, l'enseignante n'excellait pas en pédagogie, mais elle savait aiguiser l'appétit musical de ses élèves.

Au fil des leçons, Bianca découvrit l'immense bonheur d'interpréter une partition, de lui donner vie jusqu'aux moindres émotions. La cantatrice se lança dans un travail acharné au service de son art sans jamais chercher à s'y soustraire. Elle désirait approfondir les variations, modérer les enchaînements. Son perfectionnisme ne se contentait pas d'à-peu-près. Elle s'arrêtait le temps qu'il fallait sur une mesure tant que le résultat n'était pas irréprochable. Stella admirait la personnalité de son élève, qui montrait une détermination à toute épreuve. Son talent puisait sa force dans un tempérament posé et passionné à la fois. Par ailleurs, elle démontrait une grande qualité d'écoute et une réelle rapidité d'assimilation.

Afin d'améliorer la capacité de son souffle, Bianca n'hésita pas à suivre un régime draconien. À la fin de l'été, elle fit ses débuts sur scène dans *Cavalleria rusticana*, de Mascagni. Elle n'obtint qu'un tout petit rôle. Mais dans la peau de Santuzza, elle découvrit ce qu'était cette merveilleuse sensation d'évoluer sur les planches en pleine lumière. Finie, la fille aux énormes lunettes. Oubliées, les rondeurs disgracieuses. Bianca incarnait une héroïne. Pour son plus grand bonheur, elle existait enfin. Dans les couloirs du Conservatoire, on parlait de sa performance.

— Je suis si heureuse, confia-t-elle à Ziggy. Ma vie est sur une scène.

Impressionnée, Stella décida de placer la barre plus haut. Son élève devait apprendre à mieux contrôler les jeux de scène. Cette maîtrise lui ouvrirait de nouvelles perspectives. Vocalises, gestuelle ou exercices de respiration rythmèrent ses journées. Entre les deux femmes naquit de la complicité, ainsi qu'une admiration réciproque. Stella faisait mieux qu'enseigner le chant à sa fille spirituelle, elle lui inculquait les rudiments de l'art dramatique.

Un an après leur rencontre, Stella insista pour que Bianca reprenne certaines œuvres du bel canto délaissées depuis de nombreuses années. Telle une athlète de haut niveau, elle se conditionna, ignorant les critiques qu'elle essuyait dans les couloirs du Conservatoire. Bianca s'attaqua au rôle de Norma. À la fin de chaque cours, elle se réfugiait, discrète, dans le fond de la salle, afin de s'imprégner des autres voix, noter leurs progrès, observer les jeux de scène, tenir compte des remarques de Mlle Tribeca. La moindre information lui semblait capitale. Ziggy venait l'arracher à son cours en fin d'après-midi. Volubile, Bianca ne cessait de lui détailler ses découvertes de la journée. Elle assimilait les techniques de chant à la vitesse de l'éclair. Sa soif d'apprendre était sans limites. Pour Ziggy, elle serait la meilleure.

La capitale française s'apprêtait à accueillir un sommet diplomatique réunissant les principaux représentants européens. Franz, le petit ami de Gonzague, était en charge de l'organisation des festivités. Une représentation de *La Damnation de Faust* au palais Garnier clôturerait la dernière soirée. Mais, face au désistement de la principale soprano, le rôle de Marguerite restait vacant. En apprenant la nouvelle, Ziggy sut que Bianca tenait la chance de sa vie.

— Ce n'est pas pour moi, gémit-elle devant la robe apportée par Gonzague pour le renouvellement de sa garde-robe.

— Bien sûr que si, s'indigna-t-il. Tu dois former ton goût à l'élégance. Où crois-tu mieux le faire qu'à Paris ?

Ziggy l'incitait à choisir des coupes qui avantageaient sa silhouette, il préparait la future image de sa diva. Sa culture passait aussi par là. Ce jour-là, elle se débattait dans la cabine d'essayage avec un chemisier, lorsque Ziggy lui fit part de son projet.

— Serais-tu prête à relever un défi ?

— Tout dépend lequel.

— Apprendre le rôle de Marguerite dans *La Damnation de Faust*, d'Hector Berlioz.

— Je dispose de combien de temps ?

Sans réponse, Bianca insista.

— Ziggy ? Tu es là ?

— Tu as un mois.

La jeune femme faillit s'étrangler. Le délai était impossible à tenir, mais c'est précisément ce qui lui plut.

Dès les premiers jours de répétition, Stella fut époustouflée. Son élève avait une oreille prodigieuse. Très vite, elle fut capable de déclamer le texte sans une pointe d'accent.

— Je ne sais pas si je peux profiter de la situation pour me faire connaître, lui avoua Bianca lors d'une pause. Je hais la cause fasciste.

— N'oublie pas que c'est l'art que tu cautionnes ici. L'art, et rien d'autre. Peu importe la couleur, l'idéologie de ton public. Ton rôle est de faire vivre une œuvre, de la magnifier. Refuser de l'interpréter revient à l'enterrer. La musique peut adoucir tant de choses.

Le soir de la première, Bianca conserva un calme déconcertant. En coulisses, elle entendait les bruits de la salle bondée, l'orchestre en train d'accorder ses instruments. Elle avait retiré ses lunettes, comme le lui avait conseillé Ziggy.

— La délégation italienne se trouve dans la loge d'honneur, avait-il cru bon d'ajouter avant qu'elle n'entre en scène.

Cette réalité, à laquelle elle n'avait pas pensé jusque-là, la tétanisa. Elle souleva discrètement le rideau. Elle crut distinguer, parmi les représentants italiens, une silhouette familière. Comment aurait-elle pu l'oublier ? Affolée, elle se mit à trembler de tous ses membres, incapable d'avancer.

— Vas-y, c'est à toi, s'impatientait Ziggy. Allez !

— Je ne peux pas.

Stella intervint :

— Quelles que soient tes raisons, pense à l'œuvre que tu dois défendre. La vie est courte mais l'art est éternel. Ta prestation de ce soir sera ta part d'éternité.

Hésitante, Bianca entra sous les feux de la rampe. Les premières mesures furent délicates. Elle marqua un temps d'arrêt, puis, devant le public qu'elle ne voyait pas dans l'obscurité de la salle, releva la tête et chanta le premier air en y mettant toute son âme.

De la tribune d'honneur, l'officiel italien ajusta ses jumelles. Il ne s'était pas trompé, la virtuose de l'« Air des bijoux » était Bianca Cavaldi. Sa Bianca. Depuis le temps que Martial attendait de retrouver son beau rossignol…

24

Avignon, 1940

Il savait. Incapable de s'exprimer, Virgile gardait pour lui sa cruelle découverte. Une attaque cérébrale l'avait terrassé. Paralysé, son corps ne répondait plus aux signaux envoyés par le cerveau. Il avait cependant conservé ses facultés intellectuelles et une mobilité réduite de la main gauche. Il vivait coupé de son entourage. Le maître du clan voyait, entendait, se taisait. Pour la paix des siens, c'était sans doute mieux ainsi. Les premiers temps, cet accident l'avait plongé dans une profonde dépression. Aujourd'hui, il s'était habitué.

Calé sur ses oreillers, Virgile s'évada par la pensée sitôt Tatiana sortie de la chambre. Les yeux rivés au plafond, il revivait l'événement. La bergerie, au pied du Ventoux. Anton, fuyant sur son ordre. Le coup de feu. Chacune de ces images le renvoyait à Martial, son fils. Virgile était le père d'un assassin. Il n'avait lu aucun repentir dans son regard alors qu'il venait d'éliminer l'unique témoin capable de le confondre pour le meurtre de Séverin Chabanel. Cette découverte avait coûté la vie à Anton, le frère de son épouse bien-aimée. Mais lui seul était responsable. Dieu le punissait.

Virgile avait été installé dans son ancien bureau du rez-de-chaussée. Jadis, à l'époque de son veuvage, il y avait passé des nuits entières, reclus entre les murs tapissés de livres. À l'époque, Faustine s'était occupée des enfants, les avait comblés d'amour, sans pouvoir éviter les sottises de Martial, qui était alors conduit dans l'antre de son père, interrompant sa solitude avant d'endurer ses brimades. Une façon pour le garçonnet d'attirer l'attention paternelle. Les sanctions étaient toujours d'une grande sévérité, comme si le veuf s'était réservé le monopole du chagrin. Et aujourd'hui, dans cette même pièce, la Volonté divine rappelait à Virgile ses erreurs passées.

Une lumière douce réchauffait son visage figé. Toute sa vie, maître Bastide s'était montré intransigeant sur les problèmes d'honneur. Lorsqu'une question l'ennuyait ou qu'une situation le dérangeait, il tranchait, sans autre forme de procès, invoquant la réputation de la famille. Au lieu d'avoir protégé les siens, maître Bastide portait leur sang sur ses mains. Aujourd'hui, l'honneur de son nom était bafoué. Aux yeux de tous, Virgile était le complice du meurtrier de ce brave Chabanel, l'exploitant de la classe ouvrière. Il entendait les employés passer sous ses fenêtres, des propos orduriers plein la bouche. Cette « pourriture de Bastide » remplaçait désormais « maître Bastide ». Virgile se doutait des commentaires échangés sur son compte dans les cafés, sur les marchés ou dans les réunions municipales. À la manufacture, le personnel déversait sa haine sur toute la famille. Un jour, Faustine avait évité de justesse une tomate en ouvrant les volets, et Alexis devait supporter quotidiennement les quolibets. Apolline s'était vu refuser l'accès à son club de couture. Quant à Louise, ses camarades la fuyaient comme la peste. Porter le patronyme de Bastide était devenu une tare.

Les rayons du soleil traversaient la pièce. Virgile suivait leur trajectoire jusqu'au-dessus de sa tête. Par un fenestron logé sous la corniche, ils apportaient de la lumière à la cuisine voisine, devenue le lieu privilégié des conversations. De là s'échappaient les fumets des différents repas, ou les confidences livrées autour de la table. Personne, à L'Amédoune, n'avait prêté attention à cette fenêtre. Elle permettait pourtant à Virgile d'en apprendre davantage sur les siens. Il suivait avec intérêt l'histoire de chacun, des petits maux quotidiens aux blessures profondes. Avec lui, leurs secrets seraient bien gardés ; il les emporterait dans sa tombe.

La porte s'ouvrit délicatement. La tête de Tatiana passa dans l'embrasure.

— Je ne savais pas si vous dormiez, se justifia-t-elle.

Elle déposa un baiser délicat sur la joue de son époux avant de s'installer sur le bord du lit. Tatiana voulait lui parler. Du reste, elle ne s'asseyait près de lui que pour lui parler. Sans quoi, elle prenait place sur le fauteuil Voltaire.

— Je voudrais que vous reconsidériez ma proposition. Acceptez de sortir de cette chambre. Je suis certaine que le grand air vous ferait un bien fou.

Virgile leva les yeux au ciel. Il ne tenait pas à quitter son lit. Depuis deux ans, il avait renoncé à toute vie extérieure par peur, par deuil, par punition.

— J'ai demandé à un ébéniste de nous construire des rampes en plan incliné. Nous en placerons une à chaque dénivelé sur tout le rez-de-chaussée. Vous pourrez ainsi vous promener à votre guise.

Le regard de maître Bastide s'assombrit.

— Je sais. La perspective du fauteuil roulant ne vous plaît guère. Elle est cependant préférable à l'inertie.

Consciente de la rudesse de ses propos, Tatiana se fit plus douce.

— Pardon, je ne voulais pas dire cela, se reprit-elle, une main sur celle de son mari. J'aimerais tellement que vous partagiez vos repas avec nous. Vous nous manquez, Virgile. Vous ne pouvez hélas rien changer à cette tragédie. Anton est mort. C'est horrible. Mais ce que nous endurons depuis est bien pire. S'il vous plaît, je vous le demande une dernière fois. Reconsidérez vos positions.

Tatiana se releva, l'embrassa de nouveau et se dirigea vers la porte.

— N'oubliez pas, Virgile, je vous aime.

Cette dernière remarque émut maître Bastide. Elle résumait à elle seule l'attachement de Tatiana à son mari, restée à ses côtés envers et contre tout, fidèle et aimante. Après l'attaque de Virgile, elle s'était imposée auprès des membres du clan, avait tout réorganisé dans la famille d'une poigne de fer, avant de s'investir dans la manufacture. En moins d'un an, elle était devenue la plus Bastide des Bastide. Le poids de ses responsabilités ne l'avait pas effrayée. Jour après jour, Virgile avait vu sa femme surmonter avec énergie tous les obstacles. Tatiana ne s'était même pas laissé intimider par les enquêteurs lorsque, quelques jours après le drame, ils étaient venus interroger son mari.

— Messieurs, si vous parvenez à tirer la moindre confession de mon époux, je vous en serai éternellement reconnaissante, avait-elle lancé, le regard franc.

Les policiers avaient rebroussé chemin.

Virgile n'avait rien révélé à son épouse des causes de la mort d'Anton. La version officielle retenue dans le dossier était le délit de fuite après trois sommations. Tatiana avait eu la délicatesse de ne rien demander malgré sa souffrance. Virgile était devenu sa priorité, le reste n'avait plus d'importance. Elle pansait ses plaies le soir, seule dans sa chambre. Parfois, lorsque la pression devenait trop forte, elle descendait dans le noir au rez-de-chaussée. Sur la pointe des pieds, elle pénétrait dans la chambre de Virgile et s'installait à ses côtés, contre la chaleur de son corps. Quand il se réveillait, elle avait disparu, comme dans un songe.

Virgile aurait aimé satisfaire son épouse et partager les repas en famille. Mais l'idée de se trouver à leur table, impotent, assisté, lui donnait la nausée. On avait piétiné son honneur, mais il garderait sa dignité.

Il fut réveillé dans la nuit par la lumière de la cuisine. Il reconnut la démarche de Terence. Son gendre avait l'habitude de se servir une tasse de thé dès que le sommeil l'abandonnait. Ces derniers temps, ses insomnies étaient devenues quotidiennes. Mais cette fois-ci, Virgile entendit un autre pas dans l'escalier. Celui d'Apolline, qui avait rejoint son mari. Ils parlaient à voix basse. Virgile tendit l'oreille.

— Si tu prends cette décision, que dirons-nous à Louise ? demandait la jeune femme.

— La triste vérité. En période de guerre, de nombreux pères sont appelés sous les drapeaux.

— Terence, rien ne t'oblige à une telle extrémité.

— Si. Ma conscience. Je veux assurer à notre fille un avenir meilleur. Par ailleurs, j'ai bien réfléchi. Les circonstances nous offrent une occasion de faire le point sur nos vies.

— Et si tu ne revenais pas ? Tu as pensé à Louise ?

— Oui, et… à toi.

— À moi ?

— Je n'ai jamais été un bon mari, reprit-il, peiné. Tu mérites mieux, Apolline. Si jamais je ne devais pas revenir, ce serait le destin, comme le fut notre rencontre.

Attentif, Virgile attendait une réponse de sa fille. Mais elle n'ajouta rien. Son silence confirma les soupçons du vieil homme.

— Je n'ai pas souvent eu l'opportunité de prouver mon courage. Laisse-moi me montrer héroïque.

— Et Louise ? reprit Apolline avant d'ajouter un ton plus bas : ta fille t'adore. Crois-tu qu'elle comprendra ? Elle est déjà assez perturbée.

— Justement. Passé le chagrin, elle gardera de moi une image dont elle sera fière plus tard.

Virgile écarquilla les yeux. Son gendre était devenu fou. Après une hésitation, Apolline poursuivit, mélancolique :

— Nous sommes passés à côté l'un de l'autre, Terence. Sache que je le déplore. Sache aussi que je ne te demande pas de prendre une telle décision. J'ai trop d'affection et de respect pour toi.

— Mais pas d'amour, répondit-il, glacial.

Apolline n'ajouta rien et se dirigea vers la porte, avant d'insister à nouveau. Mais Terence s'en tiendrait à sa décision, préférable selon lui pour le bien de tous.

Virgile était troublé. Le couple n'avait jamais connu le bonheur parfait. Maître Bastide ne blâmait personne, mais la pauvre Louise souffrait de cette situation. Elle n'avait pas demandé à être placée au milieu de leur vie, elle en subissait pourtant les conséquences.

Les pleurs de sa petite-fille tirèrent Virgile du profond sommeil dans lequel il avait fini par sombrer au petit matin.

— Reste, je t'en conjure, suppliait-elle à chaudes larmes. Tout va s'arranger, tu verras. Papa, je ne veux pas que tu partes ! Tu ne nous aimes plus ?

Cette réflexion émut Virgile. Un long silence suivit, puis Terence prit la parole. Du fond de son lit, Virgile imaginait la scène du père agenouillé devant l'adolescente, le cœur déchiré.

— Tu es mon bien le plus précieux, ma chérie. C'est pour toi que je dois aller me battre. Pour ton avenir. Mais tu verras, ton papa reviendra vite. Je te le promets. Je compte sur toi pour être sage, bien travailler à l'école et obéir à ta maman.

Sans l'intervention d'Alexis et d'Apolline, Louise serait restée agrippée à son père. Terence passa saluer son beau-père avant de sortir. Les deux hommes se regardèrent intensément. Ils se comprirent en silence, puis Terence Mac Allister quitta L'Amédoune.

Les mois passèrent. Terence donnait de ses nouvelles régulièrement, une lettre par semaine, jusqu'à ce coup de téléphone un matin de mai. Louise décrocha le combiné dans le hall d'entrée.

Virgile entendit un hurlement. Affolée, Tatiana descendit la première.

— Que se passe-t-il, ma chérie ?

— C'est papa. Son avion vient de sombrer en mer. Il ralliait la Normandie à l'Angleterre.

Tatiana la réconfortait, quand Virgile vit passer Apolline dans le couloir.

— Ne m'approche pas, ordonna Louise, hystérique. Papa est mort. Tu es bien contente maintenant.

Avant qu'elle n'en dise davantage, maître Bastide se mit à gémir pour attirer l'attention. Sa femme et sa fille accoururent, tandis que Louise s'enfuyait. Il venait de désamorcer une bombe. Mais pour combien de temps ?

25

Paris, 1940.

Tessa Lavigne contempla son reflet dans le miroir. Ses lèvres vermillon, en harmonie avec sa robe haute couture, contrastaient avec la couleur de sa chevelure qu'elle avait ramenée avec soin sur le sommet de la tête et lissée sur la nuque. L'apparence sophistiquée de Tessa attirait les hommes fortunés. Les autres renonçaient à l'aborder. L'allure racée de cette jeune femme de vingt-sept ans les impressionnait, comme un objet de luxe qu'ils ne pouvaient pas s'offrir. Il suffisait à Mlle Lavigne d'émettre un souhait, aussitôt on y satisfaisait.

Tessa avait jeté son dévolu sur Edgar Beaumont. Son richissime amant avait pour ambition de la combler. Entre mondanités, fourreurs et couturiers, elle menait l'existence dorée à laquelle elle avait toujours aspiré. En retour, l'esprit et le physique d'exception de Tessa servaient de faire-valoir à l'industriel. D'un geste lascif, elle mit à ses oreilles deux pendants de rubis, sertis de diamants. Deux jours plus tôt, elle les avait remarqués dans la boutique Van Cleef et Arpels, place Vendôme. Par jeu, elle s'était extasiée, afin de tester son emprise sur Edgar, qui s'empressa de les lui offrir. Son rôle de femme entretenue la protégeait des soucis d'argent. Mais Edgar l'ennuyait. Il souhaitait officialiser leur relation. Elle craignait qu'il ne l'enchaîne.

Dans le miroir, son regard s'assombrit. Tessa n'était pas heureuse. Son installation à Paris trois ans auparavant, sa rencontre avec Edgar lors d'un vernissage et cette vie de princesse n'atténuaient en rien ses souffrances. Elle avait quitté la Riviera après avoir tenté d'assassiner Benjamin Braunstein qu'elle tenait pour responsable de la mort de sa mère, la Grande Zoé. Depuis sa plus tendre enfance, elle avait été élevée dans la haine de cette famille, sans connaître précisément les motivations de sa mère. Mais, juste avant son décès, Zoé avait fait à Tessa une effroyable révélation : Tessa était la fille de Nathanaël Braunstein. Comment cet homme avait-il pu profiter ainsi de sa mère pour s'en désintéresser ensuite ?

Après la mort de Zoé, Tessa avait cherché par tous les moyens à entrer en contact avec les Braunstein, espérant lire le regret et la honte dans leurs yeux. Le hasard l'avait mise sur la route du fils, Benjamin, le patron de La Cybiline. Le jour où elle l'avait menacé de son arme, elle l'aurait éliminé sans le moindre regret et aurait réparé l'odieuse injustice si Benjamin, *in extremis*, ne lui avait pas révélé que Nathanaël ne pouvait plus avoir d'enfants à l'époque, et que sa mère allait se marier avec le comte Fabiani. Consternée, elle avait jeté le revolver. Une balle était allée se perdre contre le mur. C'est ainsi qu'elle avait renoncé à une brillante carrière et avait déserté les plateaux de La Cybiline, en plein tournage de *Dolorès*. Jouer la comédie ne l'avait jamais enchantée, son unique but avait été d'approcher le fils Braunstein. Après leur entrevue à Château Braun, elle avait pris le premier train pour Paris.

Tessa chassa ces idées noires. À quoi bon ressasser des histoires vieilles d'une vingtaine d'années ? Ce soir, Edgar l'emmenait au théâtre. Elle serait époustouflante. Tessa aimait lire la convoitise dans le regard des hommes de pouvoir. Paris regorgeait de généraux ou d'industriels enrichis par la guerre. Le pouvoir leur permettait d'assouvir leurs moindres désirs. Mais elle, ils ne l'auraient jamais. Personne n'enchaînerait Mlle Lavigne contre son gré. Elle était libre. Tessa ouvrit les yeux avec la ferme intention de donner un sens à sa vie. À partir d'aujourd'hui, connaître son identité allait devenir sa priorité.

Voir les Allemands parader sur les Champs-Élysées avait provoqué des sueurs froides à Stella Tribeca. Les propos antisémites de leur chef laissaient présumer les pires exactions pour l'avenir. Depuis peu, elle vivait dans l'angoisse que l'on découvre sa confession.

Le professeur de chant se servit une tasse de thé, ajouta une cuillère de miel, puis jeta un œil par la fenêtre. Un cantonnier nettoyait la chaussée, lorsque arrivèrent à vive allure trois voitures de l'armée allemande. Elles s'arrêtèrent au niveau de la brasserie située à l'angle de l'avenue de Wagram, éclaboussant le balayeur sur leur passage. Des SS en sortirent, avant de s'engouffrer, goguenards, dans l'établissement. Stella les avait déjà repérés la veille et l'avant-veille. Elle priait pour que le restaurant ne soit pas devenu leur lieu de rendez-vous. Habiter à deux pas d'une ruche de nazis pouvait lui être fatal. La sonnerie de la porte d'entrée la rappela à l'ordre. Bianca arrivait pour prendre son cours. Stella se dirigea vers le hall. Son élève était en avance.

À sa grande surprise, elle ouvrit la porte à un homme en uniforme.

— Oui…, lança-t-elle, sur ses gardes.

— Stella Tribeca ? répondit-il d'une voix éraillée. Je souhaite m'entretenir avec vous. Je suis le général Batista.

L'allure de cet officier italien incita le professeur de chant à se méfier. Le petit officier replet la fixait, une expression dangereuse dans le regard.

— J'ai une leçon dans moins d'une demi-heure.

— Je comprends. Dans ce cas, peut-être que nous pourrions nous parler après votre cours.

Sans lui laisser le temps de répondre, l'homme lui donna rendez-vous à la brasserie d'en face et descendit l'escalier. Stella, interdite, s'immobilisa sur le palier de l'appartement. Que lui voulait-il ? Contrariée, elle se montra d'une humeur irascible avec son élève. Bianca répétait une pièce difficile de Camille Saint-Saëns, *Parysatis,* qui nécessitait un effort d'interprétation particulier.

— Vibrato ! Donne-nous davantage de vibrato, s'énervait Stella.

Sans se démonter, Bianca reprit.

— Attention à la mesure.

Son index martelait le rebord du piano, tel un métronome.

— Allons. Reprenons.

La jeune fille recommença, imperturbable, tandis que Stella fixait l'avenue à travers les rideaux. Elle avait hâte d'achever la leçon, mais redoutait aussi ce rendez-vous. Et si quelqu'un avait ébruité son secret ? Elle avait entendu dire que les nazis envisageaient de ficher tous les juifs d'Europe. Certains prétendaient même qu'ils seraient rassemblés dans des camps spéciaux. Ces hypothèses lui semblaient grotesques. Une telle population… Les gens adoraient en rajouter. Mieux valait se faire passer pour une Italienne et savoir au plus vite ce que lui voulait cet individu.

— Mademoiselle Tribeca ? s'enquit Bianca.

Le professeur revint à la leçon, prise en flagrant délit de rêverie.

— Ce sera tout, Bianca. Repose ta voix. À demain.

Martial savait faire preuve de patience pour parvenir à ses fins. À ce jeu, il était redoutable. Inutile d'aboyer à tort et à travers, il suffisait de mordre au moment propice. Six mois auparavant, lors de cette fameuse soirée à l'opéra Garnier, il avait enfin retrouvé la trace de Bianca. Mais il s'était bien gardé de se manifester, se montrant attentif aux progrès de la jeune fille, prenant des renseignements sur elle et son entourage. Il savait que la curiosité pousserait son professeur de chant à sortir de sa réserve.

La porte cochère s'ouvrit sur le beau rossignol. Assis à la terrasse de la brasserie, sur le trottoir d'en face, Martial la suivit du regard. Elle paraissait insouciante dans le soleil matinal. Il n'avait pas oublié l'odeur de sa peau, la chaleur de ses cuisses, ni le coup qu'elle avait porté contre lui. Bianca tourna à l'angle de la rue du Faubourg-Saint-Honoré, puis disparut. Un instant plus tard, son professeur traversa l'avenue de Wagram à la hâte, croisant sur sa poitrine les pans de son gilet, comme pour mieux protéger son inavouable secret. Elle se dirigea vers la brasserie, hésitante. Rapidement, elle repéra Don Batista et se fraya un passage au milieu de solides gaillards aryens pour gagner sa table. Martial l'invita à s'asseoir, maintenant le mystère afin de jouer avec les nerfs de son interlocutrice.

— D'où êtes-vous en Italie ?

— Val d'Aoste. Un petit village du nom de Cesara.

— C'est très beau le Val d'Aoste.

Stella perdit patience. Se sentir en territoire ennemi lui glaçait les sangs. Elle parvenait mal à dissimuler son stress.

— Je ne voudrais pas vous paraître incorrecte, général, mais je présume que vous n'avez pas pris la peine de vous adresser à moi uniquement pour m'entendre donner mes impressions sur mon pays natal. À moins que vous ne recherchiez un professeur de chant ?

Deux SS, visiblement éméchés, avaient repéré Stella et s'approchaient d'elle. Celle-ci se redressa, nerveuse.

— Maintenant, excusez-moi, mais j'ai un cours dans deux minutes.

— Comme il vous plaira... Stella, lui répondit Martial en insistant sur son prénom. À moins que vous ne préfériez que je vous appelle Léna Trebinski ?

Le visage de Stella se décomposa. Anéantie, elle se laissa retomber sur sa chaise. Le pire de ses cauchemars prenait corps en la personne repoussante de cet horrible bonhomme au regard cruel.

— Que me voulez-vous ?

— Pour le moment, rien. Avec moi, votre petit secret sera bien gardé. Nul ne doit connaître la teneur de nos entretiens. Le jour venu, je vous ferai signe. Pour l'heure, je vous demande de veiller sur Bianca Cavaldi.

Assise sur la cuvette des toilettes, Tessa venait de comprendre qu'elle était enceinte. Elle devait absolument prendre des dispositions car elle ne garderait pas l'enfant. Elle n'aimait pas Edgar. Enfin, c'était ce qu'elle pensait. Savait-elle seulement ce qu'était l'amour ? Une torture, un rapport de force ? Inutile de mêler un petit être innocent à ses propres incertitudes. Elle-même ne connaissait pas l'identité de son propre père. Mais ce qu'elle entendit des faiseuses d'anges était si horrible qu'après plusieurs jours de réflexion Tessa consentit à revoir ses positions sur la liberté. Et puis, un avortement pourrait la rendre stérile. Auprès d'Edgar, finalement, elle assurait son avenir matériel. Il serait un bon père, un époux dévoué. C'était un homme rassurant en cette période troublée. Tessa devint Mme Beaumont en novembre 1940. Elle accoucha six mois plus tard, mais perdit son enfant à la veille de son premier anniversaire.

De son côté, Gonzague partageait les craintes de Stella quant à l'avenir culturel de leur pays. L'agent rêvait d'Amérique. Les plus grands virtuoses avaient fui le régime nazi et avaient été accueillis à bras ouverts par les États-Unis. Outre-Atlantique, ils avaient reformé une élite, obtenu des budgets, réussi à monter des spectacles à faire pâlir d'envie la vieille Europe, usée par trois années de conflit. Gonzague avait pris des dispositions. Bianca et lui partiraient d'ici quelques semaines. Franz Kurlinger, son amant, le leur avait conseillé. Selon certaines indiscrétions, l'avenir allait s'obscurcir. Sitôt donné le dernier récital de Bianca, ils s'en iraient. Il n'avait pas mis Stella au courant de ses projets, mais elle ferait sans doute partie du voyage.

Martial raccrocha le combiné téléphonique de sa suite au Crillon, furieux. Il venait d'apprendre le prochain départ de Gonzague et Bianca. Il lui avait fallu deux ans pour élaborer son piège, deux ans de traque, et aujourd'hui qu'il allait arriver au but, tout risquait de s'écrouler. Il n'aurait jamais dû faire confiance à un « inverti ». Il lui fallait agir, et vite.

Bianca marchait à vive allure. Elle était en retard pour son ultime représentation devant l'armée d'occupation. Ziggy lui avait montré les billets pour les États-Unis. Ils embarqueraient la semaine prochaine. Traverser l'océan, partir à la conquête d'un pays aussi vaste que l'Amérique. Autant de promesses excitantes pour la petite bergère calabraise. Elle se demandait encore comment elle avait fait pour ne pas vendre la mèche à Stella. Perdue dans ses pensées, elle heurta de plein fouet une passante, à l'angle de la rue.

— Bianca ?

— Tessa !

— Je suis si heureuse de te revoir.

Tessa ne mentait pas. Depuis la mort de son enfant, elle vivait en recluse dans son vaste appartement. Ce matin, à court de cigarettes, elle était allée s'approvisionner auprès d'un ami de son mari. Les deux jeunes femmes échangèrent quelques mots. Bianca trouva Tessa changée, plus avenante, en quête d'amitié. Elle l'invita à la représentation.

— Tu chantes toujours ? lui demanda son amie, admirative. Tant mieux. Tu as un réel talent, Bianca.

— Et toi ? Que deviens-tu ?

— Oh, moi… C'est une longue histoire. Trop longue pour te la raconter sur un bout de trottoir.

Juste avant qu'elles ne se quittent, Tessa lui griffonna son adresse à Paris.

— On se revoit ? Sûr ?

— Promis.

La méfiance faisait désormais partie du quotidien de Stella Tribeca. Elle ne pouvait plus faire trois pas dans la rue sans se retourner. Elle avait entendu parler des camps de travail forcé où les juifs étaient exploités jusqu'à l'épuisement. Stella aurait traversé l'Atlantique à la nage si elle l'avait pu. Elle gardait un faible espoir en la personne de Ziggy. Il vantait l'Amérique comme un incontournable paradis culturel et elle envisageait de s'y replier. Elle aurait aimé se confier à lui, mais parler à un homme capable d'entretenir des relations intimes avec un officier nazi lui paraissait peu recommandable, surtout dans le climat actuel. En outre, il y avait Don Batista. Le général italien en savait beaucoup trop sur son compte. Depuis leur première entrevue, il ne lui avait toujours rien demandé. Peut-être n'entreprendrait-il rien contre elle ?

D'un geste pressé, Gonzague introduisit la clef dans la serrure de l'appartement de son amant. À deux heures de la première, l'agent artistique avait une multitude de choses à faire, et répondre à un appel de l'homme de sa vie était de la folie. L'amour rendait Ziggy imprévisible.

— Franz ? Où es-tu ? s'écria-t-il en parcourant chaque pièce au pas de charge. Arrête, ce n'est pas drôle. Je dois arriver à l'heure au théâtre.

Tandis qu'il s'engageait dans le salon, il distingua une forme inerte sur le parquet de chêne. Il accourut, s'agenouilla et découvrit Kurlinger gisant dans une mare de sang.

Pris de panique, Ziggy essaya de ranimer son ami, invoqua un miracle de la Providence.

— Accroche-toi ! Reviens, hurla-t-il, rageur.

Il fit une dernière tentative, un bouche-à-bouche. Ziggy retenait ses pleurs, s'accrochait à ce souffle d'espoir. Mais il dut se rendre à l'évidence, son amant était mort. Les yeux baignés de larmes, il déposa un baiser sur ses lèvres encore tièdes en signe d'adieu. Franz l'avait quitté. D'un revers de sa chemise, il prit soin d'essuyer la blessure, sans trop appuyer sur la plaie. Sans Franz, plus rien n'avait d'importance. Il se trouvait au-dessus du corps lorsque des hommes au feutre enfoncé jusqu'aux sourcils firent irruption dans l'appartement.

— Regardez, la lope est encore là. Embarquez-moi ça, ricana l'un d'eux.

Ziggy n'émit aucune protestation. Il ne quitta Franz du regard que lorsque les agents de la Gestapo l'empoignèrent et l'emmenèrent. Une traction noire les attendait devant la porte de l'immeuble. Le véhicule démarra.

Martial sortit de l'ombre de la cage d'escalier où il avait surveillé la scène. Il venait de reprendre la main, heureux par là même de satisfaire sa cause : offrir à un « inverti » un aller simple pour Treblinka.

Tessa se fit refouler par le service d'ordre à l'entrée du théâtre. Elle eut beau s'indigner, présenter son invitation, annoncer connaître la soprano, les militaires en faction ne cédèrent pas. Ils avaient ordre de ne laisser entrer aucun civil. Sans Edgar, retenu pour affaires, elle dut se soumettre. Elle remonta en voiture et décida de rentrer avant le couvre-feu.

Dans la salle, Stella dissimulait mal son angoisse. Ziggy était introuvable. Il avait dû lui arriver quelque chose. Jamais il n'aurait manqué une première. Bianca, affolée elle aussi, monta sur scène à contrecœur tandis que son professeur se rongeait les sangs, convaincue de l'imminence d'une tragédie.

Le public fit une ovation à Bianca, qui se retira en coulisses sans répondre aux rappels. Ces spectateurs lui déplaisaient. Stella tenta de la persuader de revenir sur scène. En vain. Soudain, la soprano l'aperçut… ce fantôme du passé qu'elle avait cru voir au début du concert. Il était là, à quelques mètres d'elle. D'instinct, elle prit la fuite, son cœur battant à tout rompre, et se dirigea vers la sortie de secours, à l'arrière du théâtre. Don Batista la pourchassa. Bianca renversait sur son passage tous les objets susceptibles de freiner le monstre, mais l'officier gagnait du terrain. Dans la rue, elle accéléra le pas. L'instinct de survie lui donnait des ailes.

Le long capot chromé d'une Delahaye s'approcha d'elle.

— Monte, ordonna Tessa.

Bianca sauta dans la voiture. Les douze cylindres du puissant cabriolet rugirent. Le véhicule disparut au bout de la rue.

Arrivé sur le trottoir, Martial ne contrôlait plus sa rage. Le rossignol venait une fois de plus de lui échapper. Furieux, il rentra dans le théâtre.

— Je vous avais bien dit de la surveiller ! hurla-t-il à Stella.

Don Batista claqua des doigts, s'adressant à deux hommes en faction :

— Messieurs, emmenez cette femme.

La Delahaye de Tessa roulait à vive allure sur la route de Normandie où les Beaumont possédaient un haras. Bianca devait embarquer sur un paquebot pour les États-Unis. En France, elle ne connaîtrait pas de répit. Son avenir était là-bas. Pendant le trajet, Tessa lui révéla son histoire, pourquoi elle s'était enfuie de Nice cinq ans plus tôt. Leur véhicule emprunta des chemins de traverse où elles étaient certaines de ne rencontrer aucun barrage. Elles parvinrent chez les Beaumont au petit jour.

— Je ne partirai pas sans Ziggy. Je lui dois tout.

— Tu partiras sans lui. Tu es recherchée. Je vais tout faire pour l'informer de ton départ. Il te rejoindra à New York.

Résignée, Bianca accepta.

— Viens avec moi, s'enflamma-t-elle la veille du départ. Viens. Plus rien ne te retient ici.

Tessa hésita, prête à accepter, puis se ravisa. Elle avait encore un dernier détail à régler.

— Plus tard, sans doute. Pour l'heure, j'ai l'intention de descendre en zone libre. Je veux connaître celui qui a conduit ma mère à sa perte.

— Je comprends. Dans ce cas, une seule personne pourra t'aider : Benjamin Braunstein.

26

Avignon, 1942

Alexis n'en revenait pas. Pour la deuxième année consécutive, il clôturait son exercice comptable sans enregistrer de perte. Il vérifia une nouvelle fois les chiffres avant de se rendre auprès de son père pour lui annoncer la bonne nouvelle. En l'absence de Terence, c'est Alexis qui, catapulté au poste de directeur, mettait au courant Virgile de la marche des affaires à la manufacture. Le jeune homme lui rendait visite matin et soir. Ensemble, ils avaient mis au point un système de communication efficace. Alexis parlait, Virgile confirmait ou niait par le regard. Après la mort de son beau-frère, le jeune homme perfectionna son invention de cadre à plat et réussit à s'imposer vis-à-vis du personnel. Pour enrayer la crise, il avait en projet de lancer une nouvelle marque commerciale et de la distribuer dans des points de vente sélectionnés. Pour l'heure, la guerre l'en empêchait. Ses visites rassuraient Virgile. Le vieil homme était fier de son cadet. Il avait réussi à maintenir la manufacture à flots et perpétuait la tradition familiale. Fier des résultats, il tendit les livres de comptes au vieil homme alité, et lut sa satisfaction dans son regard.

— Nous avons bien fait de demander un prêt à la banque Braunstein, père, se réjouit-il.

À l'automne 1940, son invention était entrée dans sa phase d'industrialisation. Le manque de trésorerie avait nécessité de faire un appel de fonds auprès des banques. D'un commun accord, Virgile et Alexis s'étaient décidés à emprunter la somme à Benjamin. À présent, leurs efforts se trouvaient récompensés. Alexis vit son père sourire pour la première fois depuis longtemps. Le jeune homme en eut le cœur serré. Pour lui, maître Bastide incarnait la force, la droiture et l'honorabilité. Il l'aimait, le respectait, tout comme il craignait parfois sa froideur cassante, son exigence envers les autres comme envers lui-même. De ces années de solidité, il ne restait plus que les fragments épars d'un roc. Les yeux de Virgile le considérèrent avec affection, comme si le vieil industriel avait deviné ses pensées. Tout d'abord troublé, puis rassuré, Alexis sentit une vague de bonheur l'envahir. Il s'était montré digne de son père. Si la chance continuait à lui sourire, il parviendrait à sauver de la banqueroute la manufacture, malgré la conjoncture défavorable. Son ambition était de réussir là où ses voisins de la rue des Teinturiers avaient échoué. Inscrire le nom des Bastide dans les annales de l'industrie du XXe siècle. Pour Virgile, pour l'honneur de la famille. Le fils mettrait tout en œuvre afin de réparer les outrages subis par son père. Il se le jurait. Il l'avait si souvent vu gémir, seul dans la pénombre de sa chambre, sans ami, inerte. Il lui saisit timidement la main et la serra entre ses doigts. La plupart des gens déploraient la froideur du jeune homme, considérant cette attitude comme une forme de condescendance, une supériorité que soulignait sa haute taille aux nobles proportions. En réalité, il éprouvait une pudeur extrême à livrer ses sentiments, préférant les actes aux mots, tout comme Virgile. À force de l'admirer, Alexis avait fini par lui ressembler, trait pour trait.

Il regagna son bureau où, dans un coin, des papiers calques recouvraient une table de travail improvisée. Il vérifia les tracés d'un plan qu'on lui avait remis la veille, en modifia certains contours. Les grandes lignes d'un projet d'envergure prenaient forme. Fort du succès des cadres à plat, Alexis comptait effectuer une refonte complète de l'entreprise. Après une étude approfondie des différentes étapes de la fabrication, il estimait pouvoir réduire les coûts de certaines d'entre elles et obtenir un résultat supérieur. Moderniser un savoir-faire en préservant la qualité restait sa priorité et garantirait la pérennité de l'entreprise. En ces temps perturbés, l'immobilisme régnait en maître. Mais la guerre ne serait pas éternelle. Sitôt la situation débloquée, la manufacture serait prête, l'avenir lui appartiendrait.

À tâtons, il saisit une revue technique sur sa gauche, sans quitter son dessin des yeux. En fin de journée, le hululement d'une chouette l'interrompit dans son travail. Il ne pouvait s'agir que du signal. *Le* signal.

— Bonjour, maman. Au revoir, maman, lança-t-il à la volée sur le pas de la porte.

Tatiana n'eut pas le temps de répondre à son fils qui venait de disparaître dans l'escalier. Elle le vit s'échapper par la porte dérobée du potager. Il lui était facile de deviner ce qu'Alexis lui cachait. Elle venait justement lui en parler.

Vigilante, Tatiana veillait au bien-être de sa famille. Avec la maladie de son mari, le départ de Terence, les problèmes d'intendance auxquels s'étaient greffées l'adolescence difficile de Louise et la haine de l'entourage à leur égard, elle avait dû faire preuve de courage pour maintenir l'unité. Elle était devenue un pilier inébranlable auquel s'agrippait chaque membre de la famille. Aucune décision ne se prenait sans qu'on lui en soumette l'idée au préalable. Parfois, cette position lui pesait. Mais elle ne le montrait jamais, trop heureuse d'avoir croisé un jour le chemin des Bastide. Après le décès d'Anton, Tatiana avait refermé l'album des Oulianov. Trop de blessures y étaient liées. De plus, les événements actuels l'emportaient dans un tourbillon quotidien. Chaque soir, elle s'estimait heureuse que la journée lui ait épargné une nouvelle catastrophe. Dans le calme paisible de sa chambre, elle remerciait la Providence. Par expérience, Tatiana connaissait la cruauté des hommes.

Avant de sortir, Mme Bastide s'avança près de la table de travail d'Alexis et jeta un œil sur les plans. Bien qu'elle ne comprenne pas grand-chose aux nombreuses cotes figurant sur les croquis, Tatiana devina l'intérêt de son fils pour la modernisation des ateliers.

— Petit cachottier, s'attendrit-elle avec fierté.

Ses doigts caressèrent les planches. Le travail était soigné, et le projet audacieux. Alexis correspondait à cette image, ambitieux et discret. Il tenait cela de son père. Avec le temps, il lui ressemblait à s'y méprendre. En le voyant évoluer, Tatiana se souvenait de Virgile quelques années plus tôt. Elle avait été séduite par son élégance et l'impression de force invincible qui l'habitait. En tant que mère, elle aurait aimé que son fils se confie davantage. À maintes reprises, elle l'y avait encouragé en lui accordant une écoute attentive. Alexis lui souriait, de ce sourire désarmant à faire fléchir le plus farouche des adversaires. Charmée, Tatiana se résignait. Elle respectait ses silences, sa pudeur.

Sur un coin du bureau, une photo de famille les réunissait tous les trois. Elle saisit le cadre, émue. Alexis se tenait entre ses parents. Virgile, debout, fier de poser devant sa nouvelle Renault, une main protectrice sur l'épaule de son fils, l'autre sur celle de sa femme. Ce cliché remontait à 1938, l'année de son attaque. Déjà, la ressemblance entre eux était frappante. En revanche, le regard du jeune homme était un héritage Oulianov. L'amiral avait le même, bleu acier. Tatiana se souvenait de ses petites pattes-d'oie autour des yeux, qui s'accentuaient lorsqu'elle venait par surprise sauter sur ses genoux, au désespoir de sa tante Macha. Parfois, la nuit, le fantôme de ses parents la visitait. Ils lui insufflaient l'énergie nécessaire pour surmonter les épreuves de la vie. Un jour, elle irait les retrouver…

Tatiana reposa le cadre avec précaution, attirée cette fois-ci par le sourire énigmatique de Virgile et son regard voilé de tristesse. Cette expression, il l'avait déjà avant son accident cérébral. Le vieil homme avait dû répudier son fils Martial, traître à la famille. Il n'avait jamais plus reçu de nouvelles de lui depuis ce jour sinistre. Aimerait-il le revoir ? se demanda Tatiana.

Elle sortit du bureau, l'esprit absorbé par son fils qu'elle suspectait d'entretenir des contacts avec les factions résistantes dans la région. Alexis sortait souvent en catimini après le dîner. Il n'apportait aucun soin particulier à son apparence. Il ne s'agissait donc pas d'un rendez-vous galant. Une fois ou deux, Tatiana l'avait questionné à ce sujet, lui rappelant qu'il n'était pas majeur et qu'elle était en droit de lui demander des comptes. Devant cet excès d'autorité qu'il ne lui connaissait pas, Alexis l'avait prise dans ses bras.

— Ne t'inquiète pas, Mamochka. Je serai de retour d'ici une heure.

Tatiana n'avait émis aucune opposition. Alexis la bernait à chaque fois avec son regard enjôleur. Elle avait commencé à se poser sérieusement des questions un an plus tôt, lorsque Benjamin Braunstein était venu se réfugier chez eux. Le prince Louis II de Monaco, craignant une annexion de la Principauté par Mussolini, s'était rapproché du gouvernement de Vichy. En échange, la Principauté avait voté les lois françaises, et les juifs résidant sur le Rocher avaient été spoliés de tous leurs biens. C'est ainsi qu'un soir de l'hiver 1941, Apolline avait eu l'immense bonheur d'ouvrir la porte de L'Amédoune à Benjamin. Virgile, depuis sa chambre, avait assisté à leurs retrouvailles et surpris des regards lourds de sens. Les Bastide avaient hébergé le fils Braunstein pendant deux semaines, avant de juger préférable de le cacher ailleurs, pour sa sécurité comme pour la leur. Alexis s'en était chargé, sans s'étendre sur le sujet.

Contrariée de n'avoir pu s'entretenir avec son fils, Tatiana entra dans le grand hall. Louise se tenait près du radiateur. De dos, l'adolescente ne l'avait pas entendue entrer et s'appliquait à déchirer une enveloppe.

— Louise ? Que fais-tu, ma chérie ?

La jeune fille se retourna, prise en flagrant délit.

— Rien, rien. Je t'assure, grand-mère.

— Voyons, ma chérie, ne me mens pas.

Tatiana fit deux pas en avant. Louise se raidit, les mains dans le dos.

— Louise…

L'adolescente baissa la garde. Sa grand-mère saisit les morceaux de papier, s'isola dans la cuisine et recomposa le message.

Dans la pénombre de sa chambre, Apolline allait et venait. D'un geste nerveux, elle triturait la chaîne en or dissimulée sous son corsage, un lointain héritage de ses années au couvent. Benjamin n'avait pas répondu à son dernier message. Cette attitude ne lui ressemblait pas.

— Quelque chose te préoccupe, maman ?

Sa fille venait de s'introduire en catimini dans la pièce. L'ironie pointait dans ses propos. Elle semblait la défier, ce qui lui arrivait souvent depuis le départ de Terence. Louise tenait sa mère pour responsable de sa mort et lui en voulait terriblement. Plus tard, les regards appuyés de Braunstein sur Apolline n'avaient fait qu'envenimer leur relation.

— Tu sais quelque chose ?

— Peut-être, ricana Louise.

— Parle-moi, je t'en conjure.

Louise se campa face à sa mère, bras croisés sur la poitrine. Elle releva la tête, la toisa, et avoua avec délices avoir donné la lettre de Braunstein à sa grand-mère.

Apolline eut envie de pleurer. Sa fille ne la détestait pas, elle la haïssait.

En entendant du bruit dans les fourrés, Benjamin releva les yeux du feu où mijotait son dîner. Lui et d'autres résistants s'étaient réfugiés dans cette discrète clairière, attendant les instructions pour leur prochaine mission. D'un signe de tête, il ordonna à l'escorte de maquisards de se retirer, avant de retrouver ses manières élégantes, presque déplacées en ce lieu et dans cette situation.

— Tatiana, ma chère. Vous avez pris des risques considérables pour venir jusqu'ici.

— Je le sais. Mais une mère est prête à tout par amour pour son fils.

D'un geste galant, Benjamin l'invita à s'installer sur un tronc d'arbre posé près du feu. Depuis une semaine, ce lieu était son palais. Ici, il était en charge de fédérer les unités indépendantes et d'élaborer une contre-offensive. Les Allemands risquaient de s'emparer de tout le territoire.

— La nuit est fraîche, prenez cela, dit-il en glissant une couverture de fortune sur les épaules.

Benjamin avait toujours apprécié la femme de Virgile. Ses actes, autant que son histoire, n'avaient rien de banal. Pourtant, elle faisait front, sans perdre sa merveilleuse grâce. À la lueur des flammes, elle se révélait être une très belle femme. Les épreuves avaient laissé leur empreinte sur le contour de ses yeux et quelques mèches de cheveux avaient blanchi prématurément, mais son regard, d'un bleu baltique, avait gardé son éclat.

— Où est Alexis ? demanda-t-elle enfin. Car je présume qu'il se trouve ici, non ?

Benjamin ne put lui mentir, malgré les instructions formelles de l'état-major de ne rien dire. Tatiana était trop intelligente pour qu'il lui fasse cette offense.

— Vous avez dû vous croiser. Il vient de partir. Sans doute a-t-il pris un autre chemin. C'est préférable d'ailleurs.

Elle se contenta de sa réponse, l'esprit égaré, constatant le confort spartiate du campement, la précarité de leur situation.

— Je dois vous faire une confidence, Benjamin. Je m'en veux de ne pas avoir pu vous accueillir plus longtemps à L'Amédoune.

Elle se rembrunit, le regard perdu dans les flammes.

— Je sais ce que c'est d'avoir la peur au ventre, comme une bête traquée. Craindre de se faire prendre à chaque instant est tout simplement horrible. Ce n'est plus vivre, mais survivre.

Benjamin lui saisit la main en signe de compassion.

— Survivre, c'est aussi continuer à vivre. C'est la raison de mon combat.

— Je m'en veux tellement. Vous et votre famille avez toujours été là pour nous. En échange, que nous offrons-vous ? Un coin de forêt perdu. J'aimerais tant vous donner davantage.

— Votre amitié m'est précieuse, Tatiana. Virgile, Alexis et vous êtes de vrais amis, sur qui je sais pouvoir compter.

Plus tard dans la soirée, Tatiana retrouva Apolline au salon. La jeune femme semblait morose. Sa fille la détestait. L'homme de sa vie se trouvait à quelques kilomètres, dehors, dans le froid piquant et peut-être en danger.

— J'ai une surprise pour toi, murmura Tatiana en lui tendant une lettre de Benjamin. Il t'attend.

Apolline quitta L'Amédoune sous le regard furieux de Louise. Alexis entraîna sa nièce vers d'autres sujets de réflexion. Lui seul savait lui changer les idées. Louise l'adorait.

— Il n'y a donc aucune trêve pour vous ? dit Apolline en entrant dans la clairière.

Surpris, Benjamin cessa d'astiquer son fusil et la contempla avec tendresse, partagé entre l'allégresse et la crainte de voir son ange s'envoler. Il se redressa, hésita, puis avança, une main tendue vers cette divine apparition. Ils restèrent un instant l'un devant l'autre, debout de chaque côté du feu. Depuis deux ans, ils attendaient ce moment, sans que les circonstances leur en aient offert l'occasion. Le temps n'avait plus d'importance. Cette soirée serait leur soirée. Benjamin l'invita à le suivre, loin des regards.

Ils entrèrent dans un mazet délabré, adossé contre un vieux figuier. Un rayon de lune s'immisçait entre deux tuiles disjointes et venait éclairer un lit de fortune sur le foin.

— Quel merveilleux cadeau tu me fais d'être venue, murmura-t-il.

— Un cadeau partagé.

La main de Benjamin releva les longs cheveux d'Apolline. Elle frissonna. Elle sentait le souffle de son amant le long de sa nuque. De désir, elle ferma les yeux au frôlement de ses lèvres. Des baisers délicats effleurèrent son cou, remontèrent vers sa bouche. Avec une infinie douceur, Benjamin enlaça la jeune femme. Apolline s'abandonna. Elle n'avait jamais éprouvé une telle sensation, tout entière submergée par une vague de chaleur. Benjamin déboutonna sa robe et la fit glisser à ses pieds dans un geste aussi naturel que sensuel. Ses doigts caressèrent le contour de son épaule avant de dégrafer son soutien-gorge. Apolline n'osait pas bouger, elle respirait à peine, partagée entre la culpabilité et le plaisir. Elle gardait les paupières closes. Il l'enlaça de nouveau. Haletante, elle éprouva un vertige. Les mains de Benjamin se posèrent sur sa poitrine. Lentement, ils s'allongèrent sur une couverture, dans l'herbe séchée. Sous le ciel limpide de cette nuit pascale, leurs gestes suivirent l'étoile de Balthazar, lointain seigneur des Baux-de-Provence tout proches.

27

Paris, 1942

Au bord de la nausée, Tessa trouva refuge dans la cuisine. En appui sur le plan de travail en marbre, elle était pressée de voir partir ses invités, écœurée par la cruauté de leurs propos. Comment pouvait-on se délecter de la souffrance d'autrui ? Depuis sa rencontre avec Edgar, Tessa avait gardé les yeux fermés sur ses activités. L'argent coulait à flots. Peu lui importait d'en connaître la provenance. Avec insouciance, elle voyait défiler dans le salon de leur hôtel particulier des gens en vue avec qui elle n'échangeait que des banalités. Mais ce soir, au dîner, elle avait réalisé les conséquences de son indifférence. Son silence la plaçait dans le rôle de complice, elle était coupable par passivité. Ainsi, en toute impunité, Edgar trouvait naturel d'inviter ses relations de la Gestapo et de plaisanter avec elles du sort réservé aux juifs envoyés dans les camps de la mort. Écœurée, Tessa était sortie après que l'un des convives eut relaté l'arrivée des trains de prisonniers à Buchenwald, où les soldats SS avaient pour ordre d'arracher les nourrissons à leur mère avant de les envoyer à la mort.

— Vous ne vous sentez pas bien ? s'inquiéta la bonne. Vous êtes toute pâle.

— Merci, Valentine. Ça va aller.

Tessa se servit un verre d'eau et le but lentement. En cette période troublée, elle avait appris à se méfier de tout le monde. Le moindre sursaut d'humanité pouvait passer pour une opposition au régime. On déportait des innocents pour moins que ça. Elle prit sur elle, fit bonne figure, et retourna dans la salle à manger.

— Je ne veux plus jamais revoir ces gens chez nous, tu entends, siffla-t-elle à Edgar dès les derniers invités partis.

Beaumont la dévisagea, éberlué. Tessa avait toujours détesté son air candide. Ses faits et gestes l'horripilaient. Mais ce soir, elle ressentait un profond dégoût envers son mari et se trouvait méprisable d'avoir fermé les yeux si longtemps.

— Je dormirai seule, décréta-t-elle. J'ai besoin de réfléchir. Tu prendras la chambre d'amis.

Par précaution, elle donna un tour de clef, s'allongea sur le lit, et joua, nerveuse, avec le fermoir de son bracelet Cartier. Face à elle, la coiffeuse lui renvoyait l'image d'une parfaite gravure de mode, fidèle en tout point aux portraits des studios Harcourt.

— Si belle de l'extérieur, mais si haïssable à l'intérieur, maugréa-t-elle.

Tessa s'était perdue en chemin, oubliant sa carrière, mais surtout sa mère et son désir de la venger. Où était la violence du sentiment qu'elle avait éprouvé à son chevet ? Le responsable de sa mort misérable courait encore. Pouvait-elle tolérer plus longtemps de traverser l'existence sans autre préoccupation que sa personne ? La fuite de Bianca, grâce à son intervention, lui prouvait le contraire.

Le destin de Tessa l'appelait ailleurs, loin de cet hôtel luxueux où elle occupait ses journées, au milieu des diamants et des fourrures. Mais avant de suivre sa voie, sa conscience lui soufflait de s'intéresser au sort de Ziggy.

Elle remua ciel et terre dès les semaines suivantes, prit des renseignements au plus haut niveau, impliqua même Edgar dans sa démarche. En vain. Selon lui, Gonzague avait dû passer incognito en zone libre à cause de sa « déviance ». Tessa s'était contentée de cette explication… jusqu'à une certaine soirée de gala.

Enroulée dans un peignoir en éponge, elle errait dans sa chambre, contrariée à l'idée de se rendre à l'opéra Garnier. Valoriser son époux lui devenait insupportable. Edgar avait prévu de la rejoindre sur place. Pour l'heure, il ne se doutait pas que son épouse avait d'autres projets, car Tessa se montrait conciliante afin de n'éveiller aucun soupçon. Le prendre par la surprise restait son atout maître.

La maîtresse de maison se dirigea vers le Renoir, fit pivoter le cadre et libéra l'accès au coffre-fort. La combinaison cliqueta sous ses doigts, la porte blindée s'ouvrit. À l'intérieur, des écrins de tailles différentes recouvraient les étagères. Saphirs, émeraudes ou rubis, elle ne savait que choisir parmi toutes ces parures. Elle opta finalement pour un collier de diamants, sobre et du plus bel effet. Au moment de refermer le coffre, Tessa remarqua une serviette en cuir. Elle était certaine qu'elle n'y était pas la veille. Intriguée, elle la saisit après s'être assurée que personne n'entrait dans la pièce, puis l'ouvrit.

Et ce qu'elle y découvrit la laissa sans voix. La fortune d'Edgar Beaumont provenait des bassins houillers de Lorraine. La guerre avait fait de lui un roi de l'acier à la solde des Allemands. Ses affinités avec l'occupant l'avaient enrichi de manière indécente et, grâce à la complicité de hauts dignitaires nazis, il avait pu acquérir à peu de frais de nouvelles aciéries. Il possédait un dossier complet sur les dirigeants des établissements concurrents. Le moindre détail révélant leur opposition à l'Ordre nouveau s'y trouvait inscrit. Pour la plupart, la mention « en cours d'acquisition » ponctuait le dernier paragraphe.

Page après page, Tessa blêmissait. Dessous-de-table, chantages, extorsions, Edgar tenait une comptabilité précise de sa caisse noire et il ne reculait devant rien. Plus loin, elle découvrit un contrat estampillé « confidentiel ». Au point où elle en était, elle continua sa lecture. Edgar obtiendrait les chantiers navals de Marseille, La Ciotat et Toulon, si les Allemands pénétraient en zone libre. En échange, il s'engageait à leur communiquer un état précis des activités résistantes dans cette région. Tessa déglutit avec peine, et inspira profondément avant de prendre connaissance de la dernière liasse : une liste exhaustive répertoriant les sabotages prévus dans le sud de la France et une enveloppe, celle d'ailleurs que Tessa avait remarquée le matin même à l'arrivée du courrier. Ce fut l'estocade finale. Depuis des semaines, Edgar savait que Ziggy avait été déporté dans un camp. Et cette lettre l'informait du décès du matricule 978, alias Gonzague du Plessis de la Tour.

Tessa referma la pochette et demeura un instant silencieuse, le souffle court. Son regard se durcit. Les pensées les plus folles se bousculaient dans son esprit. Edgar ne méritait aucun égard. Elle se releva d'un trait et se vêtit, sans penser à rien d'autre qu'à fuir, et le plus vite possible. Elle n'emporterait rien de cette vie faite de luxe, si honteuse à ses yeux désormais. Rien, sauf la serviette de cuir, son passeport vers la liberté…

Tessa sortit la voiture sans précipitation particulière, afin d'éviter les soupçons du voisinage. Une heure plus tard, Paris disparaissait derrière elle tandis qu'elle roulait à vive allure sur la nationale 6. Fontainebleau, Sens, Auxerre, elle traversa ces villes sans encombre. Bientôt, le couvre-feu l'obligerait à emprunter des chemins de traverse. Rallier Lons-le-Saunier devint une obsession. De temps à autre, elle jetait un coup d'œil furtif sur le siège passager. La pochette à ses côtés la confortait dans son choix. Puis son attention revenait sur la route, ses dangers. Pour l'heure, elle avait eu la chance d'éviter les patrouilles, les contrôles. Mais Edgar ne tarderait pas à sonner le tocsin sitôt rentré chez eux. Peut-être les autorités la recherchaient-elles déjà ? À la sortie d'Avallon, elle jugea plus sûr de bifurquer vers la départementale.

Les pensées de Tessa couraient vers les rivages de la Côte d'Azur. Là-bas, elle avait une autre affaire à régler, et à présent elle se sentait prête à démêler l'écheveau. Il fallait qu'elle retrouve la trace de Benjamin Braunstein, le seul capable de la guider sur la piste du responsable de la mort de sa mère. Sur place, la conductrice s'attendait à des complications. Elle savait que beaucoup de juifs avaient fui la Principauté, mais peut-être pourrait-elle recueillir une confidence entre deux portes de la part des anciens employés du banquier. À une époque pas si lointaine, Mlle Lavigne n'avait-elle pas brillé au firmament des studios de La Cybiline ?

Absorbée dans ses pensées, Tessa aperçut trop tard le virage en épingle. Elle braqua d'un coup sec, freina, mais sa voiture fit une embardée et quitta la route, dévala la pente avant de s'encastrer contre un arbre.

— Ça va aller, mon enfant ?

Tessa ouvrit les yeux. Une religieuse coiffée d'une cornette était penchée sur son visage. Était-elle au paradis ? Une violente douleur au sommet du crâne l'incitait à penser le contraire.

— Nous allons vous aider. Faites doucement.

La malheureuse parvint à s'extraire du véhicule, prit appui sur l'épaule de la religieuse et gagna une carriole rudimentaire, à l'arrière de laquelle elle s'allongea. Le jour commençait à poindre derrière la cime des arbres, ravivant l'odeur des pâturages gorgés de rosée. Tessa reprit vraiment ses esprits au moment où l'attelage entrait dans la cour d'un majestueux bâtiment aux toitures colorées de tuiles en losanges d'or.

— Où sommes-nous ? parvint-elle à demander.

— Aux hospices de Beaune. Nous allons nous occuper de vous. Vous venez d'avoir un grave accident et vous me semblez très affaiblie.

Bien soignée par les religieuses, la jeune femme se rétablit rapidement. Moins d'une semaine plus tard, elle franchissait la ligne de démarcation. Apparemment, même en zone libre, Tessa n'était pas recherchée. Elle fit l'acquisition d'une Peugeot ordinaire, dans l'espoir de gagner Marseille avant la fin de la journée. Lyon, Valence, Montélimar, la nationale 7 offrait un paysage de douceur, loin des clichés de guerre. Débarrassée de ses horribles migraines, Tessa se serait presque crue en vacances, heureuse de profiter de l'air doux qui caressait son visage par la fenêtre grande ouverte du véhicule.

À la sortie d'Avignon, un ralentissement annonçait un prochain barrage. D'instinct, Tessa tourna au premier embranchement afin de l'éviter, accéléra pour s'en éloigner le plus vite possible. La départementale serpentait à travers les champs d'oliviers. Rassurée, Tessa regrettait pourtant d'avoir emprunté cet itinéraire. Certes, elle n'était pas poursuivie, mais cette nature sauvage l'oppressait. Le jeu d'ombres sur les arêtes de la roche escarpée accroissait son malaise. Courageusement, elle poursuivit son chemin, se concentrant sur le but de son périple afin de mieux refréner ses craintes. Elle fut soulagée de voir, plus loin à un croisement, un panneau indiquant Salon-de-Provence.

— Je comprends que personne ne passe par là, murmura-t-elle.

Soudain, la Peugeot perdit de la vitesse puis hoqueta, avant de s'immobiliser sur le bord de la chaussée. Panne sèche !

— Saleté ! Tu ne peux pas me faire ça. Pas maintenant.

Tessa eut beau pester, l'automobile ne redémarrait pas. Elle rassembla ses affaires, prit soin d'emporter la serviette en cuir et de glisser la lettre dans son corsage, puis décida d'aller chercher de l'essence. Au carrefour, elle avait noté que le village de Maussane était à douze kilomètres. Peut-être y trouverait-elle le ravitaillement nécessaire ?

Jamais le temps n'avait paru aussi long à Tessa. Elle manquait d'exercice et la chaleur rendait ses efforts plus pénibles encore. Tout en marchant, elle espérait soit croiser une voiture, soit apercevoir une habitation où elle pourrait demander de l'aide, mais seul le chant des cigales l'accompagnait. Lors d'une pause, elle vit les ruines des Baux-de-Provence défier en silence le paysage livré aux assauts du mistral. Dans la vallée en contrebas, le clocher d'une église se détachait au milieu de petites bâtisses concentrées autour. Tessa reprit espoir, descendit l'autre versant et emprunta un raccourci, en lisière de champs. Elle pressa le pas, guère rassurée par la masse sombre des arbres et les bruits insolites qui lui parvenaient des fourrés. Elle tressaillit. Le craquement d'une branche lui arracha un cri. Tessa, main sur le cœur, décida d'accélérer le rythme. La nuit n'allait pas tarder.

À cet instant, deux bras vigoureux l'emprisonnèrent. Elle se débattit, appela à l'aide. Qui était-ce ? Que lui voulait-on ? Elle ne pouvait rien voir car on lui avait passé la tête dans un sac de toile rêche. Elle se sentit soudain soulevée du sol et déplacée, tandis que son agresseur lui arrachait sa serviette de cuir. Tessa s'agita dans tous les sens, hurla de peur, avant de se sentir plaquée contre un plancher. Quelqu'un l'avait ligotée ; ses liens lui sciaient les membres, les trépidations de la carriole meurtrissaient son dos. Le temps lui parut une éternité, un véritable supplice. Ses ravisseurs étaient peut-être à la solde de son mari.

Le convoi s'arrêta. Les pas s'éloignèrent. La jeune femme ne pouvait bouger que la tête. À l'affût du moindre son, elle perçut les voix de plusieurs personnes, qui revinrent vers elle et la détachèrent, puis la contraignirent à les suivre. Débarrassée de sa cagoule mais aveuglée par les flammes d'un feu, elle ne vit pas l'homme qui se trouvait derrière elle, serein.

— Que fais-tu ici ? lui demanda-t-il.

Tessa reconnut immédiatement cette voix à la tessiture profonde. Elle se retourna afin de s'assurer que le destin venait bien de la placer en face de Benjamin Braunstein.

— Vous. C'est vous que je cherchais.

— Tiens donc. À cette heure ? En pleine nature ?

— C'est incroyable, mais vrai. Et pour cela, j'ai traversé la France.

Une légère brise rabattit les flammes et permit à la jeune femme de mieux dévisager son interlocuteur. Benjamin avait conservé son charisme si particulier. Malgré les années, il demeurait plus séduisant que jamais, avec ses tempes grisonnantes. Il sourit, désabusé.

— Et je dois te croire ? Allons, Tessa, soyons sérieux. Tu es marié à un collabo, notre pays est enlisé dans la guerre, je vis en reclus dans le maquis, et toi, tu me cherches et me trouves par hasard ?

— C'est pourtant la vérité, lança-t-elle.

— Comment expliques-tu être en possession de ces documents ?

Tessa tenta de se justifier.

— Pourquoi devrais-je te faire confiance ? Dois-je te rappeler notre dernier entretien ? Tu me tenais en joue avec un revolver.

— Je n'ai qu'un seul but : découvrir le responsable de la ruine de ma mère. Vous seul pouvez m'aider. En échange, je suis prête à beaucoup de choses.

Elle avança d'un pas, sourire mutin aux lèvres, puis, d'un geste lascif, déboutonna la première agrafe de son corsage. Les hommes de main s'écartèrent. Tessa ne quittait pas son interlocuteur des yeux, tout en continuant de se dégrafer. L'embarras de Benjamin l'amusait beaucoup.

— Je crois qu'avec ceci vous serez fixé, lança-t-elle en lui tendant l'enveloppe.

Benjamin reconnut sa bonne foi à la lecture du document. En échange, il répondit aux questions qu'elle n'avait pas eu le cran de lui poser à Château Braun.

— En 1912, le fiancé de Zoé est mort sans lui laisser le moindre centime. Elle avait le projet de construire un studio de cinéma et avait tout mis en œuvre pour parvenir à ses fins en démarchant auprès des financiers de la Riviera. Mais aucun de nous n'aurait cautionné une affaire aussi folle.

Benjamin se sentit soudain gêné de poursuivre.

— Zoé était…

— Une femme légère ?

— Eh bien…

— Je sais que rien ne l'arrêtait. Je la connaissais bien.

— En effet. C'était un personnage haut en couleur. Elle a su tirer parti de la situation et s'est arrangée pour soudoyer un stagiaire de la banque Braunstein. Ensemble, ils ont détourné des fonds pour financer l'opération.

— Mais votre père, Nathanaël, a tout découvert…

— Oui. Il a assuré à Zoé qu'il ne porterait pas plainte si, de son côté, elle s'engageait à rembourser la somme subtilisée.

— Ce qu'elle n'a pas fait.

— Non, car son complice s'est arrangé pour maquiller les preuves et a fait porter l'entière responsabilité sur Zoé. C'est sans doute pour cette raison qu'elle n'a plus jamais remis les pieds en France. Ici, tout le monde a cru qu'elle était morte dans le naufrage du *Titanic*.

Le regard de Tessa devint dur.

— J'ai été élevée dans la haine de votre famille alors que vous avez tenté de l'aider. Le véritable coupable est son complice. C'est lui qui a condamné maman. Qui est-ce ?

— Il s'appelle Bastide. Martial Bastide. Nous ne l'avons jamais poursuivi en justice car son père était un grand ami du mien.

— Où puis-je le trouver ?

— Je ne sais pas. Sa famille n'a plus aucune nouvelle de lui. Ils se sont brouillés.

— Je le retrouverai.

Benjamin regarda Tessa, ennuyé.

— Ne crois-tu pas que la vengeance t'a suffisamment détruite ?

— Je le sais. Mais je dois aller jusqu'au bout.

— Méfie-toi de la haine. Tu as failli me faire sauter la cervelle à cause de ça.

— Logan Fairlane m'y avait encouragé.

— Logan Fairlane ?

Finalement, Benjamin n'était pas surpris. La Fairlane Limited n'avait jamais caché son intérêt pour la banque Braunstein. Supprimer son dirigeant lui aurait permis de parvenir plus rapidement à ses fins, et il avait été aisé de manipuler la jeune Tessa. Mais celle-ci avait renoncé à son geste car elle avait une conscience. En revanche, la spoliation des biens des juifs monégasques avait permis à Fairlane de s'accaparer l'établissement bancaire.

À l'approche de l'hiver 1942, l'espoir donné par le débarquement allié sur les côtes d'Afrique du Nord fut anéanti par l'« opération Attila » d'Hitler. Les Allemands entraient en zone libre. Condamnée à l'anonymat si elle ne voulait pas se voir démasquer par son mari, Tessa choisit de s'engager dans le maquis. Elle devint une aide précieuse et un fin stratège. Pour l'heure, elle ne pouvait assouvir sa vengeance. Mais la guerre finirait bien un jour…

28

Avignon, 1943

Apolline avait pris des risques considérables pour venir jusque-là. Sur la nationale, elle s'était jetée dans le fossé avec son vélo à l'arrivée d'une patrouille allemande. Les chars étaient passés devant elle sans la remarquer, mais la jeune femme tremblait encore au souvenir des monstrueux engins d'acier. Plus loin, elle creva, et dut poursuivre à pied.

Le soleil disparaissait derrière le Ventoux. Dans quelques heures, la campagne serait plongée dans l'obscurité. Peu lui importait. Revoir Benjamin était son unique préoccupation. Depuis six semaines, Apolline n'avait pas goûté à la douceur de sa peau. Le désir la rendait folle. Le manque de nouvelles la rongeait d'inquiétude. Elle maudissait cette guerre qui les tenait éloignés l'un de l'autre. Parfois, la nuit, elle se relevait d'un bond, en sueur. Dans son cauchemar, Benjamin avait été arrêté. Et au milieu de ses draps froissés, elle sanglotait en silence. La nuit précédente, elle avait guetté le retour de son demi-frère Alexis, certaine qu'il lui remettrait un billet de Benjamin.

« Alors ? lui avait-elle demandé en se glissant dans sa chambre sur la pointe des pieds.

— Alors, rien.

— Mais tu l'as vu ?

— Non.

— Comment ça, non ? »

Le jeune Bastide l'avait invitée à s'asseoir sur son lit, essayant de calmer son angoisse grandissante. Il lui avait fait part du départ de Benjamin pour la Savoie afin d'exécuter une mission d'importance. Il reviendrait le lendemain, pour quelques heures, avant de repartir.

Le cœur d'Apolline battait à tout rompre. Elle se tenait à un jet de pierre du campement provisoire dévoilé par Alexis. Elle pressa le pas. Derrière la colline, face à elle, se trouvait l'homme de sa vie. Elle lui ferait une agréable surprise. Du moins l'espérait-elle. Et si jamais Benjamin s'était lassé d'elle ? Et s'il avait rencontré quelqu'un d'autre ? La jeune femme n'y survivrait pas.

Elle grimpa la pente raide, exposée aux derniers rayons du soleil de juin. L'air brûlant était chargé d'un parfum de thym sauvage et de lavandin. Plus elle avançait, plus elle s'enflammait à l'idée de leurs retrouvailles. Apolline arriva au sommet, le souffle court.

— Viens, qu'est-ce que tu attends ?

La voix de Benjamin la saisit. Il était là, en contrebas, à profiter de la fraîcheur du cours d'eau. Aveuglée par la luminosité, Apolline ne parvenait à le voir, mais elle aurait reconnu son timbre entre mille. Elle porta la main droite en écran devant ses yeux, et fit un signe avec son bras gauche. Benjamin était dans l'eau, au milieu de la rivière. Apolline reconnut son dos puissant, ses épaules carrées. Elle agita le poignet, puis suspendit son geste lorsqu'elle compris que Benjamin parlait à une autre personne, dissimulée par les branches d'un arbre sur la berge.

Déçue, elle emprunta le sentier abrupt pour le rejoindre. Peut-être serait-il contrarié par sa visite à l'improviste ? Et s'il se trouvait en galante compagnie ? Alexis devait le savoir ou s'en douter. C'était sûrement pour cette raison qu'il l'avait dissuadée de le rejoindre ce soir. La première chose qu'elle remarqua, ce fut les deux cannes à pêche de fortune bricolées à l'aide d'un jonc. Elles étaient plantées dans l'herbe, abandonnées à la surveillance de leurs propriétaires. À leur pied, un panier à poisson émergeait de l'eau, ballotté par le courant.

De dos, Benjamin invitait son interlocuteur resté sur la rive à le rejoindre.

— Viens, insistait-il. Elle est fraîche au début. Mais tu verras, elle est très bonne.

Apolline le trouvait plus séduisant que dans ses souvenirs. Le soleil avait cuivré sa peau et doré quelques mèches de ses cheveux. Benjamin se retourna, et il la vit. Apolline fondit devant son sourire radieux. Il remonta dans sa direction, à contre-courant. Elle ne parvenait pas à détacher son attention de ce corps vigoureux. À chacune de leurs étreintes, lorsqu'il venait se plaquer contre elle, elle perdait tout contrôle d'elle-même. Il s'approcha.

— Que fais-tu là ? s'exclama-t-il, ravi.

— Une surprise.

Elle lui demanda s'il n'était pas déçu.

— Tu plaisantes ! Pas le moins du monde.

Benjamin sortit de l'eau et s'avança vers elle, ruisselant. À cet instant, un cri étouffé, suivi d'une chute dans le cours d'eau, interrompit leurs retrouvailles. Il se détourna et revint près de la berge. Apolline le suivit.

— Qu'y a-t-il ?

— Colombe a dû tomber à l'eau, s'inquiéta Benjamin.

— Colombe ?

— Oui. L'un de nos agents.

À deux mètres d'eux, une silhouette venait de remonter à la surface. Le visage de Tessa apparut.

— Tu as raison, elle est glacée, plaisanta la jeune femme en lissant ses cheveux en arrière.

Apolline se figea à la vue de cette fille, de quinze ans sa cadette, sortant de l'eau. Elle portait une chemise d'homme. Le tissu mouillé plaqué sur son corps dévoilait ses formes généreuses. La situation ne semblait pas l'effaroucher.

— Il paraît que c'est très vivifiant pour la peau, poursuivit Tessa.

Estomaquée par cette réflexion qui lui était adressée, Apolline chercha auprès de Benjamin de l'aide. Mais la tenue de son « agent » semblait l'amuser ; il souriait benoîtement. Apolline eut le cœur lacéré.

Au cours de la soirée, ses craintes se renforcèrent. Tessa avait jeté son dévolu sur Benjamin. Une véritable complicité les liait. Colombe - son nom de code - affichait un tempérament plein d'assurance et des manières toutes féminines. À plusieurs reprises, Apolline surprit leur regard complice. Ils se comprenaient sans dire un mot. Les quatre autres maquisards n'avaient d'yeux que pour elle. Elle régnait en princesse sur sa petite cour.

— Poisson au thym et romarin, lança Tessa d'une voix enjouée. En prime, vous aurez des pommes de terre rissolées. Quel luxe, ce maquis !

Apolline s'écarta de la jeune femme au moment où celle-ci passait avec la poêle brûlante. Depuis son arrivée, elle se sentait déplacée au milieu de leur groupe, et elle rêvait de se retrouver seule avec Benjamin.

— Colombe, tu es un vrai cordon-bleu ! lança l'un des hommes.

— Que ferions-nous sans toi ? ajouta un deuxième.

— Je sais, je sais, badina-t-elle, faussement modeste. Vous ne pourriez pas vous passer de moi.

Apolline blêmit. En prononçant ces derniers mots, Tessa avait fixé avec insistance Benjamin.

Le dîner lui parut un supplice sans fin. Les maquisards évoquaient des noms de gens ou de lieux totalement étrangers à Apolline. Parfois, Tessa parlait en code. Des phrases d'une banalité affligeante venaient se greffer à la discussion. Aussi, Apolline fut-elle soulagée quand Benjamin annonça au groupe qu'il comptait aller se coucher.

Tessa s'activa à nettoyer la poêle. Apolline soutint son regard, fière de sa revanche. C'est avec elle que Benjamin passerait la nuit.

— Voici notre suite, lui souffla-t-il en lui désignant une vaste grange. Le propriétaire est un ami.

Ils s'allongèrent, impatients de se redécouvrir l'un l'autre, enflammés de désir. La main de Benjamin glissa dans les cheveux d'Apolline. Elle rejeta la tête en arrière, gémissant aux baisers ardents de son amant. Elle se plaqua contre son ventre, lui griffa le dos. Il lui appartenait, sa rivale ne l'aurait pas.

— Que t'arrive-t-il ? demanda Benjamin, surpris par la violence de sa maîtresse.

— Rien. Pardonne-moi.

Il insista. Apolline lui révéla, confuse, sa jalousie.

— Allons. C'est toi que j'attends, et depuis si longtemps. Tessa me fait rire, elle nous aide. Mais c'est toi que j'aime. À toi que je pense sans cesse.

À ses côtés, abandonnée dans ses bras, Apolline le crut.

Le lendemain matin, elle se réveilla la première. Elle voulait rapporter à Benjamin un ersatz de café. Mais en approchant du feu, elle surprit une discussion entre deux des maquisards. Ils parlaient de Tessa.

— T'as aucune chance avec elle. Elle veut le patron. Si ça se trouve, c'est déjà fait.

Apolline chassa cette idée de son esprit. Benjamin ne pouvait pas lui mentir. Quelques heures plus tard, il prit congé d'elle. Il devait se rendre à Marseille pour quatre jours.

— Ne t'inquiète pas, lui murmura-t-il. Je serai bientôt de retour, et je te promets que nous aurons une semaine rien que pour nous.

Tessa s'approcha d'eux, posa la main sur l'épaule de Benjamin et s'adressa à Apolline :

— Ne vous en faites pas, il sera entre de bonnes mains. Je vais le chouchouter.

Tatiana reposa la tasse à thé sur la table de nuit. Elle redressa les oreillers de son mari et, d'un geste vif, lissa le drap. Elle ne souhaitait pas l'importuner avec des tracas supplémentaires. Soudain, Virgile lui saisit le poignet, comme s'il avait deviné ses préoccupations. Elle se demandait comment lui parler, lorsque le cahotement d'une charrette à bras résonna sur les pavés devant L'Amédoune. Alexis rapportait un chargement de coton neuf et immaculé. Il arrivait à temps pour alimenter les ateliers. Depuis le début de la guerre, l'activité de la manufacture tournait au ralenti, et il arrivait souvent à Alexis de jouer le rôle de transporteur. D'ici peu, l'héritier des Bastide serait appelé à travailler en Allemagne, comme tous les jeunes gens de son âge. Alexis ne cautionnait pas la politique française de collaboration. Quoiqu'il fût discret sur ses intentions, Tatiana le savait prêt à rejoindre le maquis le jour où la lettre officielle lui parviendrait. Elle redoutait cet instant.

— Je vais lui parler, lança-t-elle à Virgile pour le rassurer.

À l'extérieur, la carriole lourdement chargée reposait sur ses brancards. Tatiana chercha son fils. Elle le repéra au fond du jardin, près du pigeonnier.

— Tout s'est bien passé ? lui demanda-t-elle lorsqu'elle fut à sa hauteur.

Absorbé dans ses pensées, Alexis se retourna, surpris. Il tenait entre les mains un oiseau qu'il prit soin de replacer dans le pigeonnier avant de répondre à sa mère.

— Oui, très bien.

— Je crois que nous devrions parler un peu tous les deux.

— Si tu veux. Mais de quoi, au juste ?

Cette attitude irrita Tatiana. Elle n'ignorait rien des agissements de son fils et souhaitait qu'il la mette dans la confidence.

— Si tu commençais par m'expliquer cette soudaine passion pour les pigeons...

— Nous sommes en guerre. Ils peuvent être bons à manger.

— Alexis ! Épargne-moi tes boniments, je te prie. Tu crois que j'ignore où tu cours, la nuit tombée, et que je n'ai pas remarqué les provisions que tu emportes ? Tu me crois assez stupide pour penser que tes volatiles serviront à nous nourrir ? Je t'ai suivi jusque dans le maquis, un soir.

Elle se radoucit et ajouta :

— Benjamin a dû te le dire. Mon chéri, tu peux me faire confiance. Parle-moi.

— Moins tu en sauras, mieux ce sera pour toi, lança-t-il d'une voix étrangement calme.

— Comme tu veux. Sache que ton père et moi sommes de ton côté et que nous nous faisons beaucoup de souci pour toi. Sois prudent.

Tatiana le vit s'éloigner vers la charrette. À mi-chemin, il s'arrêta, avant de revenir dans sa direction.

— À la réflexion, j'ai quelque chose à te confier. Je ne partirai pas au STO.

— Tu prendras le maquis, c'est ça ?

Le jeune homme s'abstint de toute réflexion. Il fixa sa mère d'un regard franc. Rien ne parviendrait à infléchir sa décision.

— Maman, ajouta Alexis en lui saisissant la main avec tendresse, je me souviens de tes récits sur nos ancêtres slaves. Mon grand-père s'est battu toute sa vie contre l'injustice. J'ai sans doute hérité de lui.

— Tu veux finir comme lui ? s'écria-t-elle.

La réflexion de son fils venait de rouvrir une plaie plus profonde en elle.

— Le sang appelle le sang. Sais-tu ce que les autorités réservent aux maquisards ? Alexis, j'ai très peur. Pour toi. Pour nous. Ne commets pas d'imprudences, mon chéri. Je t'en conjure.

Quand ils regagnèrent L'Amédoune, Tatiana remarqua immédiatement la lettre officielle qui dépassait de la pile de courrier déposée sur la console de l'entrée. Le cœur serré, elle l'apporta à Alexis.

— Maintenant, je suis fixé, lâcha-t-il d'un air sombre. Je vais prendre des dispositions. Les ateliers doivent poursuivre leur activité.

Lorsque Louise pénétra dans le bureau d'Alexis, elle le surprit en train de rouler avec soin les plans qu'il laissait toujours étalés sur le bureau d'architecte.

— Alors c'est vrai, tu pars ?

Il y avait davantage d'émotion que de reproche dans cette question. Mais imaginer sa vie à L'Amédoune sans son oncle Alexis lui paraissait impensable.

— En effet. Je dois partir pour quelque temps. Mais je serai vite de retour, tu verras.

Louise redoutait d'être livrée à elle-même. Désormais, elle serait l'unique représentante de la jeune génération sous ce toit. Qui prendrait son parti ? Comment allait-elle gérer la séparation ? Depuis leur plus tendre enfance, Alexis et Louise avaient grandi ensemble. Et aujourd'hui, il l'abandonnait.

— Pourquoi ? s'écria-t-elle. Je ne veux pas que tu partes.

L'émotion la submergea. Elle vint se blottir dans ses bras rassurants. Cette déchirure la renvoyait au départ de Terence. Son père aussi avait promis de revenir. Le destin s'acharnait à lui retirer les hommes importants de sa vie.

— En mon absence, veille sur père, s'il te plaît.

— Je ne veux pas. Je ne veux pas.

Louise n'écoutait rien d'autre que sa détresse. Elle s'accrochait à son oncle avec l'intime conviction qu'elle parviendrait à infléchir sa décision.

— Je t'en prie. Ne me laisse pas. Ne pars pas.

— Je n'ai pas le choix, dit-il avec autorité. Il faut sauver notre entreprise, tu comprends ? Nous avons de gros soucis. Si tu veux m'aider, montre-toi raisonnable.

Elle se retira lentement, les joues ruisselantes de larmes. Son regard se durcit. Pour Louise, il n'y avait aucun doute, Benjamin Braunstein perturbait leur existence une nouvelle fois. Elle le savait. Elle avait entendu ses grands-parents et Alexis s'entretenir à mots couverts du prêt accordé par la banque Braunstein. Selon les modalités consenties, l'établissement se réservait le droit de réclamer un remboursement anticipé en cas de force majeure. Benjamin était ruiné, il était l'auteur de cette clause et aujourd'hui il réclamait son dû. C'était donc lui le responsable du départ d'Alexis. Tout comme, d'une certaine manière, il l'avait été de celui de Terence. Benjamin Braunstein ruinait sa vie.

Dans sa dernière étreinte, Virgile témoigna à Alexis davantage que son amour. Il lui transmettait le flambeau. Le vieil homme doutait de revoir son fils un jour, mais il savait qu'il se montrerait un héritier digne de leur nom. Désormais, c'est à lui que reviendrait la tâche de laver l'honneur souillé des Bastide.

Après un dernier coup d'œil sur les plans, l'opération lui semblait au point. La voie de chemin de fer, l'aiguillage, le transformateur, Benjamin avait même situé aux abords de la petite gare les troupes ennemies qui assuraient le déchargement du matériel militaire. Il termina sa démonstration en traçant une croix sur le sol.

— C'est à cet endroit que nous devrons tendre notre embuscade.

— À découvert ? s'insurgea Tessa. Les Boches vont nous tirer comme des lapins.

— Non. Il y a une vieille grange, ici. Par ailleurs, ils relâcheront leur vigilance sur ce tronçon.

— Permets-moi d'en douter.

Le bruit sourd d'un moteur qui s'élevait de la colline voisine les interrompit. Très vite, Benjamin effaça le croquis sur le gravier.

— Viens. Il ne faut pas rester là.

Tessa n'eut pas le temps de réagir, Braunstein l'avait déjà entraînée dans sa course. Ils plongèrent derrière un arbousier au passage de l'avion. L'appareil rasa le bosquet puis disparut dans le repli du vallon.

— Pas trop choquée ?

— Ça va. Je survivrai.

Benjamin n'en doutait pas une seconde. Au cours des derniers mois, Tessa avait prouvé son courage, et sa détermination lui valait l'admiration des maquisards. Elle supportait l'inconfort et bravait le danger avec sang-froid, imposant le respect. Benjamin n'ignorait pas les sentiments qu'elle éprouvait pour lui. À sa manière, elle le lui avait fait comprendre à demi-mot. Tessa avait joué la carte de la complicité, l'amenant sans cesse à relever des défis. Pris au jeu, Benjamin se mesurait à elle, attirée par son esprit de compétition.

Là, pour la première fois, il la voyait autrement. Le soleil teintait ses boucles de reflets cuivrés et dorait son visage. Le regard perdu sur la ligne d'horizon, elle humecta ses lèvres. Troublé, le chef du réseau hésita à lui retirer une brindille accrochée dans les cheveux. Il se contenta de la lui signaler.

— Enlève-la toi-même, souffla-t-elle, aguicheuse.

Tessa profita de la situation pour que sa joue frôle la main de Benjamin. Braunstein resta immobile. Il la désirait.

— Nous devrions nous remettre en marche, dit-il pour couper court, gêné par cet instant d'égarement.

Sur le trajet du retour, il alimenta la conversation de sujets sans intérêt. Benjamin redoutait le silence, et l'image d'Apolline hantait sa conscience.

— Que sais-tu de Logan Fairlane ? lui demanda soudain Tessa.

— Fairlane ? Pas grand-chose. Il était mon associé et il a pris possession de ma banque quand on a confisqué mes biens.

— L'as-tu déjà rencontré ?

— En personne ? Non.

— Qui est-ce, au juste ?

— C'est un mystère. On le dit âgé, muré dans son manoir anglais et immensément riche.

— C'est tout de même curieux, tu ne trouves pas ?

— Quoi ? Qu'un allié collabore avec l'ennemi ? Qu'un associé de dix ans me plante un poignard dans le dos ? Je te croyais moins naïve.

Benjamin remarqua l'expression contrariée de Tessa. Elle fixait le chemin, droit devant.

— À quoi penses-tu ?

— À ma mère.

Le ton de sa voix trahissait la rancune qui l'animait.

— Et ?

— Un jour, tu m'as dit que Martial Bastide avait été le complice de ma mère. Enfin, soupçonné d'être son complice.

— Oui, reconnut-il, sans savoir où elle voulait en venir.

— Penses-tu qu'il puisse avoir un lien avec Logan Fairlane ?

— Martial ? s'écria Benjamin dans un grand éclat de rire. Voyons, Tessa, c'est impossible. Les capitaux investis par la Fairlane Limited sont considérables. Martial, malgré sa perversion et son génie, n'aurait jamais pu réunir une telle somme.

Tessa acquiesça.

— Bientôt, la guerre finira. Tu pourras retrouver le coupable.

— Je l'espère, Benji. Je l'espère.

— Vitrier ! Vitrier ! hurlait le marchand ambulant sous les fenêtres de L'Amédoune.

Cette annonce tira Virgile du profond sommeil dans lequel il avait fini par sombrer au petit matin. Avec lenteur, il ouvrit les paupières, peiné que le bon Dieu ne l'ait pas encore rappelé. La voix du colporteur s'éloigna dans la rue des Teinturiers, laissant maître Bastide à ses tristes pensées.

Depuis le départ d'Alexis une semaine plus tôt, Tatiana le remplaçait à la manufacture, épaulée par Apolline et Louise. Les trois femmes Bastide s'éreintaient à la tâche afin d'honorer les rares commandes. Comme en 1914, les ateliers avaient refusé les offres alléchantes des distributeurs peu scrupuleux qui commerçaient avec l'ennemi.

« Mieux vaut mourir dans la dignité que vivre dans la honte », s'était justifié Virgile avec difficulté.

La famille avait accepté sa décision. Mais, aujourd'hui, cet orgueil risquait de leur coûter cher. Les traites continuaient à tomber tous les mois, creusant davantage les réserves familiales. Pour sauver l'honneur des siens, Virgile avait décidé de rassembler le peu de forces qui lui restaient et d'agir. Il ne laisserait aucune dette à ses héritiers.

La porte s'ouvrit sur Tatiana.

— Je veux me lever, parvint-il à articuler.

Cette nouvelle illumina le visage de son épouse. D'un geste discret, elle tenta de dissimuler une enveloppe dans sa poche.

— Que me caches-tu ?

Tatiana baissa la tête avant d'avouer à voix basse sa cruelle découverte.

— La banque nous met en demeure de solder notre prêt sous un mois, sans quoi, nous serons saisis.

Alexis jeta sur le tronc d'arbre deux lapins de garenne chassés dans la journée. Il salua Tessa et Benjamin d'un bref signe de tête et s'affaira à préparer le dîner, tout en prêtant une oreille distraite à leur conversation. Le fils Bastide avait vu la jeune femme à plusieurs reprises et ne l'appréciait guère. Elle incarnait pour lui la perfidie féminine.

— Après une telle marche, nous allons nous régaler, lança-t-elle, enjouée.

Alexis ne releva pas. Quitte à paraître grossier, il estimait ne rien devoir à la rivale de sa demi-sœur, à commencer par sympathiser avec elle. À vingt-deux ans, la diplomatie n'était pas son fort, et la cohabitation entre eux s'annonçait rude.

— Nous devons informer Benjamin, lança Apolline. Lui seul peut nous aider.

Virgile eut un signe d'agacement en direction du hall d'entrée. À grands coups de massette, l'ébéniste convoqué le matin même par Tatiana clouait les planches de la future rampe en plan incliné. Malgré la maladie, la nécessité poussait maître Bastide à se relever ou à s'exprimer de vive voix.

Apolline poursuivit, dès qu'elle eut fermé la porte de communication :

— Père, nous devons agir maintenant. Si vous le désirez, je m'en charge. Selon le contrat de prêt, la banque est en droit de saisir tous nos biens.

D'un signe de la main, Virgile encouragea sa fille à suivre son idée. Il n'ajouterait pas l'humiliation au déshonneur auquel la mort d'Anton les avait réduits.

Sur le palier de l'entresol, Louise serrait de toutes ses forces la rampe en fer forgé. Elle avait vu sa mère accorder un soin particulier à son apparence avant de quitter L'Amédoune. La jeune fille fulminait. Si on apprenait en ville qu'Apolline et ce banquier juif avaient une liaison, ce serait pire que toutes les rumeurs qui circulaient déjà sur la famille. Louise devait agir, pour le bien de tous, pour Virgile. Elle sortit à son tour et marcha à vive allure en rasant les murs. Peu lui importait de recourir à des solutions « discutables ». Louise poussa la porte du Café de la Patrie, bien connu pour ses sympathies avec le régime de Vichy.

— J'ai des renseignements à vous livrer, dit-elle, confuse, à deux hommes vêtus d'un manteau de cuir.

À deux heures de route au nord, la cellule de résistance dirigée par Benjamin avait établi son campement pour la nuit dans un moulin désaffecté. La situation dominante de la bâtisse permettait de surveiller les alentours. Le lendemain, ils espéraient s'emparer d'un convoi de munitions avant son entrée en gare de Tarascon. Cette mission pouvait changer le cours des événements.

Apolline avait rejoint le groupe en fin d'après-midi. Benjamin et Alexis la reçurent fraîchement. Sa venue inopinée mettait leur organisation en danger. Tessa se fit une joie de jeter de l'huile sur le feu.

— La banque vient de nous annoncer son intention de solder le prêt, se justifia Apolline.

— La belle affaire, siffla sa rivale. Sais-tu que nous sommes en guerre ? Nous ne jouons pas aux gendarmes et aux voleurs.

Alexis coupa court aux remarques de Tessa :

— De combien de temps disposons-nous ?

— Un mois.

Benjamin intervint et calma leurs inquiétudes :

— Sous huit jours à réception du courrier, Fairlane est tenu de vous envoyer un émissaire pour examiner une solution de remboursement. Selon les clauses du contrat, il doit justifier de solides arguments pour réclamer le solde du prêt. Je crois savoir que vous avez toujours remboursé en temps et en heure. Rien n'est perdu, n'ayez crainte. Dès que notre mission sera terminée, je vous promets de tout mettre en œuvre pour trouver une solution.

Il poursuivit à l'intention d'Apolline :

— Tu rentreras à L'Amédoune demain à la première heure. Si vous avez besoin de nous joindre, utilisez les pigeons d'Alexis.

Cette perspective séduisit la jeune femme, heureuse de l'opportunité, et plus encore de voir Tessa glisser un bras conquérant sous celui d'Alexis. Cependant, juste avant de grimper l'échelle de meunier qui séparerait les deux couples pour la nuit, Tessa ruina ses espoirs par un superbe sourire.

— Je l'aurai. Tout n'est qu'une question de temps. Benjamin sera à moi, comme il l'a déjà été.

Puis elle poursuivit l'air faussement gêné :

— Bien sûr, tu es au courant de notre aventure à l'époque de La Cybiline ?

À trois heures trente précises, les deux sentinelles en faction sur la plate-forme ne prêtèrent pas attention au groupe d'hommes qui venait de sortir des buissons. Le vent soufflait, couvrant les bruits. La nuit s'éternisait. Afin de lutter contre le sommeil, ils tiraient sur leur mégot tout en bavardant tranquillement. Ils n'émirent qu'un râle plaintif lorsque l'arme blanche leur trancha la carotide. Puis leurs corps s'affaissèrent dans un bruit étouffé. Les assassins s'élancèrent ensuite à l'assaut de la bâtisse. Mais en fracassant la porte d'entrée, ils découvrirent le lieu vide. Les occupants, alertés, avaient fui par la fenêtre de derrière et s'étaient dispersés dans la nuit. Aussitôt, les agresseurs partirent à leur poursuite en tirant sur chaque fourré. L'un des fugitifs s'écroula sous l'impact d'une balle. C'était Apolline…

Tatiana retint un cri en se retournant. Alexis se tenait devant elle. Elle se jeta dans ses bras, soulagée et heureuse de le revoir.

— Tu ne pouvais pas mieux tomber. Nous avons tellement besoin de toi.

Elle accompagna ces mots d'un regard appuyé sur le contrat de prêt qu'elle tenait entre ses doigts.

— Apolline t'a prévenu ?

Le jeune homme ne répondit rien. Sa mère contourna le bureau et l'invita à venir la rejoindre. Le temps comptait.

— Hier soir, j'ai reçu un appel de la banque. Un émissaire doit passer dans la matinée. Ils n'ont pas traîné, ces vautours. Nous allons…

— Maman…

Coupée dans son élan, Tatiana releva la tête. Son fils poursuivit, l'air grave :

— C'est au sujet d'Apolline justement.

Virgile se tenait contre le dossier du fauteuil roulant, aussi droit que son infirmité le lui permettait. Il portait son costume des grands jours et attendait, déterminé, l'arrivée de l'émissaire. Certes, la situation financière de son clan était précaire. Certes, il était impotent, et son héritier en cavale. Mais à quatre-vingt-deux ans, son esprit restait alerte et le patriarche entendait livrer cet ultime combat avec panache.

Ses yeux brillèrent de reconnaissance à l'entrée d'Alexis. Cette heureuse surprise l'enchantait doublement. À la joie de le revoir s'ajoutait la satisfaction d'une grande réussite. Face à l'adversité, les Bastide se serraient les coudes. Virgile tendit vers son fils sa main gauche, la seule encore valide.

— Père, lança le jeune homme, ému de le trouver hors de son lit après cinq ans d'inertie.

Tatiana apparut sur le seuil, l'air inquiet. Leur fils se tourna vers elle, puis ajouta à l'intention de son père :

— Nous avons peut-être trouvé une solution, père.

En signe de soutien, les doigts de Virgile exercèrent une faible pression sur le poignet d'Alexis.

Dans la rue des Teinturiers, des bruits de moteur retentirent. Les voitures s'immobilisèrent devant L'Amédoune. La clochette s'agita. Tatiana alla ouvrir. Lorsqu'elle réapparut, elle semblait tétanisée.

— C'est lui ? s'inquiéta Virgile, en articulant afin d'être le plus audible possible.

Son épouse se contenta d'un signe de tête affirmatif, sans parvenir à masquer le désespoir qui l'assaillait.

— Fais entrer l'émissaire de Fairlane.

Tatiana s'effaça devant le visiteur.

— Non. Fairlane en personne, lança une voix éraillée, dans un français impeccable.

Virgile eut un doute. Devant lui se tenait un homme replet en uniforme fasciste. La peau de son crâne lisse brillait sous la lumière du jour. Le vieil homme hésita une seconde. Était-ce lui ? Impossible. Pourtant, comment oublier ce regard fuyant, cet air narquois ? Martial, son propre fils. Le pire restait à craindre.

— Bonjour, père. C'est un réel plaisir pour moi de rentrer à la maison, ironisa-t-il. Je suis certain que mon retour vous comble aussi.

Il fit quelques pas dans la pièce, mains jointes dans le dos, examinant d'un air méprisant l'univers dans lequel il avait grandi.

— Rien n'a changé, ici. Un univers figé dans le conservatisme, hermétique à toute souffrance. Heureusement, je vais changer tout ça.

Martial vint se poster derrière le fauteuil de son père. Les mains en appui sur les poignées, il se pencha à l'oreille de Virgile.

— Alors, que ressentez-vous d'être dominé par plus fort que vous ? Vous me prédestiniez à n'être qu'un minable second. On dirait que les rôles se sont inversés. Voilà trente ans que j'attends de prendre ma revanche sur vous. Et croyez-moi, vous réglerez toutes vos additions, jusqu'à la dernière. Question « d'honneur ». L'honneur des Bastide, une valeur si chère à votre cœur, mais peu importe le prix à payer par votre entourage. Vous endurerez la souffrance comme j'ai pu la supporter, comme Mère l'a subie, elle aussi. À ce petit jeu, nous verrons bien qui sera le vainqueur.

Martial se planta devant son père et, pour la première fois de sa vie, dirigea son regard fourbe droit dans le sien.

— Je vais vous anéantir, vous et toute cette famille. Jusqu'à cette sordide bâtisse. Je veillerai à ce qu'elle soit démolie pierre à pierre. Quant à votre chère manufacture, nous transférerons tout le matériel vers mes ateliers calabrais.

À cette idée, il éclata de rire.

— Suis-je bête ! Comment le sauriez-vous ? Vous ignorez sans doute que votre plus farouche concurrent sur le marché, c'est moi. Après mon départ de France, j'ai installé une usine en Italie. Il m'a suffi de produire aussi bien et moins cher. Pour cela, Terence, votre gendre adoré, a été pour moi d'une aide précieuse. Sans lui, je n'aurais jamais pu réussir.

Martial se redressa, plus méprisant que jamais.

— Vous avez toujours manqué de clairvoyance avec votre entourage. Terence n'était qu'un meurtrier. Il m'a été facile de le maîtriser.

À cette révélation, les hurlements de Louise s'élevèrent du couloir. Tatiana et Alexis se précipitèrent vers la jeune fille. Martial les imita, poussant le fauteuil de son père au bord du plan incliné. La jeune fille se débattait tandis que deux hommes en uniforme essayaient de la maîtriser. Elle se calma lorsque Martial approcha.

— Tu dois être ma nièce.

— Vous n'êtes qu'un menteur. Papa n'était pas un meurtrier.

— Vraiment ? Dans ce cas, pourquoi a-t-il accepté mon chantage ?

— Afin que la famille ne vous voie plus jamais. Vous êtes notre honte.

Le visage de Martial se crispa. Il voulut gifler Louise mais se contint, faisant signe à ses sbires de la ligoter sur une chaise.

— Quel tempérament ! Sache, petite, que ton père n'est pas Terence mais Benjamin Braunstein, un sale juif, celui que tu as trahi il y a deux jours en venant nous dire où lui et tous ses hommes s'étaient planqués. Tu vois, nous sommes pareils tous les deux.

Alexis se rua sur Martial, mais les hommes en uniforme l'arrêtèrent dans sa course.

— Quant à toi, tu dois être le fils providentiel, le *merveilleux* Alexis. Tu n'es pas parti en Allemagne au STO ? C'est très vilain de désobéir à la loi.

— Qu'avez-vous fait de ma sœur ? Est-elle vivante ?

— Plus pour longtemps, je le crains. Elle a une méchante blessure et, faute de soins, elle risque de mourir.

— Qu'attendez-vous pour agir ? C'est votre sœur aussi !

La voix de Martial devint sèche.

— Je n'ai plus de famille. Si tu veux qu'elle survive, livre-moi Braunstein.

Acculé, Alexis demanda à Martial de le conduire vers la volière. Il griffonna un message, le glissa dans un petit cylindre qu'il accrocha à la patte d'un pigeon avant de le lâcher. L'oiseau dessina un cercle au-dessus de leur tête avant de disparaître au loin, derrière les toitures du centre-ville.

Pour les Bastide, l'attente parut durer une éternité. Ils étaient retenus en otages par l'un des leurs, et chacun était renvoyé à ses propres échecs, à ses secrets. Martial jubilait en les observant tous. Louise reprochait à Alexis de lui avoir caché que son vrai père était Benjamin. Tatiana s'en prenait à la jeune fille, qui avait livré Benjamin aux occupants, et Virgile, muet sur son fauteuil roulant, se morfondait dans son coin, méditant sur ses échecs en matière d'éducation. Armes en main, les deux gardes maîtrisaient la situation.

Les conversations s'interrompirent au hululement d'une chouette en provenance du jardin. Alexis fut ligoté à son tour. Martial sortit son revolver. Faustine, qui sanglotait, se retrouva enfermée dans la cuisine. Les hommes de main sortirent sur la pointe des pieds et revinrent quelques instants plus tard avec Benjamin, qu'ils tenaient fermement chacun de leur côté.

— Nous voilà au grand complet, se réjouit Martial. Si vous saviez depuis combien de temps j'attends cet instant.

Il se planta au milieu de la pièce, entouré par les membres de sa famille. Sans la moindre pudeur, il commença à révéler sa formidable ascension, sa rencontre avec Zoé, la trahison de celle-ci avec

Nathanaël, et son intérêt pour les studios de La Cybiline.

Devant le radiateur, Alexis essayait de briser les liens qui le maintenaient prisonnier sur sa chaise.

— Lorsque je me suis aperçu que Zoé jouait double jeu, reprit Martial, je me suis arrangé afin qu'elle endosse la responsabilité du détournement. Elle ne risquait plus rien, elle était morte.

— Tu te trompes, Martial. Zoé n'a pas péri dans le naufrage du *Titanic*. Elle avait manqué l'embarquement. Elle est décédée en Angleterre dans le plus grand dénuement, seulement soutenue par sa fille.

— Sa fille ? Zoé n'avait pas de fille.

— Dans ce cas, tes renseignements sont incomplets.

Cette révélation déconcerta Martial. Il poursuivit néanmoins, en évoquant son association avec Macha Oulianova, puis son mariage avec celle-ci. Il leur révéla comment, nanti de la fortune de sa défunte épouse, il était devenu actionnaire des studios de La Cybiline, avant d'entrer dans le capital de la banque Braunstein.

— Seul ce vieux fou de Nathanaël avait tout découvert.

Benjamin comprit. Lors de la dernière soirée organisée par son père à Château Braun, celui-ci lui avait dit détenir des informations sur Logan Fairlane.

— Tu as assassiné mon père ? s'écria-t-il, horrifié.

— Je n'avais pas le choix, siffla Martial. Il avait tout découvert. Verna, ta femme, m'avait surpris. J'ai dû aussi me débarrasser d'elle. Elle t'était inutile, tout comme cette lope de Ziggy. Dans son cas, le Reich l'a accueilli dans un de ses hôtels très spéciaux.

Virgile ferma les yeux en priant pour ne plus jamais les ouvrir.

— L'arrivée de l'Ordre nouveau a changé la donne. Grâce à un changement d'identité, je suis devenu un héros. Mais un homme risquait de remettre mes plans en cause. C'était Anton Oulianov, le frère de notre belle Tatiana. Des années plus tôt, au cours d'un malheureux accident, j'ai provoqué la mort de Séverin Chabanel. Anton m'a vu et il allait me dénoncer. Il fallait que je le supprime.

Martial s'immobilisa devant son père.

— Ma seule crainte, père, quand j'ai appris ce qui vous était arrivé après ces événements, était que vous ne viviez pas assez longtemps pour m'entendre vous dire à quel point je vous hais. Tout ce que j'ai fait est arrivé par votre faute. Mais aujourd'hui, voyez-vous, je vous remercie. Sans votre désintérêt à mon égard, je ne serais pas là où je suis.

Virgile avait du mal à respirer. Alexis, qui ne supportait plus de voir son père souffrir, serra les poings et réussit à se libérer de ses liens. Comme un fou, il se rua sur Martial. Ses hommes de main fondirent dans sa direction. Une balle siffla de l'entresol, tuant le premier sur le coup. Le second riposta. Les regards convergèrent vers le palier. Benjamin reconnut Tessa qui battait en retraite, poursuivie par l'homme en uniforme. Martial dégaina son revolver afin de neutraliser Alexis et Benjamin. Il les tint en joue, nerveux. L'arme allait de l'un à l'autre. Derrière lui, Virgile trouva la force de débloquer le frein du fauteuil roulant de sa main valide. Le chariot partit droit devant.

— Fuis, Alexis, fuis, ordonna le patriarche.

Alexis hésita une seconde, puis se dirigea vers la sortie, au moment où son demi-frère se retournait. Sans l'ombre d'une hésitation, Martial visa et tira sur son père. Ivre de fureur, Benjamin se jeta sur lui. Les deux hommes tombèrent à terre. L'arme se plaqua entre eux. Un coup partit.

À l'extérieur, Alexis vit Tessa adossée contre le mur du jardin, face à l'homme en uniforme qui l'avait poursuivie. Elle profita d'un instant d'inattention pour s'échapper. Seul face au tueur, le jeune Bastide l'attira vers les ateliers déserts. Alexis connaissait chaque recoin de la manufacture et comptait sur l'effet de surprise pour se sortir de ce mauvais pas. Il grimpa sur le dévidoir de coton, haut de trois mètres, et sauta sur le dos de l'intrus dès qu'il fut à sa portée. Ils roulèrent près de la porte-fenêtre, là où les laveurs, autrefois, rinçaient les pièces d'étoffe dans la Sorgue, au pied du bâtiment. Ils parvinrent à se redresser. Alexis décocha un violent coup de poing dans l'estomac de l'homme armé. Celui-ci perdit l'équilibre et tomba en arrière. Il chercha à se rattraper, s'agrippa au bras d'Alexis qu'il entraîna dans sa chute. Les deux corps plongèrent dans le canal. Le courant animait quatre moulins d'une tonne chacun. Mais bientôt, l'une des roues s'immobilisa, bloquée par un obstacle. Les eaux devinrent rouge sang…

Dans le hall de L'Amédoune, les pleurs de Tatiana résonnaient dans la grande maison vide. Elle berçait dans ses bras le corps inerte de Virgile, tué d'une balle entre les yeux.

Épilogue

Avignon, 1948

Ce soir-là, L'Amédoune était parée de ses plus beaux atours pour une réception qui ferait date dans l'histoire de la famille Bastide. La première collection fabriquée avec les cadres à plat venait de voir le jour. Les notables d'Avignon, la presse, et la plupart des clients d'avant-guerre avaient répondu présents à l'invitation de Tatiana.

L'hôtel particulier, fraîchement redécoré, tournait une page douloureuse de son histoire et s'ouvrait sur l'avenir. Dans chaque pièce, les convives s'émerveillaient devant les récentes créations, toutes plus originales les unes que les autres. Baptisée « Confluence », la ligne réinterprétait un glorieux passé dans un esprit résolument moderne. La cigale provençale côtoyait l'aigle à deux têtes, clin d'œil au temps du rayonnement de la manufacture sur les rivages de la Neva. Deux guerres plus tard, cette époque-là paraissait fort lointaine.

Tatiana abordait la cinquantaine avec élégance. Magnifique dans sa robe fourreau Balmain, elle avait conservé son allure de jeune fille, lorsque, adolescente, elle se prêtait déjà aux essayages dans le palais pétersbourgeois des Oulianov. Mais les trente dernières années s'étaient chargées de blesser son âme. Dans le grand salon, elle ne pouvait s'empêcher de regarder le portrait de Virgile. Il pouvait être fier. L'honneur des siens était lavé, l'œuvre de sa vie se poursuivait. Il n'était pas mort en vain. Mais elle n'oublierait jamais cette journée tragique de 1943, les révélations de Martial, sa vengeance meurtrière. Il avait assassiné son père. Souvent, elle s'était reproché de ne pas être intervenue. Mais elle devait convenir qu'en choisissant cette issue Virgile avait mis fin à des années de souffrance. Il était mort comme il avait vécu, avec courage, et son geste avait peut-être évité la ruine de la famille.

— Grand-mère, l'interpella Louise, je voudrais te présenter un ami, Arnaud Lombrage. Avoue qu'il est craquant, non ?

— C'est vrai. Il a l'air charmant.

Cinq ans après le drame, Louise semblait reprendre goût à la vie. Tatiana veillait à préserver l'unité de la famille, comme Virgile avant elle. Lorsque Martial avait révélé à sa nièce qui était son véritable père, celle-ci avait refusé de le croire. Il ne pouvait pas être l'homme qu'elle avait trahi. Le poids de cette culpabilité était une sanction suffisante à assumer.

Martial était mort dans sa lutte avec Benjamin. La balle qu'il lui destinait lui avait perforé l'aorte. Juste avant qu'il ne décède, Tessa s'était penchée sur lui. Elle savait au fond d'elle-même qu'il détenait la vérité sur sa mère. Il fallait qu'elle s'en assure. Dans un souffle à peine audible, le fils Bastide lui avait demandé :

« Quand es-tu née ?

— En janvier 1913.

— Dans ce cas, lança-t-il dans un dernier râle, tu dois être ma fille. Ta conception remonte à quelques heures avant le départ de Zoé, ta mère. J'ai pris de force ce qu'elle me refusait. Hormis Nathanaël, elle n'avait connu aucun autre homme à cette... période.

— Soyez maudit ! avait hurlé Tessa. Allez griller en enfer. »

Benjamin avait relevé la jeune fille. Il était trop tard. Martial Bastide venait de mourir en éructant cette dernière confession, ignoble comme le sourire narquois qui figeait ses lèvres.

Lorsque Tessa fit son apparition à la réception, Tatiana délaissa ses invités pour l'accueillir. Elle désirait que la jeune femme se sente ici chez elle, une Bastide à part entière.

— Tu arrives juste à temps. Viens boire une flûte de champagne.

Tessa rentrait de Paris où venait de se dérouler le procès d'Edgar Beaumont, son mari. Elle avait été appelée à la barre comme témoin et avait révélé sa collaboration avec l'occupant.

— Edgar s'est pendu dans sa cellule hier.

— Je l'ai appris par les informations. Comment te sens-tu ?

— En colère. J'aurais voulu qu'il paye pour ses crimes.

— Allons, Tessa, on ne peut pas vivre avec la haine au cœur toute sa vie. Tu es jeune, tu es belle. La guerre est finie. Si tu pensais un peu à toi maintenant ?

Et, sans attendre sa réponse, elle l'entraîna dans le salon.

Louise délaissa un instant son compagnon pour aller chercher une flûte de champagne. Elle allait saisir le verre lorsque ses doigts heurtèrent ceux de Benjamin Braunstein.

— Vas-y, je t'en prie, lança-t-il, gêné.

Le malaise entre eux n'était toujours pas dissipé. Louise tenait son père à distance, honteuse de sa faute. Pour sa part, Benjamin aurait aimé oublier le passé. La mort dans l'âme, il avait choisi de s'éloigner un temps de L'Amédoune afin d'apaiser les rancœurs. À Monaco, du reste, une bataille juridique pour retrouver ses biens l'accaparait.

— Merci…

Elle ajouta, tête basse :

— … papa.

Braunstein éprouva une immense fierté. Tatiana et Tessa les rejoignirent devant la table dressée pour le buffet. Benjamin était ravi de revoir sa complice du maquis.

— Alors ? Pas trop déçue ?

— Il est temps pour moi de passer à autre chose, lança-t-elle tout en faisant un clin d'œil malicieux à Tatiana.

— Par exemple te marier, ajouta Apolline qui venait de glisser une main possessive sur l'avant-bras de Benjamin, laissant à Tessa tout le loisir de contempler la superbe bague de fiançailles qui ornait son auriculaire.

— C'est exact. Et les partis sont nombreux. Je saurai être patiente. Je ne veux pas me tromper et passer ma vie à le regretter. Mais tu sais tout ça. Tu as eu mon âge. Pour l'instant, j'envisage de partir quelque temps en Amérique et de retrouver mon amie Bianca Cavaldi.

Qu'importaient les sarcasmes de Tessa, ils n'atteignaient plus Apolline. Elle avait frôlé la mort, et par miracle elle s'en était sortie. Les rivalités de cœur représentaient de bien piètres misères.

— Le temps passe vite pour tout le monde, ma chère nièce.

Le cliquetis d'un couvert sur un verre ramena le silence dans l'assistance. Alexis s'apprêtait à porter un toast. Tatiana considéra son fils avec fierté. Lui aussi avait eu son lot d'émotions. Il était tombé dans les eaux de la Sorgue et il s'en était fallu de peu qu'il soit broyé par la roue du moulin. Le soir même, Benjamin et lui avaient effacé les traces de la tragédie. À la nuit tombée, ils avaient emporté le corps de Martial et de ses deux hommes de main. Ils les avaient placés dans la voiture de Martial avant de jeter la traction dans un précipice. L'enquête avait conclu à un accident. Ensuite, ils étaient parvenus à libérer Apolline. Quant à Virgile, son fidèle ami le docteur Keller avait signé son acte de décès sans poser de questions. Maître Bastide avait pu partir dans la dignité. Ce secret de famille serait bien gardé.

— Je tiens à vous remercier de votre présence, lança Alexis. Voir autant d'amis réunis me fait chaud au cœur. La guerre, dans toute son horreur, nous a permis de prendre conscience de notre besoin de beauté. « La vie est courte, mais l'art est éternel », dit l'adage. Puisse cette maxime nous conduire sur des chemins plus inspirés, à l'avenir. Je ne vais pas vous assommer d'un discours interminable. Mais vous ne m'en voudrez pas d'associer le succès des cadres à plat à tous les membres de notre famille. Sans eux, rien n'aurait été possible.

Alexis leva son verre, se tourna vers le tableau de Virgile.

— À toi, père. Tu restes notre modèle. Merci pour ton enseignement. Tu nous manques à tous.

L'assistance l'imita.

— À maître Bastide !

Les années obscures s'achevaient. Tatiana était heureuse. L'héritage de Virgile, son époux bienaimé, resterait intact, tout comme l'honneur des Bastide.

Remerciements

Je tiens à remercier pour sa collaboration l'équipe Belfond, qui me fait confiance depuis mes débuts. Je salue particulièrement Geneviève pour ses conseils avisés.

Je voudrais associer à ces remerciements Claude Fauque, la famille Démery, Élisabeth Ferriol (musée Souleiado), Françoise et Jean-François Boudin (Les Olivades), pour leurs précieux conseils et leur amour des indiennes, Raoul Mille, Philippe Collas et Éric Villedary, véritables mémoires de la Riviera, Son Altesse Sérénissime Michel Romanov, David Lelait et Thomas Doustaly, pour leur documentation, ainsi que mes proches, pour leurs encouragements ou leur expérience : Daniela, Salima, Alain Darne, Dominique Marny, Aurélien Leblé, Laurent Scalese et, bien sûr, Françoise Bourdin.

Enfin, un remerciement très spécial à mes parents et mes enfants, ainsi qu'à Gabriel et Irina Tarassov-Villeret. Merci pour votre patience. Je vous adore.

Achevé d'imprimer
en janvier 2009
par Printer Industria Gráfica
pour le compte de France Loisirs, Paris

Numéro d'éditeur : 54463
Dépôt légal : février 2008
Imprimé en Espagne